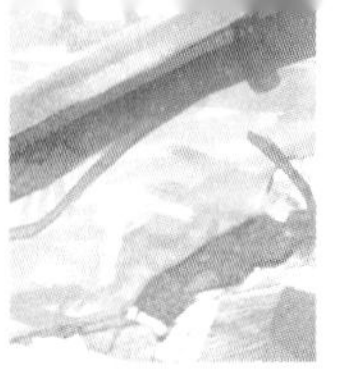

［著］
安里アサト

［イラスト］
しらび

［メカニックデザイン］I-IV

EIGHTY SIX Ep.10

—フラグメン

ASATO ASATO PRESENTS

CONTENTS

These fragments turned the boy into the Grim Reaper.

FRAGMENTAL NEOTENY

EIGHTY SIX

The number is the land which isn't admitted in the country.
And they're also boys and girls from the land.

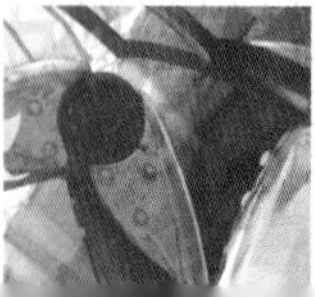

少年を「死神」へと変えた、《破片の物語》がここに——。
EIGHTY SIX
ASATO ASATO PRESENTS
ILLUSTRATION/ SHIRABII
MECHANICALDESIGN/ I-IV
86
— Fragmental Neoteny —
Episode.
TEN

86

EIGHTY SIX

登場人物紹介

CHARACTERS

These fragments turned the boy into the Grim Reaper.

The dead aren't
in the field.
But
they died there.

01

［アリス］

シンが初めて配属された戦隊の戦隊長。おおらかな性格の女性。シンに多くのことを伝え、彼の「核」を作った人物。

ALICE

02

［イスカ］

ISUKA

シンがまた別の部隊に配属された先の戦隊長。リアリストで擦れた彼から、シンは「非情」を教わる。

03

［トウカ］

TOUKA

シンの所属部隊で整備班長をやっていた人物。シンとその「相棒」となるスカベンジャーとの出会いを見る。

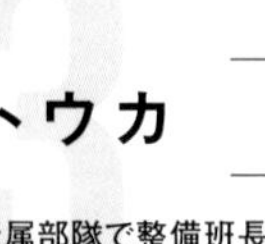

04

［エイジュ］

EIJYU

シンが副長として参加した部隊の戦隊長。彼はシンにパーソナルネームを考えようとするのだが……。

05

［サイキ］

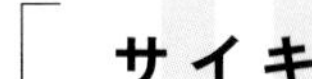

シンが戦隊長として就任した部隊の副長。彼は自分たちを「連れて行ってくれる」死神を頼もしく感じていた。

SAIKI

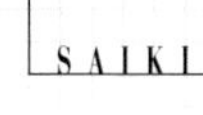

The number is the land which isn't admitted in the country.
And they're also boys and girls from the land.

スピアヘッド戦隊にクソ栄光あれ（ファッキン・グローリー・トゥ・スピアヘッド・スコードロン）

EIGHTY SIX

The number is the land which isn't
admitted in the country.
And they're also boys and girls
from the land.

ASATO ASATO PRESENTS
[著]安里アサト

ILLUSTRATION／SHIRABII
[イラスト]しらび

MECHANICALDESIGN／I-IV
[メカニックデザイン]I-IV

DESIGN／AFTERGLOW

86

—エイティシックス—

These fragments turned the boy
into the Grim Reaper.

[Ep.10]

—フラグメンタル・ネオテニー—

幕間SDイラスト：I－IV

〈Pledge〉

FRAGMENTAL NEOTENY »»

The dead aren't in the field.
But they died there.

[EIGHTY SIX]

フラグメンタル・ネオテニー〈Pledge〉

These fragments
turned the boy
into the
Grim Reaper.

6

恐怖はなかった。

初めて立った戦場だというのに、欠片たりとも。

大気を切り裂き、また叩き割るような砲号の激甚も。立ちはだかる戦車型の――戦闘重量五〇トンにものぼる自律無人多脚戦車の威容も。コクピットに忍びこむ焼けた鉄の匂いも自機のやかましい走行音も激しい振動も、この距離では腹の底にびりびり響く、断末魔の嘆きも。

会敵とほぼ同時に徹甲弾の直撃を喰らい、真横でアルミ合金と血肉の混合物に変わった、僚機の無惨な姿でさえも。

訓練所で一番、仲の良かった友人だった。

一月にも満たない訓練期間の中、それでも明るい声音も笑った顔も、よく知っている相手だった。

一瞬だった。戦車型の一二〇ミリ高速徹甲弾の初速は一六五〇メートル毎秒。砲声が届くよりも砲弾が命中する方が早いし、その超高速と劣化ウラン弾芯の重量がもたらす莫大なエネルギーは、〈ジャガーノート〉の貧弱な装甲を易々と貫通する。ましてその中の脆弱な人体など。

即死――だったろう。

何が起きたかも、理解できたか。

それが救いであるのか否(いな)かは、未(いま)だ彼にはわからないけれど。

焔(ほのお)の色にか、人血の焼ける匂いにか。あるいはちりちりと膚(はだ)を焼く、戦場の空気そのものによるものか。

かちりとスイッチが入るのを知覚する。

彼自身も知らなかったスイッチ。平和の中に暮らしていれば生涯、存在さえ意識することもなかっただろう――闘争本能とでもいうべきものの。

敵機の照準が向くと感じる。戦車型(レーヴェ)の砲塔内部の自動装填装置が、次弾の装填を完了させたと何故(なぜ)かわかる。寸毫(すんごう)遅れて実際に砲塔が旋回を始めた時には、彼は操縦桿(かん)を横へと倒し、回避の軌道に自機を乗せている。

砲声。

至近距離を掠(かす)めた徹甲弾の、まとう衝撃波が装甲を叩(たた)く。薄っぺらなアルミ合金装甲がびりびりと悲鳴を上げるが、さすがにこの程度では破断されない。流れ弾を喰(く)らった背後の不運なビルディングが、がらがらとコンクリートの内腑(はらわた)を零(こぼ)す苦鳴。

自機の――〈ジャガーノート〉の射線が通る。斜め前方に回避した彼の前に、〈レギオン〉は無防備な側面を晒(さら)している。

見据えて、彼――かつて人間と扱われていた頃にはシンエイ・ノウゼンの名を持っていた、ようやく十一の年を数えたばかりの幼い処理装置(プロセッサー)は、トリガを引いた。

小隊四機がかりでようやく戦車型(レーヴェ)の一輌(いちりょう)を倒した直後、二機分隊を組ませていた新入りの〈ジャガーノート〉の一方が、別の戦車型(レーヴェ)に会敵すると同時に喰(く)われた。

「クルス!?　しまった……!」

ちらつく粉雪と〈レギオン〉の群の向こうに垣間見(かいまみ)えたその様に、東部戦線第三五戦区第一戦隊〝ハルバード〟戦隊長、アリス・アライシュは舌打ちを零(こぼ)す。

今死んだテイト・クルスは、ろくな訓練も受けずに戦場に放りこまれる幼いプロセッサーたちの中では、珍しく見こみのある少年だった。呑(の)みこみが早く、肚(はら)が据わっていて、明朗で果断。十代初めの、まだ背も伸び始めていない新入りたちのリーダー的な存在だった。

彼なら後衛の火力拘束役くらいはなんとかこなせるだろうと、踏んでいたのだが。

やはり失策だった。いくら戦隊が定数二四名を大きく割って人手の足りない状況とはいえ、新入り同士を組ませるべきではなかったのだ。

あらゆる性能と数においてこちらを上回る〈レギオン〉との戦闘は、常に苛烈を極める。入隊から一年後まで生き残れる奴(やつ)は千人に一人にも満たない。そんな戦場で。

生き残った方の〈ジャガーノート〉は動かない。

その〈ジャガーノート〉の操縦士である、無口でおとなしげな少年を思いだしてアリスは歯噛みする。テイトとは真逆の、多分この子は長生きできないだろうなと内心感じた、ひときわ小柄な最年少の少年兵。

〈ジャガーノート〉は動かない。

それはアドレナリンの作用で時間の引き伸ばされたアリスの目に、友人の無惨な死と敵機の威容に身竦んでしまったように映る。

近くに援護可能な僚機はいない。

救出に行ってやろうにもアリス自身、未だ敵機の群に囲まれている。

もう遅い。何もかも無駄だ。

それと知りつつ叫んだ。

「――ノウゼン！　退がって……」

その時。

〈ジャガーノート〉が動いた。

5

五七ミリ戦車砲弾はあやまたず戦車型の砲塔側面に直撃し――ものの見事に弾かれた。

「……駄目か」

〈ジャガーノート〉の光学スクリーンにそれを見て取り、シンは呟（つぶや）く。

戦車は砲塔周りの装甲が特に厚い。それは教えられて知ってはいたが、正面に比べて薄いはずの砲塔側面装甲でさえ、〈ジャガーノート〉の主砲では貫徹できないらしい。

戦車型（レーヴェ）の光学センサと戦車砲の照準がこちらを向く。見て取ると同時に兵装選択を二挺（にちょう）の一二・七ミリ重機関銃（HMG）に切り替えて掃射。……当たり前だがこれも効かない。ただしセンサ付近への着弾に戦車型（レーヴェ）は一瞬脚を止め、その間にシンは射線を逃れる。

戦車型（レーヴェ）砲塔上部の重機関銃（HMG）が旋回して彼を追う。〈ジャガーノート〉は戦車型（レーヴェ）とは異なり、正面装甲でさえ重機関銃弾を防げない。後退して弾幕を回避。続けざまに横に移動。撃ち放たれた一二〇ミリ戦車砲弾の軌道からぎりぎりで退避する。

ふうっと短く、鋭くシンは息をついた。

機銃はどうやら、役に立たない。戦車型（レーヴェ）を相手どるにはまるで火力が足りない。

操作に対する〈ジャガーノート〉の反応が遅い。跳躍も旋回もできない戦時急造兵器は、追従性（ついしょうせい）さえ果てしなく悪い。

より装甲の薄い後部、あるいは砲塔上面を狙える位置に、回りこむことが今のままではどうしてもできない。

敵機の巨影を見据えたまま、年齢に不釣りあいに醒（さ）め果てた、血赤（ちあか）の双眸（そうぼう）がしんと冷える。

どこか対峙(たいじ)する戦車型(レーヴェ)の光学センサにも似た、冷徹で無機質なその瞳。

……それなら。

戦車型(レーヴェ)の一射目を躱(かわ)したのは偶然か強運だろうと、最初アリスはそう思った。

だが続く機銃掃射、戦車砲の第二撃まで回避したとなれば、それはもはや運や偶然で片付けられるものではない。

多脚機動兵器(フェルドレス)のくせに運動性能の低い〈ジャガーノート〉に特有の、どこかもたついた無様な動きで横に回避したシンの機体が、そのまま戦車型(レーヴェ)めがけ弾(はじ)かれたように吶喊(とっかん)する。

意図を悟ってアリスは戦慄する。

〈ジャガーノート〉の五七ミリ砲の威力は低い。比較的軽装甲の斥候型(アーマイゼ)や近接猟兵型(グラウヴォルフ)ならともかく、重量級の戦車型(レーヴェ)には正面は無論、側面でも距離次第では弾(はじ)かれる。

だが、敵機に接近すれば——飛翔(ひしょう)した距離に比例して減衰する砲弾の速度を、距離を詰めることで維持し、より多くの運動エネルギーを弾着時まで保持できれば。

理屈の上ではそのとおりだ。

けれど一二〇ミリ戦車砲の大火力と六五〇ミリ圧延鋼板相当の装甲防御、何より〈ジャガーノート〉など及びもつかぬ理不尽な機動性能を誇る戦車型(レーヴェ)に単騎、近接戦を挑むなどまるきり正気の沙汰ではない。

まして今日たった今、戦場に出たばかりの少年兵が。

「よせっ――」

戦車型（レーヴェ）が向きなおる。

鈍足の〈ジャガーノート〉の身の程知らずを咎（とが）めるように、嘲笑（あざわら）うように、五〇トンの巨体が無音のままに地を蹴った。高性能のアクチュエーターとショックアブソーバーによる、〈レギオン〉特有の無音機動。静止状態から一瞬で最高速度に達する猛烈な加速で、瞬（またた）く間に〈ジャガーノート〉の眼前に迫る。

虫けらを踏み潰さんと戦車型（レーヴェ）がその鉄杭のような脚を振りかぶるのと、シンの〈ジャガーノート〉が斜め前方の地面にワイヤーアンカーを撃ちこむのがほぼ同時。

巻き上げられるワイヤーに引きずられて地を滑った〈ジャガーノート〉が、蹴撃の下を潜（くぐ）り抜（ぬ）ける。戦車型（レーヴェ）側面に再び侵入。

零距離。

五七ミリ砲が咆哮（ほうこう）した。

今度は車体側面、砲塔よりは装甲の薄い箇所に、本来戦車砲の間合いではないほどの至近距離から。回避のしようもないタイミングで。

高速徹甲弾（APFSDS）が直撃する。今度こそ、その装甲を貫いた。

Illustration:I-IV

内部構造を破壊された戦車型が火を噴く。次の瞬間劣化ウラン弾芯の発火作用で、砲塔内部の弾薬が誘爆して吹っ飛んだ。

『な……』

知覚同調を通じた戦隊員の誰かの驚愕が、耳に届く。

無理もない。アリスもまた息を呑み、その光景から目を離せない。刷りこまれた殺戮本能以外に意志も感情もない〈レギオン〉でさえも、状況を解しかねたかのように束の間戦闘を停止している。

戦車型を鉄色の影に変えて内包し、瓦礫を覆う雪を溶かして、赤く黒く焔は燃える。その照り返しが、佇む〈ジャガーノート〉の装甲を朱く染める。

乾いた骨の色をした、まだ真新しい、白茶の機体。

それはなくした己が首を探して戦場を這いずり回る、首のない不吉な骸骨に似ていた。

4

五年前、自律無人戦闘機械〈レギオン〉との戦争が起きて、アリスたちは人間ではなくなった。

祖国であるサンマグノリア共和国は、銀髪銀瞳の白系種が人口の大半を占める。それ以外の民族は敵国に与する敵性市民であるから、らしい。理屈はよくわからない。ともあれアリスたちは白系種に――人間だけに許された楽園である要塞壁内の八五行政区を追われ、存在しない〝八六区〟の強制収容所と戦場に棲息する人型の豚〝エイティシックス〟となった。

博愛を国是の一つとする共和国は、戦場に市民を出すことを是としない。けれど〈レギオン〉に対抗するための無人機の開発には失敗した。

国防と、理念。二つの折りあいは簡単についた。

エイティシックスは人間ではないのだから、奴らを乗せればそれは有人機ではなく無人機だ。

有人搭乗式無人戦闘機械〈ジャガーノート〉。

処理装置の名目でその『無人機』に乗りこみ、先進的かつ人道的と共和国が絶賛する戦死者ゼロの戦場で、アリスは、エイティシックスは今日も〈レギオン〉と殺しあう。

プロセッサーに限らず、エイティシックスの年齢構成は極めて若い。

最初の二年で大人はほぼ全員死んで、今ではほとんど子供しか生き残っていないせいだ。十七歳の彼女が年長の部類に入る少年兵ばかりの戦隊を、アリスは見まわす。

要塞壁群グラン・ミュールから百キロの距離と対人・対戦車地雷原を隔てた、東部戦線の前線基地。陽と風雨に色褪せたバラックの隊舎の、格納庫に隣接するブリーフィングルームだ。

「今日もご苦労だった、諸君。……残念ながら犠牲者なしとはいかなかったが、皆よく戦ってくれた」

まっすぐな長い黒髪。同じく黒い吊り気味の双眸。肉感的な長身を砂漠迷彩の野戦服に包んだアリスは、戦歴三年目になる歴戦のプロセッサーだ。

首に巻いた空色のスカーフが、きりりとした美貌をひきたたせる。部屋の一角に目を留めて、紅も引いていないのに赤い唇で苦笑した。

「――シンエイ・ノウゼン。よりにもよって今ここで寝るとは、いい度胸をしているな」

その声に、奥のパイプ椅子でうつらうつらと舟を漕いでいた小柄な少年が、ぴくりと顔を上げた。

印象的な血赤の双眸が、今は年相応の幼さでアリスを見上げる。

アリスのそれよりも色の深い漆黒の髪と、対照的な白皙の、整った面立ち。本来大人用である野戦服は全く身の丈に合っていなくて、そこから覗く首筋に何故か巻かれた、包帯の白さが痛々しい。

「……すみません」

少し高い声はまだ、声変わりも迎えていない。叱責する気を絶妙に削ぐその声音に、アリスは苦笑を深める。

記憶の中の、同じ高さの声のまま永遠に変わらない家族のそれに、似ている気がしたから。

「まあいいさ。今日がお前の初陣だ。疲れたのだろうし……所詮、私たちは無人機のパーツだ。豚がご高尚な共和国の軍人さまの真似事をしたところで、滑稽なだけだろうよ」

無人機である〈ジャガーノート〉には、人間ではない操縦士への配慮がまるでない。コクピットは狭苦しく、安っぽいベークライトの操縦席は人間工学をまるで無視し、プロセッサーは薄いアルミ板を隔てたパワーパックの排熱と四脚の激しい振動にそのまま晒される。

それでも人は適応するものだが、成長期前で体が未完成の新入りたちには、最初のうちはきつい。戦闘機動で体を痛め、戦えなくなって廃棄される者もざらにいる。

ましで、あれだけ無茶な戦闘などをすれば。

「では、眠い者もいるようだし、今日のところはこれで解散。……ノウゼン、寝るのはいいがちゃんと部屋に戻るんだぞ」

アリスのからかいに、今日もどうにか生き残った戦隊員たちがどっと笑う。仲間の死をいきなり目の当たりにした新入りたちはまだ強張った顔をしていたが、それでもどうにか小さく笑った。

その中で紅い瞳はわずかに伏せられたまま、感情の細波さえも立たないのが少し気がかりだった。

「一つ聞いてもいいか、アリス。戦隊長殿」

十代の少年少女ばかりの前線基地だが、例外的に〈ジャガーノート〉の整備クルーは二十代以上の者が大半を占める。

元軍人でそのまま戦場に放逐され、負傷して整備クルーに回されたエイティシックスが多いからだ。いくらでも代えのきくプロセッサーとは異なり、整備には専門の知識と技術が必要だ。戦えなくなったからといって、そうおいそれとは処分されない。

「こいつに乗ってたのぁ、今日初陣のちびっこだよな？　そのちびちゃんが何をどうして、たかが一回の戦闘でここまで足回りぼろぼろにしてくるんだ？」

待機状態の〈ジャガーノート〉に手をついて苦い顔をしている整備班長のグレンは、アリスよりも七つ年上の赤毛の青年だ。

激戦区であるこの第三五戦区第一戦隊の隊舎で三年に亘り、〈ジャガーノート〉を整備してきた彼をして、そんな顔になるような機体状態であるらしい。

「そんなにひどいのか？」

「アクチュエーターががたがたになってる。直しようがねえから、交換するしかねえ」

で、と見やってくるやぶにらみ気味の碧眼に、アリスは肩をすくめた。

「聞いて驚け。戦車型と一騎打ちをした」

ぱくんとグレンは口を閉じた。

「……マジか？」

「ああ。しかもそのまま一人で撃破した。その後は駆動系の不調のせいで援護に徹していたが……今日初陣の、新入りの、あんなちびちゃんがだ。末恐ろしいな」

吐く漏らすは当たり前、味方を撃たなければ充分というのが初陣の新兵というものだ。損耗率の高い八六区の場合、吐いて当たり前なのは血反吐と内腑、とりあえず生還できれば上出来とまでハードルが下がる。

それだけ〈レギオン〉と〈ジャガーノート〉の性能差は大きい。

技術大国であり軍事大国であったギアーデ帝国の、高度な技術と獰猛さを惜しみなくつぎこんで生みだされた〈レギオン〉に対し、〈ジャガーノート〉はどうしようもない駄作機だ。

低い火力に貧弱な装甲、跳躍機動もできない運動性能。無価値なエイティシックスを惜しみなく使い潰すつもりの、撃てればいいだけの自殺兵器にすぎないのである。

軽量級の近接猟兵型にさえ、一対一では苦戦する。

まして〈レギオン〉主力の戦車型を相手に一騎打ちなど、……古参兵の域に入るアリスでさえ、できるかどうか。

傍目(はため)には狂気そのものの、無謀な吶喊(とっかん)を思いだしてアリスは嘆息する。

「見誤ったな。ああいう子供は大概、長生きしないものだったのだが」

このところ補充される新兵の中にはああいう、何かが欠けてしまったような子供が増えてきている。

感情変化に乏しく、物事への関心や執着が薄く、周囲との交流も避ける子供。

そういう子供は、この八六区の戦場ではすぐに死ぬ。仲間の援護も得にくく、自身の生命への執着さえも薄い。大抵は一度、二度の戦闘で、……二度と帰ってこなくなる。

無理もないのだろうとは思う。

戦争が始まり、他のエイティシックスたちと共に強制収容所に送られた時、アリスは十三歳だった。物事や世界をある程度知り、それなりに自我も確立している年齢だ。

一方でシンや同じくらいの新入りたちは、収容当時はようやく七、八歳の幼子にすぎない。わけもわからず突然銃で追いたてられ、鉄条網と地雷原で囲まれた強制収容所で家畜の生活を強いられた挙句、二年の間に親や祖父母、兄や姉を全て亡(な)くしたとあっては、……まともでいる方が難しい。

ましてシンは明らかに帝国貴種の——〈レギオン〉を造りだした敵国の、それも貴族階級の血が濃い。こんなことになった原因はそもそもお前たち帝国人だと、強制収容所内で更に嫌われ、苛烈な迫害に晒される血脈だ。

差別されるエイティシックスとて、別段無垢な被害者ではない。

世界はいつも、より数が少なくて、弱い者に冷たい。

ふん、とグレンは鼻を鳴らす。

「……あいつ。シンっつったか。ちょっと気にかけてやれや」

言われてアリスは一つまばたく。

「それは……私は戦隊長だから当然だが。どうしてだ？」

グレンは眼前の〈ジャガーノート〉を見たまま、こちらを見ない。

「そうはっきり〝見〟えるわけじゃねえんだけどな。……どうも、年上の野郎が怖いみたいだ。背が高くて、声が低くて、ちょうどお前さんと同じくらいの年の野郎がよ」

「…………？」

グレンには、人の感情を〝見〟る異能があるのだという。

赤毛と同じ、父方の遺伝でごく弱いものらしいが、アリスとしても何度かそれに助けられているので今更疑う気持ちはない。

「幸い、お前さんは女だからな。まだお前さんは怖くねぇみてえだ。だから」

「それは……収容所か訓練所で、男性に何か……暴力を振るわれたということか？」

強制収容所内の秩序は崩壊して久しく、訓練所や輸送任務、指揮管制でのみエイティシックスに接点を持つ共和国軍人は控えめに言ってもクズしかいない。

「その辺は見えねえから知らねえけどな。……多分、首に関して何かあったな。首の、包帯の下。そこに、こう……首輪か鎖みてえに、絡みついてる情が見えるから」

「…………」

プロセッサーは全員、知覚同調のための擬似神経結晶を首の後ろにインプラントされている。八六区の戦場で生きていくには必要不可欠なものだが、生憎とこれもインプラントの仕方が割と雑だ。本来皮下に注入されるはずが脊髄を傷つけ、身体が動かなくなって廃棄されるプロセッサーが稀に出るし、麻酔も消毒もろくにされないせいで傷がなかなか治らないこともある。

シンの首の包帯はそのインプラントの傷が治りきっていないせいなのだろうと思っていたが、そうではない、と……？

「……わかった。少し、注意しておく」

3

翌日さっそく、ちょっとどころではなく気にかけねばならない事態になった。

「――ちっと目ェ離した間に、はぐれたみたいなんす。つか、もしかしたらノウゼンの奴、自分から離れていったのかも……」

哨戒の途中でシンと彼の〈ジャガーノート〉がいなくなったと、青い顔で報告してきた小隊長に、アリスは頭痛を堪えて首を振る。

〈レギオン〉は強力な電磁妨害専用機――阻電攪乱型を有し、無線に加えてレーダーも完全に無力化する。急襲を受けないためには日々の哨戒は欠かせない。時に〈レギオン〉先遣隊と遭遇し、そのまま戦闘に雪崩れこむことも少なくない、ぴりぴりと緊迫に満ちた八六区各戦隊のルーチンワーク。

その最中にあろうことか、戦隊最年少の新入りが行方不明。

「……了解。私の小隊で探そう。他の小隊はこのまま、哨戒を続けてくれ」

幸い、困ったちびちゃんは無事に見つかった。

「――ノウゼン」

かけた声に、ちらつく雪と砲火に灼けた瓦礫の中、佇んでいたシンが振り返った。

〈レギオン〉との戦争は、開戦からわずか半月で共和国正規軍が壊滅、国土の大半を放棄して共和国市民は要塞壁の中に避難して、だから今は戦場となった都市の廃墟に人影はない。

人間ではないエイティシックス以外は、だけれど。

彼女の〈ジャガーノート〉を降り、歩み寄りながらアリスは苦笑する。大人しいなどとんでもない。この子はどうやら、なかなかの利かん坊だ。

「哨戒の途中でいなくなるから、どうしたのかと思ったぞ。……どこに〈レギオン〉が潜んでいるとも知れないんだ。単独行動は控えろ」

戦車型ならば五〇トンにもなる超重量にもかかわらず無音で駆動する〈レギオン〉は、時に鼻先に来られてようやく感知できるということもある。

「まして、戦場で生身を晒すなど……自走地雷にでも遭遇したら一巻の終わりだぞ」

「すみません。……でも、今この辺りに〈レギオン〉はいませんから」

ん？　とアリスは首を傾げる。

奇妙に、確信的な口調だった。

折り重なる瓦礫を踏み、うず高く積もった鉄筋コンクリートの小山からシンが下りてくる。底の硬いコンバットブーツにもかかわらず足音は立たない。肩口で揺れる、小柄な体軀にはまるで不釣り合いな七・六二ミリアサルトライフルの銃身。

「それで、ここで何を？」

アリスが見つけた時、シンは瓦礫の小山に佇み、何かを探している風情だった。

問いに、血赤の瞳がわずかに沈む。

「……テイトの遺品を、探そうと思って」

その答えにアリスは束の間、言葉を失った。

「死体は多分、残ってないだろうから。だから、機体の一部だけでもって……そう、思ったのですけど」

シンが見やった先、昨日の戦闘の痕跡がアスファルトに焼け跡の形で残る廃都市のメインストリートには、焼け跡以外何もない。

擱座(かくざ)したテイトの〈ジャガーノート〉も、シンが撃破した戦車型(レーヴェ)の残骸も。あの後三機やられた僚機も、倒した軽量級〈レギオン〉も。その機体片の一部でさえも。

「……〈レギオン〉には専用の残骸回収機が……回収輸送型(タウゼントフュスラー)がいる。あの程度の遭遇戦の残骸なら、一晩もおけば綺麗(きれい)さっぱり持っていってしまうだろうさ」

敵味方を問わず破壊された機体に、砲弾片、放棄された軍基地に残る戦闘機や軍用車両。〈レギオン〉たちは戦闘の傍(かたわ)ら、それらを貪欲に回収する。運ばれる先は〈レギオン〉支配域最奥(さいおう)の自動工場型(ヴァイゼル)の胎(はら)の中だ。それ自体自律する巨大な生産工場は回収された残骸を喰(く)らい、新たな〈レギオン〉を黒雲が湧きだすようにただひたすら量産する。

設定された敵を、今は亡(な)き帝国以外の全ての人類を、滅ぼし尽くすまで。

共和国側の前線基地にも、実は同じ任務を負う自動機械はいる。基本的には戦場で何もかも自弁できるよう、前線基地には小規模な生産プラントと自動工場が付属する。要塞壁の中に閉じこもる人間様は、戦場には出てこない。そのための無駄に高度な自動給餌システム。

だからもしかしたらテイトの〈ジャガーノート〉は今頃は、彼女たちの前線基地の再生炉の中かもしれないのだが、……それは言わなかった。死んだ仲間の機体を基とする部品を使った〈ジャガーノート〉で戦うのは、友人の死骸を喰らって生きのびるようなものだ。そんな凄惨はまだ……知らなくていい。

ともあれアリスは破顔する。

なるほど本当に、見誤っていたらしい。

表情や感情は、欠けてしまっているかもしれない。物事への執着はどうやら薄く、今も目を合わそうとしない態度のとおり、他人との交流も避けがちなようだ。

でも、それでも、他人に全く無関心というわけではない。

それどころか。

「……優しいな。形見を、拾ってやろうとしたのか」

自分さえ明日をも知れない、こんな絶死の戦場で。

シンは小さく首を振った。

横に。

「警告してやれたはずなんです。でもできなかった」

紅い双眸に薄く、硬く浮かぶのは、自責、だろうか——……？

「〈レギオン〉に近づいたのは初めてで、だから、ここまで動きが速いとは思ってなかった。でも、近くにいるのはわかってたんです。警告してやれたはずだった。……おれが気をつけてなかったせいで、あいつは……」

思わずアリスは手を伸ばした。ぽふ、と頭に手を置かれて——長身のアリスと成長期前で小柄なシンとでは、つまりそれだけ身長差がある——言葉を遮られたシンが、虚をつかれたように一瞬硬直してから振り仰ぐ。

見返してアリスは言った。

「他人に警告してもらわなければ死ぬような奴は、どのみち生き残れない」

冷厳と。

ゆっくりと見開かれていく血赤の瞳を、見据えたまま言い放つ。

「ここはそういう戦場だ。自分の身は自分で守れなければ、いずれ死ぬ。誰もいつまでも、そいつのお守りはしてやれない」

複数機で連携し、装甲の薄い敵機の側面や後方を狙うのが火力の弱い〈ジャガーノート〉の基本戦術だ。

仲間同士支援しあわねば、この戦場では生き残れない。

それでも自分を守りきれるのは結局、自分一人だ。

戦闘中に孤立した時。周りの僚機に、援護の余裕がなかった時。自分以外の戦隊員が——全滅した時。

そんなことはざらにある。

他人に庇ってもらわなければ死ぬような奴は、そうなった時に生き残れない。そしてそれは、守ってやれなかった奴の責任ではない。

「だから、テイトのことは気にするな。お前に責のあることじゃない。……むしろ、お前という友人が最後にいて、あいつは幸福だったろうよ」

「………」

「覚えていてやれ。……それが、お前にできる最大の手向けだ」

この戦場では、唯一無二の。

「……はい」

「責任というならそれは戦隊長の私が負うべきものだ。……すまなかったな」

シンは再び、小さく首を横に振った。寡黙なその仕草にアリスは微笑み、もう一度ぽふぽふとその黒髪を撫でてやった。やはり、優しい子だ。こんな世界では無惨なほどに。

一拍ほど間があってから微妙に不満げに見上げてきたのは……どうやら、子供扱いがお気に召さなかったものらしい。

手を離すとさりげなく数歩距離をとり、改めて目を向けてきた。

「アライシュ大尉は、」

「アリスでいい。どうせ名ばかりの階級だ」

指揮系統の明確化のため、プロセッサーには一律に階級が割り振られている。あるべき待遇も給料も支払われない、名ばかりのものだが。

「……戦隊長は、どうしてここに？」

さすがに年上の相手をいきなり呼び捨てるのは難しかったらしい。

「何、お前と同じだ。……テイトたちの遺品がもし残っていれば、それを拾ってやりにな」

いきなり哨戒（しょうかい）をすっぽかして、勝手にどこかをほっつき歩いている困ったちびちゃんを探しに来たのもあるとは、一応言わないでおいてやる。

シンは首を傾（かし）げた。〈ジャガーノート〉の残骸は回収輸送型（タウゼントフスラー）が持っていってしまうと言ったのはアリスだ。知っているのにどうして、と思ったのだろう。

「そういえば、お前たち新入りにはまだ言ってなかったな。……帰ったら説明してやる。置いてけぼりをくらっているお前の相棒も連れて、基地に帰るとしよう」

瓦礫（がれき）の陰、放置されたシンの〈ジャガーノート〉が、どこか寂しげにうずくまっていた。

「――これは、昨日死んだテイト・クルス、アトリ・ライシ、ナナ・オーマ、アマラ・キィの墓標だ」

ブリーフィングルーム。

昨日の戦闘で十四人に減った戦隊員たちに、アリスはそれを掲げる。

数センチほどの小さな、四人の名前をそれぞれ刻んだ金属片。ありあわせの切れ端に釘でひっかいただけの、至極粗末な。

壁の中の共和国人が見たなら笑い飛ばすような滑稽な〝墓標〟に、けれど集まる少年少女たちの誰も、一つの笑いも零さない。

十四対の双眸がそれぞれの生まれ持った色彩で、けれど一様にまっすぐに真摯に、ちっぽけなその金属片を見つめている。

それが閉じこめられたこの戦場の中、さしのべられた唯一の救いであるかのように。

「私たちエイティシックスに、入る墓はない。あらゆる記録からすでに名前は抹消され、死体もどうせ残りはしない。だからこれが、私たちの墓標だ。先に死んだ仲間たちの名を刻み、我々の名前もいずれこうして残る……私たちエイティシックスの、存在の証だ」

そんなものは戦場の片隅で、弔われるどころか誰に見られるでもなく、風に晒され朽ち果てて、あとかたもなく消え去ってしまうとしても。

「皆、約束をしよう。——死んだ奴の名前をそいつの機体の破片に刻んで、生き残った奴が持っていく。そうやって最後まで生き残った奴が、そいつの行きつくところまで、他の全員を連れていくと」

〈レギオン〉こそが支配する、八六区の戦場で——実際に手に入るのは大抵、そいつの機体片などではなく間に合わせの金属片や木片にすぎないけれど。

「覚えていよう。たとえ一時でも、共に戦って先に死んだ、戦友のことを」

三年、アリスは八六区で戦った。

プロセッサーの年間生存率は〇・一パーセントに満たない。共に戦った誰も彼も、今はもう、誰もいない。

この部隊でも結局は誰もが、彼女を置き去りにするのだろう。

パイプ椅子の最奥の列、一番隅の席で見上げてくる、透徹した血赤の瞳を見やって微笑んだ。

生きていたらちょうど、同い年の——けれど決してその年齢になることはない、強制収容所で病み衰え死んだ、彼女の幼い弟のように。

「お前たちは私が連れていく。だから……恐れることなど何もない」

2

まずい、と、誰かの警告が知覚同調を伝う。

それよりわずかに早く、シンの〈ジャガーノート〉の眼前で黒く土砂が噴き上がる。高空より飛来して大地深く突き刺さり、炸裂した衝撃波に抉られ吹き飛ばされる大量の土砂。

その黒い津波と、不可視の衝撃波が軽量の〈ジャガーノート〉を弾き飛ばす。成す術もなく、シンは〈ジャガーノート〉もろとも吹き飛ばされた。

ぱち、と唐突に、血赤(ちあか)の双眸(そうぼう)が開いた。

二度、三度まばたき、そのまままきょろきょろと周りを見回しているあたり、状況がつかめてはいないらしい。それも道理かと、狭く質素なパイプベッドの横に椅子をおいて見守っていたアリスは思う。

片手で開いていたハードカバーをぱたりと閉じて、声をかけた。

「起きたか、ノウゼン」

「——戦隊長」

応じる声は少し掠(かす)れていたが、幸い口調も向いた視線もしっかりしている。脳に致命的なダメージを負ったということは、どうやらなさそうだ。

日焼けて生地の薄くなったシーツに手をついて身を起こし、そこが古いプレハブの隊舎の、彼に与えられた一室であることを見て取った様子で、小首を傾(かし)げた。

「……どうして、」

「ああ、やはり覚えていないのか。〈レギオン〉の——長距離砲兵型(スコルピオン)の砲撃で吹っ飛ばされて失神したんだ。〈レギオン〉は退却時には、後方からの砲支援を受ける。お前が配属されたあたりから出てこなくなっていたが……また移動してきたらしいな。これからは〈レギオン〉が退いていくからといって、油断はするな」

　一五五ミリ榴弾（りゅうだん）砲を装備した、砲兵相当の〈レギオン〉である、らしい。〈レギオン〉支配域に潜む彼らの姿は、これまでアリスも見たことがない。

　何せ。

「長距離砲兵型（スコルピオン）の砲は三、四〇キロの射程がある。〈ジャガーノート〉のセンサの感知範囲外だ。いるかいないかは撃たれるまでわからん」

　現代兵器の射程は、思いの外に長い。

　交戦距離の短い戦車砲でさえ二キロ前後、榴弾（りゅうだん）砲なら弾種によっては四〇キロ以上の彼方（かなた）から砲弾が届く。地上で目視可能な範囲の、その外からの攻撃だ。不慣れな間はいささかならず、実感のわかない交戦距離である。

　ちなみにアリスたちには同等の射程の長距離兵装は与えられていないので、長距離砲兵型（スコルピオン）が出現した場合は〈ジャガーノート〉の五七ミリ砲の射程外から、一方的に砲撃を喰（く）らう破目になる。

「わからない……ですか」

「前進観測の斥候型（アーマイゼ）が出てくるから、多少の予測はつくがな」

　四〇キロの彼方（かなた）を視認できないのは、〈レギオン〉も同じだ。どれほど高性能な光学センサでも、地平線の向こう側に隠れてしまったものは見えない。

砲兵自身では視認できない弾着位置を確認し照準を調整するため、長距離砲撃には前線に進出しての前進観測が欠かせない。

「…………」

と、言われても、戦場にきて間もない新入りにはわかりにくかったらしい。シンは困惑したように、沈思するように黙りこんでしまった。

「ともあれ、目が醒(さ)めてよかった。……と言いたいところだがな」

見返してきたシンに、アリスは顔を顰(しか)めてみせた。

未(いま)だ輪郭に幼さの残る頬に、薄い瞼(まぶた)の上に、細い腕に、しらじらと目立つ絆創膏(ばんそうこう)や包帯の白色。それ以上に幾つもの、覆いきれない創傷と擦過傷の痕。

「無茶をしすぎだ。……〈レギオン〉に単身挑むなと何度言えばわかる」

全て、今日の戦闘での負傷である。

長距離砲兵型(スコルピオン)の砲撃で吹っ飛ばされた時のものもあるだろうが、おそらく大半はその前に負ったものだ。

接近しすぎたせいで近接猟兵型(グラウヴォルフ)の高周波ブレードを避けきれなかった。直撃こそ避けたもののどうやらブレードがコクピットブロックを掠(かす)め、割れた装甲と光学スクリーンの破片がコクピット内に飛散した。それをまともに浴びたらしい。

シンの配属から、一月余り。およそ新入りらしからぬ働きで隊の戦力の一人になってくれているのはいいが、どの戦闘でも単騎で突出したり〈レギオン〉の隊列に切りこんだりと、危なっかしいことこの上ない。

やれやれとアリスはため息をつく。これまでずっと、デブリーフィングの度にやめろと言い聞かせているのだが。

「〈ジャガーノート〉の戦闘は、小隊で連携して行うものだ。一番槍の栄光も一騎打ちの誉れも、この八六区では必要ない。むしろ自殺行為だ。小隊の仲間と、きちんと協力しろ」

「……〈レギオン〉の隊列を乱せれば、それだけ隊の他の奴らがつける隙が多くなります」

「そうかもしれんが、あの歩く棺桶でやることじゃない」

〈ジャガーノート〉のアルミ合金製装甲はあまりにも薄い。最も頑丈なはずの正面装甲でさえ、重機関銃弾にも耐えられない。

畢竟〈レギオン〉の攻撃は回避するしかないのだが、〈ジャガーノート〉は機動性能でも〈レギオン〉に遥かに劣る。距離を置いているならまだしも、接近した状態で万一照準されれば、まず間違いなく回避は不可能だ。

「でも」

「ノウゼン」

珍しく言い募ろうとするシンを遮ってアリスは言う。低く。

彼なりに譲れないと——隊の仲間を助けたいと思っているのだろうが、アリスとてこの一線は譲れない。

　決して。

「いい加減にしろ。私は、私の隊の誰にも、仲間を喰って生きのびる無様を晒させるつもりはない」

　誰かを犠牲に、その戦闘を永らえるような卑劣など。

　まして最年少の新入りを囮にするほど零落れた覚えは——誇りを失った覚えは、アリスにはない。

「それともまさか死にたいのか。言っておくが私の隊ではそんなことは……」

「死にません」

　今度はシンがアリスの言を遮った。普段物静かな彼らしからぬ、切りつけるような語調で。

　虚をつかれてアリスはシンを見返す。

　紅い瞳は伏せられて、アリスを見ない。

「おれはまだ死ねない。死ぬわけにはいかない。だから、……死んだりしません」

　酷く、頑なな声音で眼差しだった。

　使命感にも似て、けれどもっと昏く、悲壮な。覚悟のような。

　妄執のような。

「……それは、」

問いはつい、口をついて出た。

「首のその傷痕と……関わりがあるのか？」

ひゅっとシンは息を詰めた。

咄嗟に己が首をつかんだ手に、包帯の感触がないと知って、血赤の双眸がみるみる凍りついて見開かれる。

言葉にされるまでもなく雄弁なその様子に、アリスは紅唇を引き結ぶ。

以前、グレンが言っていた。

――多分、首に関して何かあったな。

――首の、包帯の下。そこにこう、首輪か鎖みてえに、絡みついてる情が見えるから。

情、などという生易しいものではない。

まだ細い、白い首に未だ生々しい血の色彩で絡みついているのは――首筋を一周する、ぎざぎざと捻じくれた一筋の痣だった。

首を切断し、無理矢理縫い繋げた痕のような。

悪意と害意もあからさまな。あまりにも無惨な。

気がつくと、見開かれたままの紅い双眸が見上げていた。

凍えたその瞳と目が合って、アリスははっとなる。

戦場の苛烈にも友人の死にも怖気る様子の一つも見せなかった少年が、およそ見たこともないほどに――怯えた顔をしていたから。

問われるのを。思いだすのを。

それを口にするのを――恐れるような。

慌てて言い募った。

「ああ、すまない。悪かった。見るつもりはなかったんだが」

失神している間、呼吸に影響が出てはまずいからと――共和国は〝無人〟の戦場に、人型の豚のために軍医を送りはしない――衣服を緩めた時に、首の包帯も外したのだ。

見るつもりではなかった。

けれど、見てしまった。

見られたくないから隠していたのだろう、誰かの悪意の爪痕を。

「すまなかった。目が醒めたのだから戻してやればよかったし、聞いていいものじゃなかったな…………待て。それは駄目だ」

かけた声は先程からどうやら、シンにはまるで聞こえていない。

無意識にだろう、喉を覆うように触れた手にそのまま力が入って爪の先が皮膚に喰いこんでしまっているのに、気づいてアリスはその手を取る。驚かせないように、なるべくそっと。

抵抗されないことを確認してから、ゆっくりと引き剝がした。

自らを縊ろうとしていた手が外れて、けれど呼吸は速く浅いまま戻らない。きつくまとわりつく、恐慌の気配。血の気の引いて強張った幼い面と、収縮しきって針の先のような瞳孔と。

凍りついた瞳はおそらくは過去の光景を凝視したまま、現実の何も見てはいない。

「……ノウゼン」

反応はない。

「ノウゼン。私を見ろ」

反応はない。……ファミリーネームでは自分が呼ばれていると認識しづらいか。

「シン、シン」

宙空の半端な一点に据えられたきり微動だにしなかった視線が、幽かに揺れた。こちらに少し意識が向いたか。

その機をあやまたず捕らえ、アリスはなるべく落ち着いた声音を意識しつつ続ける。

「シン。私を見ろ。それは今、起きていることじゃない。私を見るんだ」

引き剝がした手は握ったまま、繰り返すことしばし……ずいぶん経ってようやく、石のように硬く強張っていた小さな体がふぅっと緩んだ。

目を閉じてそろそろと長く息をつき、その吐息に乗せるようにシンは言う。

「……すみません」

「いや、」

曖昧に首を振った。無遠慮に彼の傷に触れたのはこちらの過ちだ。謝られる謂れはない。

「その……」

「なんでもないです」

言いかけたアリスを、シンは早口に遮った。追及を恐れるように目を伏せたまま。

「少し、……気分が悪くなっただけです。これのせいじゃありません」

その様子に、アリスは悟る。

傷を隠していたのは。見られることさえ恐れるのは。

その傷について問われ、思いだしたくないという以上に。

誰かの害意も明らかな、その傷をつけた誰かを——そうであるにもかかわらず、責められたくないから……か。

それなら。

首に巻いたスカーフをしゅるりとほどいた。

両手で広げ、シンの細い肩の両側から手を回して首全体を覆うように巻く。首の後ろで緩く結わえて、身を離した。

唐突に頭を抱き寄せられるような姿勢になって硬直したシンが、首に残った感触に一つまばたく。見下ろした先の薄い空色をくしゃりと、どこか幼い仕草で掴(つか)んだ。

「それなら要らぬ詮索もされないだろう。包帯は、どうしても痛そうで気になるからな」

その下に傷があると、暗黙の裡に示してしまうから。

「……別に、もう痛くは、」

「ああ。だが、」

さきほど見てとったままを、アリスは言った。

アリスには正直、その心情は理解できない。痕が残るほどに首を傷つけられて、その痕を見られただけでフラッシュバックが起きるほど心を傷つけられて、それでもなおその相手を責められたくないなんてそんな感情をアリス自身は抱けるとは思わない。

それでも。

「目を引きたくない、他人に見られたくもないのだろう？　責められたくない——いや、責めたくないから。その人を守ってやりたいとお前は、思っているのだろう？」

目の前のこの小さな少年にとっては——それが真情なのだろうから。

「っ……！」

その言葉にシンは弾かれたように視線を上げた。

一瞬。

本当に一瞬、感情の色彩の淡い血赤の双眸が、泣きだしそうに揺れた気がした。

見返してアリスは微笑む。——泣きたいのなら泣けばいいのに、涙の一つも零せないその無惨には、気づかなかったふりをして。

「詫び代わりだ。お前にやろう。……良いものだからな。大切にしろよ？」

「でも……。戦隊長こそ、大事なものじゃないんですか？　いつもつけてるのに……」

「なに。私も入隊したばかりの頃に、その戦隊の戦隊長から譲られたものだ。首を、こう——」

猛禽の鉤爪のように曲げた指で、首を掻く真似をしてみせた。

「引っ掻く癖があってな。何か巻いていれば、触れずにすむだろうと」

弟が死んだ後に、ついた癖だ。

病で、苦しんで死んだ。その最期を思いだすと無意識に、自分を傷つけてしまう癖。

見かねたかつての戦隊長が、彼のトレードマークだったスカーフをくれた。

共和国空軍の、パイロット候補生だったそうだ。エイティシックスだったから戦場に置き去りにされて、どうにか手元に残った数少ない私物の一つだった。

かつて、未だ戦場での索敵手段が目視に限られていた時代、戦闘機パイロットは首にスカーフを巻いていたという。伊達や酔狂ではない。敵機を探し、常に周囲を見回すために飛行服の襟で擦れる、その首を守るためのれっきとした装備だ。

レーダー塔載のジェット戦闘機が主流となり、そして制空権を全く〈レギオン〉に奪われた現在ではもはや憧れ以上の意味のないものだけれど、お守り程度の役にはたつと。

少なくともお前のことは、お前の罪悪感から守ってくれるからと。

今では形見になってしまった。

彼はその戦隊での任期の終わりに、スピアヘッド戦隊に——東部戦線最大の激戦区である第一戦区の第一防衛戦隊に配置替えになったから。

すでに幾百万の死を呑みこんだ八六区で、最も多く人が死ぬ。

「私は充分、助けてもらった。だから今度はお前が——守ってもらえ」

1

しばらく様子を見ているとどうやら下がった血の気も戻ってきたようで、とりあえず普段とそう変わりはない程度には落ち着いたところを見計らってアリスは問う。

「——ところで、食事はとれそうか？　それならそろそろ夕食の時間だが」

人間ではないエイティシックスの隊舎にも、最低限の生活の設備は整えられている。

共和国にとっては、プロセッサーとは文字通りの無人兵器の部品だ。戦う前に使い物にならなくなっても困るというところだろう。

食堂と申し訳程度の厨房も、その最低限のインフラの一つだ。

プレハブの隊舎の、経年にくすみつつある食堂はどこからか隙間風が入って少し冷える。シンを連れて出入口の矩形をくぐったアリスに、厨房に立っていたグレンが目を向けた。

アリスを一瞥したその碧眼が怪訝そうにまばたき、次いでシンを見やって片眉を上げた。なんだろう、と思ってからアリスも気がつく。スカーフ。

「ちびちゃん目ぇ覚ましたのか。よかったな」

「ああ。心配をかけたな、整備班長」

「まったくだ。――ノウゼン、お前機体乱暴にぶん回すのいい加減にしろよ。吹っ飛ばされた分はともかく、また足回りガタガタじゃねえか」

「……すみません」

不意に向けられた言葉と視線に、一瞬たじろいだようになってからシンは応じる。怯えた、とまではいかないが、明らかに身を引こうとしてそれを堪えた、そんな反応だ。

その様子にアリスは内心、ああ、と思う。

なるほど年上の――十代後半以上の少年兵や、二十代前半くらいの整備クルーは苦手らしい。そういえば相手から話しかけられた時を除いて、年かさの戦隊員と一緒にいるところを見たことがない。

プロセッサーの生存率は体力で勝る少年の方が高く、アリスのように数年も生き残る少女は稀だ。このところ孤立しているように見えるのは、そのせいもあるか。

彼と同年代の新入りの少年たちは、とうの昔に全滅してしまっているから。

最初にそれを指摘したグレンは、シンのその反応も特に気にする風もなく肩をすくめる。いつものツナギの上から何やらエプロンなど着ている彼に、おどけてアリスは聞いてみた。

「さてシェフ。今日のメニューは？」

「おうよお嬢さま。我らが祖国の誇る合成食糧のソテーに合成食糧のサラダ、合成食糧のスープに焼きたての合成食糧だ。今日も異次元の美食をご堪能あれ」

言いながらグレンがカウンターにごとごと置いたのは、アルマイトの皿に盛られた、白い四角い粘土に似た何かだ。

基地併設の生産プラント、そこで日々作られる合成食糧である。

ちなみにいかにもメニューが豊富そうなグレンの台詞に反し、食料としてエイティシックスに与えられているものはこの謎の粘土一種類しかない。

ふざけたやりとりと皮肉な言い回しに、聞いていたシンが小さく笑みを零す。声も立てない、本当にささやかな笑みだったが、横目にとらえてアリスは目を瞠る。

笑ったところを見たのは、そういえば初めてだ。少しは肩の力が抜けてきたか。

唯一これだけは本物の、そこらに自生しているハーブを煮だした茶のポットも併せて受け取って、長いテーブルの空いている席に適当につく。戦闘糧食も兼ねるため調理がいらない――同じ時間に同じ場所で喫食する必要もない合成食糧だが、よほどの人間嫌いでもない限り、誰もが三食とも食堂で仲間と共に摂る。

見た目からしておよそ食品とも思えない物体だ。せめて食事という体裁だけは、形だけでも為していたいとそう思うのだろう。

人型の家畜にすぎぬエイティシックスに、料理という文化などいらない。栄養補給という目的さえ果たせればそれでいい。そういう共和国の意思を諾々と受け入れてしまえば、アリスたちは、エイティシックスは本当に、兵器の部品に成り下がってしまうから。

だから意味がなくとも綺麗にスライスし、皿に盛りつけてカトラリーを用意したのもグレンのささやかな抵抗だ。せいぜい湯を沸かす程度の想定しかない貧相な厨房で、代用の茶やコーヒーを淹れたりどうにか料理の工夫を凝らしたりするのも。

その努力の一端だろう。合成食糧にはこれまでは存在しなかった茶色のソースがかかっていて、何やら甘辛い香りのそれをフォークの先で一、二度つついてからシンは口に運ぶ。

咀嚼して、……そのままものすごく微妙な顔で硬直した。

見やってアリスは生ぬるい笑みを浮かべる。

「……まあ、どう工夫しようと、不味いものはどうしようもなく不味いな」

そう。この合成食糧、見た目も駄目な上にやたらめったら不味いのである。

もう五年近くも収容所と前線で暮らしているエイティシックスにはもはや馴染みの味だが、だからといって全く慣れられないのがある意味すごい。いわく虚無の味、食べ物に似てすらいない別の何か。見た目の連想からか、プラスチック爆薬と言われることが一番多い。確かになんというか、プラスチックみたいな味と爆薬みたいな味が絶妙に混ざり合って奇跡のハーモニーを起こした味だ。悪い方に。

余談だが本物のプラスチック爆薬はほんのり甘いらしいが、毒性があるので食べてみた馬鹿は少なくともアリスの周りにはいない。

「…………」

シンはものすごく微妙な顔のまま、口の中の食品未満を咀嚼している。

最終的にどうにかお茶で流しこんで応じた。

「……不味いのはいつもどおりですが……その、今日は味付けが特に……」

「ふうん？」

口に運んで、アリスもしばし沈黙した。

「……なるほど。ソースはなかなかいけるのが逆に最悪だな。というかなんの調味料だこれは。知らない味だな」

ソイソースと砂糖な！　とか厨房の方から回答が飛んできて、アリスは顔をしかめる。

「また妙なものを……。というか結局なんのソースなんだそれは」

ことんとシンが首を傾げた。

そういう仕草をするとやはり十代初めの少年なのだと気づかされる、ひどく幼い動作だった。

「そういえば、そういう調味料の類はどこから来てるんですか？　生産プラントの合成品目にも、空輪の対象にも入っていなかったと思いますが」

ん、とアリスはまばたいた。言っていなかったか。

「ああ……お前が来てからは、行ったことがなかったな。……戦区の隅に、街ごと一つ放棄された廃墟があるだろう。そこの商店や民家の倉庫からだ」

「………？」

今ひとつぴんとこなかったようだ。逆の方に首を傾げた。

「開戦直後の市民の避難は、だいぶ急だったろう。だから持ちだせなかった物が大量に残っているんだ。街の廃墟ならそれこそ、缶詰だの長期保存の食料品がな」

途端にぴくりと顔を上げるものだから、ついアリスは笑ってしまう。

およそ物事に関心の薄いこの少年でさえ別のものが食べたいと思うほどには、……あの食べる虚無は不味いらしい。

「まあ、そういう探索には、滅多に行けるものじゃないがな。……そろそろわかってきたろう。この八六区では、哨戒と戦闘で一日が終わる」

〈レギオン〉はレーダーの類を、時に完璧に欺瞞する。急襲を受けないためには、日々の哨戒は欠かせない。

「だからまあ、そのうちにな。その時はついでに、狩りの仕方と捌き方も教えてやる。……それならこの、よくわからんソースも合うだろうし」

八六区には野生の兎や鹿や猪の他、放棄された牧場などから逃げだして野生化した鶏だの豚だの牛だのもうろうろしている。

野鳥や兎ならともかく、プロセッサーも整備クルーも全員総出の大仕事になる大物狩りとその解体を思いだして、……アリスはふと、ほろ苦く口の端を歪める。

「……お前以外の新入りたちにも、食わせてやりたかったんだがな……。強制収容所では本当に、合成食糧以外に食べるものもなかったろう」

地雷原と鉄条網に囲いこまれた強制収容所には獣さえも入れず、食べられる野草の類も収容初期の頃に取り尽くされてしまった。アリスよりも幼い年齢で強制収容所に入れられたシンたちは、もしかしたらまともな料理の記憶さえ、もはや薄いかもしれない。

アリスの慨嘆に、シンは直接には答えない。

代わりのように、食事時にもかかわらず喧騒の少ない、空席の目立つ食堂を見回して呟いた。

「……大分、減りましたね」

「ああ」

今日の戦闘で、また二人。

戦隊の定員二十四名の、その半分さえついに割った。補充か再編成が行われるべき、そういう状態だ。

「仕方ない。ここは激戦区だからな」

〈レギオン〉との戦いが楽なことなどないが、中でも厳しい戦区というのはいくつか存在する。この第三五戦区はその一つだ。

けれど言ってしまってからアリスは唇を噛む。

今。自分は当たり前のように、なんということを口にした。

「……いや、違うな。仕方なくなんてない」

人が死ぬことが。

アリスよりも年少のまだ少年少女たちが、戦って無惨に死ぬことが。

仕方ないなどということが、あるものか。

「隊長？」

「すまない。仕方ないはずがないな。皆、それまで生きていた。たしかに一人の人間だった奴らだ。それが失われて、仕方ないなんてことはない」

そんな風には思わない方が、あるいはこの戦場では楽なのかもしれない。

慣れて、擦り減って、何も感じなくなってしまう方がいっそ幸福なのかもしれない。

それでも。

「お前の友人だった奴らだ。お前が、失うまいとしていた奴らだ。……すまなかったな」

「いえ……」

緩く、シンは首を振った。

それから何か、意を決したようにまっすぐ見上げた。

「隊長。……もし、長距離砲兵型（スコルピオン）が確実にいるとわかったら」

唐突な言葉に、アリスはきょとんと見返す。

シンはどこか必死な様子で言葉を続ける。

「襲撃を予期できたら。――〈レギオン〉の動きがわかったら。隊のみんなはこれ以上、死なくてすみますか……？」

数度、まばたいてからアリスは苦笑する。

「もし、そんなことが本当にできたらな」

できるのならばアリスに限らず誰か先達のプロセッサーが、とうの昔にやっている。

なおも何か言い募ろうとするのを、片手を上げて遮った。

「……ん。すまない、上官殿から通信だ。話はまた、後にしてくれ」

シンはまだもの言いたげな様子だったが、結局引き下がって頷（うなず）いた。

「……はい」

切り上げたのはそいつからの知覚同調（パラレイド）が起動したからで、足早に食堂を出たのは聞かせたくなかったからだ。

そいつとの会話を。応じる自分の冷え切った声を。

『……応答が遅いぞ、雌豚』

「たてこんでいたんだ、仕方ないだろうハンドラー・ワン」

同調した聴覚の向こう、高圧的に言い放ったのは遠く共和国国内にいる、彼女たちの指揮官である共和国軍人だ。

知覚同調は集合無意識を介し、互いの聴覚を同調させることで会話を行う通信手段だ。物理的な距離も要塞壁も電磁妨害も、この画期的な通信技術の前には意味をなさない。

『たてこんでいた？　可愛い仔犬とじゃれあっていたように聞こえたがな。銜えこむにはまだ小さすぎると思うが……ああ、今から調教して手懐けるつもりか』

「下衆が」

吐き捨てたアリスに、指揮管制官はいかにも愉しげに嗤った。――繋がれて嚙み返せない犬を安全圏から嬲るほど、愉しい娯楽はこの世にはない。

『状況を通達してやろうというのに、口の利き方がなってないな。……〈レギオン〉前線部隊に活性化の兆候が見られるそうだ。じきにまた攻めこんでくるだろうから、察知次第迎撃しろ』

ぞっとしてアリスは反駁する。

「……待て、要求したプロセッサーの補充はどうなっている？　戦闘要員は半分以上も減っているんだ。今のこの戦力では……」

『甘えるな豚が。貴様らが無駄に死にすぎるから戦力が減るんだろう。劣等種の分際で人間様に手間をかけさせる気か、無能な色つきが』

それなら一度くらいまともに指揮を執ってみたらどうだと、口をついて出かけた皮肉をアリスは寸前で押しとどめた。〈レギオン〉との戦闘をエイティシックスに任せ、壁の中に閉じこもる共和国は、すでに戦争をしているつもりさえない。その一員である指揮管制官(ハンドラー)もまた、自らの任務であるはずの戦隊の管制など、まず間違いなく行いはしない。

同調してこないならまだマシだ。仲間たちが必死に戦い、死んでいく様を娯楽映画でも見ているように嗤(わら)いながら鑑賞された、そんな屈辱さえアリスは味わったことがある。

あんなことは。もう二度と。

『返事は、雌豚』

「――了解、ご主人様」

0

出撃した第三五戦区第一戦隊〝ハルバード〟は、誰一人帰らなかった。

けれどそんなことは、この八六区ではいつものことだ。

昨晩〈ジャガーノート〉は残った全機が出ていったきり戻らない今、格納庫はがらんと無意味に広い。

その空虚を見回して、グレンは嘆息する。煙草が欲しい。こんな気分の時には特に。

そんなものは人型の豚しかいないこの戦場に、提供されはしないけれど。

戦って死ねと、そのためだけの家畜だとこの絶死の戦場に放りこまれたエイティシックスには、死など今さら悼むまでもない、ごくあたりまえの結末だ。

少なくとも壁の内側に閉じこもる、お偉い白系種どもにとっては。

寄りかかっていた柱をずるずる滑ってコンクリートの床に座りこんだ。

「ちくしょう……」

自分たちの整備に何かミスがあったのではないかと、整備記録を全て広げて頭を抱えたのは戦争が始まった最初の頃だけだ。

工夫を凝らせばあの歩くアルミの棺桶も多少はマシになるんじゃないかと、議論と試行錯誤を重ねたのももう、ずいぶん前。

死んでいった奴らに、本当は何かもっとしてやれることがあったのではないかと——自分たちにもまだ何かを変える力があるのではないかと、どうにか思いこもうとしていられたのは。

そんなものは、どこにもない。

思い知らされた。

あまりにも当然のように、無造作に積み重なる死に、いつしか理解しきってしまった。

自分たちは無力なのだと。

定められた運命を欠片(かけら)でも覆(くつがえ)す力など——それを夢見る権利さえも、人間ではないエイティシックスには許されていないのだと。

安全靴のせわしない足音がかけてきて、隊員たちの未帰還を悟った今朝がたから髭(ひげ)もあたっていない顔を上げる。

直後に同僚の整備クルーが、隊舎に繋(つな)がる出入口から駆けこんできた。

「グレン、」

「なんだ。……いまさら、慌てるようなことなんざ何もねえだろ」

整備クルーはぜいぜいと息を切らして、その表情も眼差(まなざ)しもどこか呆然(ぼうぜん)としている。荒い息を無理矢理飲み下すようにして、ようやく言った。

「——今、帰ってきた奴(やつ)が、」

その言葉にグレンは目を見開く。

Illustration:I-IV

†

組立てが適当で、閉鎖しても本体との間に隙間の残る〈ジャガーノート〉のキャノピだが、コクピットもろとも叩き潰されてしまえばさすがに開かなくもなる。

パワーパックは擱座した後も、戦闘が終わってからもしばらく動いていたらしい。ちらつく小雪を降り積もらせず溶かす本体の、辛うじて残った隙間に適当な金属棒をつっこみ、梃子の要領で無理矢理こじ開ける。

覗きこんで、……彼は小さく、息を呑んだ。

「……戦隊長」

†

グレンたちの焦燥と絶望など知らぬげに顔を出した忌々しい太陽は、いつのまにやらまた身勝手に西に沈もうとしていたらしい。

死に逝く陽光は昏く紅く、夕映えの光に影は長く雪の野を這う。駆けつけたグレンと、すでに集まっていた整備クルーたちにも気づかぬ様子で、ぽつりと隻影が、夜の間に積もった雪を踏みながら歩いてくる。

機甲兵器としては鈍足の〈ジャガーノート〉だが、それでも人の足に比べればずっと速い。ましてまだ背も伸び始めない、子供の足に比べれば。

出撃から一昼夜。その間、遠い戦場からただ一人、眠る間も惜しんで歩を進めてきたのだろう。うろつき回る〈レギオン〉どもをやりすごし、疲労に重い体を引きずりながら。

小柄な体軀に丈の合わない野戦服。小雪に濡れた黒髪と空色のスカーフ。何より、夕映えの朱い光の中でなおも紅い、印象的な血赤の瞳。

「ノウゼン……」

けれど誰一人、駆け寄ろうともしなかった。グレン自身、その場に縫い留められたように、凝然と息を吞んだきり動けなかった。

零れた声に反応し、足を止めてのろのろと顔を上げたシンは——真っ赤に染まった胸元に、何かまるいものを抱えていたから。

変色した血の朱殷の布にくるまれて、その美貌の反面だけをのぞかせた——けれど厚みからそうとわかってしまう、片側半分だけのアリスの首を。

「っ…………！」

正気を疑う有様だったが、血赤の双眸に狂気の気配はなく、むしろ無惨なまでに明晰だ。激情を堪えるように唇を引き結び、けれど戦塵と血に汚れた頰に涙の痕はない。

憔悴し、疲労に濁った瞳がグレンを映してわずか、安堵に緩んだ。

それでもグレンも、誰も、動けなかった。

何を、どう。考えたのかはわからなくもない。

人体は重い。少女とはいえ長身で、年長の相手ともなればなおさらに。小柄なシンにはとてもではないが、運べる重さではなかったろう。

まして〈レギオン〉との戦闘で生じた死体が、運べるような状態であったはずが。

だから、せめて一部だけでもと。

全部は持ち帰れないから千切れ落ちた頭だけでもと、思ったのだろう。

まるきり正気の発想ではない。

戦場の狂気そのものの、総毛立つ酸鼻だ。

それでも根底にあるのは仲間を連れて帰らねばというこの少年の優しさで、だから本当は。

知らず、嚙み締めた奥歯が軋んだ。

本当は、誉めてやるべきなのだろう。

よくアリスだけでも連れて帰ってきたなと。お前は仲間思いな奴だなと。労い、賞賛してやるべきなのだろう。

自分たちが——自分や、シンや、アリスたちエイティシックスが、人間でさえあったなら。

ちくしょう、とグレンは天を仰ぐ。

神様。

俺たちが一体。

こんなことを言わなきゃならない、どんな罪を犯したって言うんだよ。

「ノウゼン。それは、駄目だ」

ぱち、と。血赤(ちあか)の瞳は場違いなほど幼げにまばたいた。

何を言われたのかわからない。そういう眼差(まなざ)しで表情だった。

見下ろしたままグレンは続ける。

非情なことを言っている。道理にも人倫にも悖る言葉を吐いている。それでもこれは許してはならない。

一人、生き残った。一人だけでも生き残った。

それならそのたった一人だけでも、これ以上死なせるわけにはいかないのだから。

「そうなっちまったアリスは、この基地には帰れない。エイティシックスの死体は、回収できないんだ。知ってるだろ。エイティシックスに入る墓はない。……エイティシックスの墓を作ることは、許されてねえんだ」

この戦場は、共和国の誇る先進的かつ人道的な、戦死者ゼロの戦場だ。

その無謬を壊すことを、共和国は何があっても許さない。

存在しない戦死者に、入る墓などあるはずがない。

あるはずのない墓は作れない。

だから。

「だからそいつは駄目だ。そのアリスを連れたまま、この基地に帰らせるわけにはいかねえ」

「…………」

困惑したように、混乱したように、血赤の瞳がせわしくまばたく。

見据えたままグレンは内心で歯噛みする。

ああ。わかっているとも。

シンは今、辛うじて正気を保っている状態だ。

隊の仲間が死んだのだ。

わずか数か月とはいえ共に暮らし、共に戦ってきた仲間たちが、一夜にして目の前で、無惨に一方的に蹂躙されたのだ。

正気でいられるはずがない。狂ってしまう方がいっそ自然だ。

こいつはただ、狂気の淵に転がり落ちそうな自分を、仲間を連れ帰るという役目に縋って、人としてあるべき倫理を守ることで、どうにか保っているだけだ。

「……でも、」

「でもじゃねえ。……お前もアリスの話を聞いたろ。どうしてアリスは、あんな約束をしたと思う。死体が残らねえからじゃねえ。残ろうが残るまいが、墓なんか作ってやれねえからだ。……せめて名前くらいしか、誰かが覚えてやって残すことしかできねえからだ」

血赤の瞳がはっと見開かれた。

――約束をしよう。死んだ奴の名前をそいつの機体の破片に刻んで、生き残った奴が持っていく。

――そうやって最後まで生き残った奴が、そいつの行き着くところまで、他の全員を連れていくと。

そう、アリスが――この八六区を何年も生き残ってきたプロセッサーが言った理由が、その真意が、ようやくわかったのだろう。

戦って死しても、墓標さえも残せない。そういう運命のエイティシックスにとっては、あの約束がせめてもの慰めで――これ以上ない救いなのだと。

それでも緩く首を振ったのは、否定か、それとも拒絶だったか。

「でも……それでも、許されてないから作れないというわけではないはずです。ここにいない共和国人の言うことなんて……」

「できねえ」

「ですが」

ぎりっとグレンは奥歯を嚙み締める。この、聞き分けのねえガキが。

この戦場のことなんて。この八六区の悪意なんて、まだ何も知らねえくせに。

こんなことを言わなきゃならねえ側の痛みなんて、知ろうともしちゃいねぇくせに！

「できねえったらできねえんだよ！　禁じられてる墓を作って、そいつがもし、共和国の白ブタどもに見つかったらどうなると思う⁉　――殺されるんだ、お前らプロセッサーのガキどもが！」

壁の中に閉じこもる共和国市民だが、まったく戦場に出てこないというわけではない。プロセッサーや一部物資の輸送。配属の記録。そういう時には軍人どもが八六区まで来る。残骸回収用の〈スカベンジャー〉も、あれも所詮は共和国製だ。監視装置がついていないとは言い切れない。

　そうやって監視する白ブタどもの目に、もし、禁じられた墓が留まったらどうなるか。

「俺たち整備クルーは、替えが利かねえから殺されねえ。廃棄されんのはお前らだけだ。それも作った本人だけじゃない、部隊全員だ！　分かるか？　もし墓なんざ作ったら、それが見つかったら、これからここに配属されるガキどもが殺されるんだ！　全員！　お前のせいで！」

　瞬間、血赤の双眸が雷に打たれたように見開かれて凍りついた。

　過剰な反応に、グレンは虚をつかれて口を噤む。紅い瞳に刹那よぎったのはグレンではない誰かに向いた恐怖であり執着じみた強迫であり、何故か深い、自責と自罰の感情だった。

　恐慌の気配は一瞬、凍えた瞳を隠すように、シンは俯いて後ずさった。

　深く俯いたまま、消え入るような声が囁く。

「……すみません」

　グレンは小さく首を振った。言いすぎた。それに、謝られるいわれはない。

　人として正しいのは本当は、シンの方だ。

　ただ、シンもアリスもグレンもここにいる誰もが、人間ではなかったというだけで。

「……ノウゼン」

　歩み寄り、手を伸ばすと腕の中のアリスをかばうように身を引く。頑なにこちらを見ない目の、硬い色彩。

「捨てたりしねえよ。戦場……までは行けねえが、なるべく遠くで土に還してやるだけだ」

それさえもどこに〈レギオン〉がいるともしれぬ八六区では命がけの行動だが、それは言わなかった。

「…………」

「あとは俺がやる。……よく、お前だけでも帰ってきてくれた」

手を伸ばし、くるんだ布ごとアリスの欠片を取り上げた。シンは今度は、逆らわなかった。

「……おっと、」

腕の中の重みが消えると同時に、緊張の糸がふっつり切れたのだろう。ふらりと揺らいでくずおれた小柄な体躯を、グレンは片手で捉えて支える。……気を失ってしまったらしい。実際疲労も精神的な衝撃も、とうに限界を超えていたのだろう。

「グレン」

「悪い、任せる。今日はとにかく、このままゆっくり休ませてやれ」

駆け寄ってきた同僚に意識のないシンを預けて、薄暮の闇に沈み始めた東の戦野に踏みだした。もはや物言わぬ、アリスを連れて。

そういえばシンは最後まで涙の一つも零さなかったなと、ふと思った。

〈レギオン〉の哨戒をどうにか潜り抜け、たどりついた聖堂の廃墟の薔薇の花壇に、アリスを埋めた。

「とうとう置いていく側になっちまったな、アリス」

あまりにも小さくなってしまったアリスのための土盛りはあまりにも小さく、小雪のちらつく冬の今、捧げるべき花の一つもない。

エイティシックスに入る墓はない。それはアリスも、わかっていたろうけれど。

「あんなちびちゃんを置いて逝くなんて、……ひどい女だよお前は」

プロセッサーという連中は、どいつもこいつも。

†

戦隊は半年の任期の終了ごとに。あるいは戦隊の壊滅と共に、解体されて再編される。

シンを除いて全滅したハルバード戦隊は要員が総入れ替えとなり、シンも別の戦区に配属されるらしい。地雷原で封鎖された戦区同士を繋ぐ輸送機に、共和国の紺青の軍服の兵士に連れられて乗りこむシンをグレンは見送る。

その両腕が数日前のアリスの首のように抱えている、幾枚もの金属片が入っているらしい布包みに目を留めて、声をかけた。

「ノウゼン。そいつは」

「最後に生き残ったのはおれですから」

返った声は硬く、突き放した響きだった。

あれからシンは、グレンを見ない。整備クルーの誰とも、言葉を交わそうとしない。

生者を忌避するように。関わる暇さえ惜しむように。

その時間で死した仲間たちと一人残らず向きあい、覚え直していこうとするかのように。

抱えた包みの、戦隊の二三名の戦死者の名を刻んだ金属片。雪交じりの戦野の風にわずかに揺れる、首に巻かれた淡い空色のスカーフ。

アリスが生前遺してやった、最後の情。

振り向かない血赤の瞳が、一瞬。誰かを悼んできつく、やるせなく、歪んだ気がした。

そのくせまだ、泣くこともできないままに。

「アライシュ大尉と。隊のみんなと、約束しましたから。——おれと一緒に戦って、先に死んだ奴は全員。行きつく最後までおれが……連れていきます」

Appendix

扉が閉まりきっていないのに気づいて中を覗くと、窓の外の陽光でほの明るい居室の、奥のベッドでシンが行き倒れていた。

半端にかぶった上掛けの下で子供みたいに体を丸めているその背を見やり、まったく、とライデンは鼻から息を吐く。居室の出入口からベッドまでは脱ぎ捨てた搭乗服の上着やら襟の高いインナーやらが点々と、足跡をたどるように落ちている。

戦場の、細い細い死線の真上を駆けぬける精緻さとは裏腹、シンは日常生活では割と雑な性格だ。自分自身に対してさえ関心と執着が薄い、その表れといえば戦場でも日常でも変わりはないのかもしれないが。

少なくとも脱いだ服を畳んでまとめておこうという発想はシンにはない。服の軌跡が若干左右にふらついていることからして、どうやら相当に眠かったらしいなら尚更に。

どうでもいいが、こいつこんなザマでどうやって特士校の寮生活を切りぬけたんだろうとライデンは思う。

あのアホみたいに規律正しさを要求される空間では、絶対に許されない振舞で光景なはずなのだが。

訓練中は結構、要領よくやってたよと、シンの同期だった眼鏡の特士士官の少年なら苦笑しそうな疑問だったが、生憎とライデンはその彼とは面識すらない。

ともあれ軍靴の踵をこつこつ鳴らしつつ居室に入る。歩きながら上着やらインナーやらを拾い上げてやり――。

「片付けろこの馬鹿」

真上から持ち主に叩き落とした。

結構容赦なく。

「っ……!?」

布とはいえ、耐衝撃性と耐弾、耐刃性を付与された機甲搭乗服は厚く、それなりに重い。それをいきなり頭の上に叩き落とされたのだから、上掛け越しとはいえ相応の衝撃はあったらしい。くぐもった悲鳴のような声が布越しに幽かに聞こえた。

ややあって、上着やらインナーやら頭からひっかぶった薄い上掛けやらの布の山の中から、目が醒めきっていないせいか目つきの悪いシンがもぞもぞ顔をのぞかせた。

「……なに」

寝起きでややかすれた声も、どこかつっけんどんだ。

「なにじゃねえ。夜間演習後だからって、脱いだ服くらい片付けてから寝ろ」

なんでそっちが微妙に非難がましい目をしてやがる。

ところでそういう物言いが陰でこっそり「お母さん」呼ばわりされる原因だと、ライデンは未だに気づいていない。

応えずシンは上体を起こす。半端に引っかかっていた上着とかがずり落ちて、ベッドの上や床にばさばさ散らばる。

搭乗服を脱ぎ捨ててそのままベッドに直行したので、連邦軍謹製の色気も素っ気もないアンダーウェア姿だ。八六区では与えられていなかった認識票が二枚、銀色のチェーンに吊られてタンクトップの胸元で揺れていた。

そしてその鈍く光を弾く銀色よりも目を引く、――今なお色濃く残る首を一周する赤い傷痕。

見やってふと、ライデンは思う。

首の痕を。

他人の目に触れさせることを、シンが平気になったのはいつからだったろう。

出会ったばかりの頃は神経質なほどに、首を人目に晒すのを嫌っていた。その頃は外したところを見たことさえなかった首のスカーフに、言及されることすら嫌がっていたようだ。

傷の由来を話す程度に整理がついた頃には、傷痕を見られることへの忌避感もずいぶん薄らいでいたように思う。基本的にはスカーフを巻いて隠しているのには、変わりはなかったけれど。

だから連邦に来て、従軍を決めた時も、それだけは少し気にかかっていた。連邦の軍服はブレザータイプだ。ほとんど襟に隠れるとはいえ、角度や姿勢次第では見えることもある。搭乗服(パンツァーヤッケ)なら多少の着崩しは黙認されるが、訓練施設である特士校ではそれも許されない。

大丈夫なのか、と。

当のシンがさして気にした様子もなかったから、口に出してはいないが。

今も夏場だろうがタイを緩めることはなく、戦闘時は変わらずスカーフを着けている程度には、隠しておきたいらしいのに。

ちらりと目を向けた先、長年戦場の陽に晒(さら)されて空色の淡くなったスカーフが、それだけ簡単に畳まれてデスクに置かれていた。

……連邦に保護された時に私物の類(たぐい)は一度全て連邦軍に回収されて、シンはその中から拳銃と、このスカーフだけは返却してもらっていた。

「……いいのか？」

唐突なライデンの問いに、シンは一つまばたく。

目線を追ってスカーフに目を留め、曖昧に頷(うなず)いた。

「ああ……」

首の傷痕に触れたのは、シンは多分、無意識だろう。

それから苦笑して肩をすくめた。

「もう充分、守ってもらったとは思うんだけど。別に手放す理由もしまいこむ理由もないから。……連れていくって、最初に約束した人だしな」

「…………」

昔の戦友の。ライデンは知らない、シンが最初に配属された戦隊の仲間の――形見、だったのか。

苦笑するようにシンは笑う。穏やかに。どこか柔らかに。

最初に会った時はこんな風に笑うようになる奴だとは、思ってもみなかった。

「今はもう、気にしてるわけじゃないけど。わざわざ誰かに、……特にレーナに、聞かせたい話でもないから」

もうどこにもいない、討たねばならなかった、けれど決して憎んでいたわけではなかったろう相手の、その罪の話は。

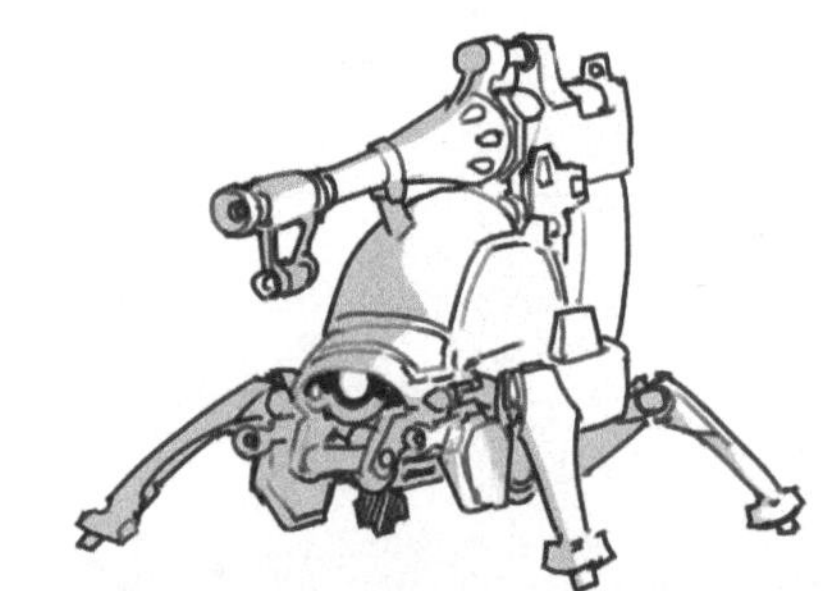

02

フラグメンタル・ネオテニー〈Misericorde〉

These fragments turned the boy into the Grim Reaper.

FRAGMENTAL NEOTENY

»〈Misericorde〉

86

EIGHTY SIX

The dead aren't in the field.

But they died there.

3

右足のレッグホルスターから拳銃を抜き、左手を添えてスライドを引く。

安全装置は、こいつについては考えなくていい。ダブルアクションの拳銃だが、引いたスライドに押されて撃鉄は起きる。発条（ばね）の力で鋭く戻ったスライドが弾倉から初弾を噛（か）み取り、薬室に装填。

一連の動作で八四五グラムの金属塊が、人を殺せる凶器に変わる。

銃身の先の照星と本体後部の照門、二つを繋（つな）ぐ照準線上に、転がる仲間を捉えた。

武器、とはイスカは呼ばない。

彼らエイティシックスのこの自動拳銃は、敵である〈レギオン〉に向くことはまず間違いなくありえないから。

こいつの役目は、一つだけ。

同じエイティシックスを撃ち殺すことだ。

無造作に、発砲。

確実を期して三発。携帯性を一義として銃身が短い――威力も命中精度も期待できない拳銃だが、足元に目標が転がっているこの距離ならまあ、外すことはない。

死にかけの間抜けをわざわざ〈ジャガーノート〉から引っぱりだしてここまで引きずってきた、今はそのすぐ横にへたりこんでいる大間抜けに、流れ弾が当たることも。

イスカが拳銃を抜いたのもそれが傍らの死にかけに向いた時も、何が起きているのか理解できなかったのだろう。一連の動作をどこか不思議そうに見つめていた血赤の瞳が、コンクリートにじわりと広がった血の色にゆっくりと見開かれる。

心臓が止まった体からは、血が噴きだすことはないと——そいつが今死んだのだと、知っているわけでもあるまいが。

「——な、」

「次からはこういうのは拾ってくんな、シン」

見下して、イスカはそっけなく吐き捨てた。

用の済んだ拳銃の撃鉄を戻し、ホルスターに収める。〈レギオン〉との戦闘はどうにか終わっている。薬室に弾が入ったままでも、構わないだろう。

へたりこんだままの少年兵は、まだ呆然と傍らの、できたての死体を見つめている。

十一という年齢にしても小柄な体躯で、欠けてなお自分よりも大きくて重い、年上のプロセッサーを苦労して引っぱりだしてここまで必死に引きずってきて、その労力を無造作に徒労に変えられたのだから、まあ当然だろう。

あるいは人の死に、無意味な衝撃でも覚えているのかもしれない。イスカはそんな感傷は、とうの昔に捨て去ってしまったからあくまで想像でしかないが。

ややあって見上げてきた、特徴的な血赤（ちあか）の瞳がゆるゆると批難の色に染まった。

赤系種（ルベラ）の貴種特有の——忌々（いまいま）しい旧帝国貴族階級である焔紅種（パイロープ）に特有の、宝石めいたうつくしい真紅。

「……どうして、」

「っは」

心底くだらなげな、無関心な息だけの嗤笑（ししょう）を零（こぼ）し。

一転乱暴にイスカはその細い首筋に手を伸ばした。

「っ、」

シンが首に手を近づけられるのを嫌うのは——まして触れられるのを極端に恐れているのは、配属からのこの半月あまりでよく知っている。理由や事情に興味はない。こういう時に制御しやすくて、便利でいいというだけだ。

咄嗟（とっさ）に凍りついたところを、胸倉を摑（つか）んで引き倒した。

出撃前にはあったはずの脚を両方とも失（な）くした死体の、その引き千切れた傷口を見せつけるように。

さすがに息を呑（の）んだシンの、耳元で低く囁（ささや）いた。

「教えてやるから覚えろ馬鹿。人間には動脈と静脈ってもんがある。——学校にも行ってねえお前ら新入りは知らねえか。とにかく、太い血管だ」

シンを含め、イスカが戦隊長を務めるこの第五戦区第二戦隊〝スティレット〟に来たばかりの新入りの少年兵たちは、五年前に強制収容所に放りこまれた当時は七、八歳という程度だ。人型の豚の飼育場に、人間用の学校など設けられるわけもない。今年で十代の初めにさしかかった程度のシンたちは、だから、まともな教育などろくに受けていない。

そんなことはイスカの知ったことではないが、中には教えておかないと困る知識もある。こうして馬鹿げた感傷で、噛みついてくる馬鹿が出るからだ。遠巻きにしている戦隊員たちの中の、新入りの教育を任せたはずの役立たずを横目に睨みつつ続けた。

「脚にも腕にも、その血管が通ってる。そいつが切れると、」

多くの血を流す血管が破断し、大量の血液が体外に漏れだすと。

「人は死ぬ。その時死んでなくてもじきに死ぬ。無駄に苦しんでな。……だから」

殺してやったんだ。

刻みこむように言い捨てて、思いきり突き放した。十八歳のイスカと十一歳のシンとでは体格も膂力もまるで違う。抗いようもなく血だまりに手をついたシンが、それも気に留めず屹と顔を上げる。

どこか必死に。

「でも。失血が理由なら血を止めれば。手当すれば助かるはずです……!」

はっ、とイスカはその浅慮を嗤い飛ばす。本当に頭の悪い、物わかりの悪いガキだ。まだ気づかないのか。

周りで眺めている戦隊員全員、イスカを止めに入るどころか、無関心か、見飽きたくだらない出し物でも見ているような目をしていることに。

「手当だァ? ……そんなもんこの八六区の、どこで受けられるっていうんだよ」

「っ、」

八六区に、軍医はいない。

人間の代わりに『無人機』を投入した〝人道的〟な戦場に。人間の代わりに人型の豚が戦う戦死者ゼロのこの戦場に、人間の兵士を治療するための軍医も野戦病院もありはしない。

まったく致命的ではない程度の負傷で戦えなくなっても困るから、八六区の各前線基地にはメディカルユニットと呼ばれる自動医療機械が備えつけられているものの、こいつが治療するのは処置をすればすぐに戦闘に戻れる軽傷だけだ。しばらく安静と療養が必要になる程度の負傷は、救命不可と判定されて見捨てられる。

シンが言うとおり出血を止めれば、正しく治療されれば助かったはずの。本当なら救命可と判定されるはずの、運の悪い間抜けであっても。

本当なら。

……自分たちエイティシックスが、かつてのまま人間だったなら。

らしからぬ感傷的な思考が脳裏を掠めて、イスカは荒々しく舌打ちした。胸糞悪い。

要らねえ気分を、思いださせやがって。

嘲弄というにはあまりにも投げやりな指摘にぐっと詰まった血赤の瞳を、睨み下ろして吐き捨てた。

「わかってねェようだからもう一度教えてやるぜクソガキ。俺たちエイティシックスは、人型の豚だ。人間じゃねえ。わかったら人間だった頃の感傷なんざ、二度と持ちだすな。……さもねえと、」

血だまりを踏んで踵を返す。エイティシックスに、入る墓はない。だから死体も、持ち帰りはしない。

共和国の白ブタどもが課した制限の一つだが、これに限ってはありがたいとイスカは思う。

エイティシックスに墓などいらない。アルミの棺桶と支援の一つもない戦闘で、出撃のたびに馬鹿みたいに死ぬのがエイティシックスだ。いちいち墓なんざ作って、悼んでいたら……人間でなくなったくせに人間だった頃の気分なんか引きずっていたら。

「死ぬぞ」

2

ぱしゃっ、と唐突な水音が隊舎の外から聞こえて、イスカは廊下を歩く足を止める。

汚れた窓から見下ろすと、一階下にあたる隊舎前の広場で、戦隊最年少のプロセッサーの少年が何故か濡れネズミになっていた。

大きなバケツに一杯、遠慮会釈なく頭から浴びせられたような有様に、そのバケツを投げ捨てた同じプロセッサーのミレイから空々しい声がかかる。

「悪いな、シン。ついうっかりしちまった」

投げ捨てられたバケツはこの前の大雨の時に格納庫の雨漏りにあてがわれて、そのまま数日格納庫で放置されていたものだ。どううっかりしてもそこから離れたこの隊舎前で、撒き散らされるものではない。形ばかりの詫びを口にしながらシンを見下ろすミレイの滅紫の双眸はネズミを嬲る猫のようで、にやにやと見守るか無関心に目を外す、周りの他のプロセッサーたちと整備クルーたち。

「…………」

ぽたぽたと滴る汚水を、嫌がるでもなくむしろ面倒くさそうに拭ったのは、シンにとってもいい加減慣れたことだったからだろう。春先のこの季節にはまだ冷たい水を浴びせられるのも、居室のドアノブに剃刀の刃を仕掛けられるのもベッドに泥水をぶちまけられるのも、自分の〈ジャガーノート〉に『疫病神』だの『売国奴』だのと落書きされるのも。

紅い瞳が、今年十一だという年齢に似つかわしからぬ酷薄な、そしてあからさまな侮蔑で頭一つも長身の相手を見上げた。

「謝らなくていい。……どうせ、三歩も歩いたらまた忘れて同じようなことをするんだろ。鶏みたいに、芸のない」

鳥頭で、うるさく喚く以外の芸もなく、集団で仲間をつつき回すくせに臆病で、――ご主人様には従順な家畜。

「……なんだとこの」

さっとミレイの顔色が変わる。

シンの言うとおり芸のない、口汚いがありきたりな罵り文句が羅列され始めたところで、イスカはいつもの見世物から目を外して歩きだした。

乱闘にでもなるようなら――怪我をしかねないようならさすがに止めるが、小柄な体格と大人しげな見た目とは裏腹に、シンは腕っぷしも相当に強い。力の使い方も狙いどころも極めて的確、人を殴ることに抵抗もない。あの体格差でもミレイに痛い目を見せることができるだろうし、だからミレイも周りの奴らも、激昂していても手は出すまい。

強制収容所や以前の戦隊でも似たような目に遭い続けて自然と身に着けたか、物好きな飼い主にでも仕込まれたものか。

いつのまにやら歩み寄ってきていた、彼の小隊の機関銃手のルリヤが外の騒ぎをちらちらと窺いながら問うた。五つも年下のシンとさほど背丈の変わらぬ、小柄でやせぎすな、気の弱い顔立ちの少女だ。

外ではお定まりの罵声が、一方的に怒鳴り散らされている。お定まりの、シンへの罵声。疫病神。仲間を楯にして生き残った卑怯者。戦闘狂。帝国の犬。売国奴。これまで属した戦隊のいずれもが彼を残して全滅したという噂や、年と戦歴に相応しからぬその戦いぶり、彼の生まれ持った色彩をあげつらっての。

「さすがにそろそろ、止めてあげなくていいの。イスカ」

「嫌ならお前が代わってやれ、ルリヤ」

にべもなくイスカは言い捨てる。

びくっとなるルリヤを、振り返って真っ向から見下した。長いこと掃除もしていない埃焼けした廊下、散乱した私物の類。まともに使われなくなって久しい階下の厨房から漂う異臭。

「あいつが来たからお前はそうやってのほほんと、他人事みてえに善人面してられるんだろ。……泥だの虫だのネズミだの、食わされずにすむようになってよかったな？」

「………………」

途端に顔を引きつらせて黙りこむ、ルリヤは浅黒い肌をした砂漠褐種との混血だ。元々は共和国のマイノリティであるエイティシックスの中でも、さらにごく少数の民族集団。

　共和国の人口の過半は開戦以前から白系種(アルバ)が占めたが、忌々(いまいま)しい彼らとエイティシックスの大半、たとえばイスカがその血を引く銀髪の天青種(セレスタ)や金瞳の陽金種(ヘリオドール)は、大別すれば肌の色は同じ西方諸種(ウェスペルティナ)だ。ミレイのルーツである紫系種(ウィオラ)に、仲間たちの緑系種(ウィリディア)や茶系種(フェルギネア)、シンが属する黒系種(アクイラ)と赤系種(ルベラ)も。

　けれど浅黒い肌のルリヤは違う。象牙の肌の極東黒種(オリエンタ)や黒い肌の南方黒種(メリディアナ)と同じ、髪と目の色に比べて肌の色さえも異なる『異分子』だ。

　彼らは強制収容所でも前線基地でも嫌われ、排斥される。数の多い白系種(アルバ)どもが少数派のエイティシックスを迫害したように、エイティシックスの中でも数が少なくそれ故に立場の弱い彼らは、たやすく不満や鬱憤のはけ口とされる。

　そしてそれ以上に嫌われるのが、帝国貴種――この戦争を始めたギアーデ帝国の王侯の血統に連なる、夜黒種(オニクス)と焔紅種(パイロープ)の二民族だ。

　誰も帝国貴種のことを同じエイティシックス、同じ西方諸種(ウェスペルティナ)とは考えない。奴(やつ)らは戦争を始めた敵国の系譜、強制収容を決めた白系種(アルバ)に次いで罪深い敵の眷属(けんぞく)だ。エイティシックスのこうむった苦境の一端を担(にな)う、忌(い)まわしい、罰するべき咎人(とがにん)ども。

　なんの因果か、シンはその夜黒種(オニクス)と焔紅種(パイロープ)、双方の血を継いでいる。戦隊のプロセッサーや整備クルーの鬱屈が、少数民族なだけのルリヤから明確な敵の系譜であるシンに矛先を変えるのは、必然というものだったろう。

ただ。

「あいつはお前ほどの目には遭わねえだろうな。お前と違って、強いから」

シンは〈ジャガーノート〉でも生身でも腕が立つ。あの短い間でミレイへの強烈な皮肉をひねりだせるくらい頭の回転も速い。やりすぎた時の報復が怖いから誰も彼も、遠巻きな罵声とちょっとした嫌がらせ、排斥と無視以上のことは、シンに対してできてはいない。

シンもそれがわかっているから、必要と思えば暴力で応じることをためらわないのだろう。実害の少ない嫌がらせについては対応が面倒になったようで、基本的には放置しているが。

「それでも庇ってやろうってのか？　忌々しい帝国のお貴族様の血を引くあいつを？　お優しいなルリヤ。それならほら、助けてやれよ今すぐにでもよ。今からあいつらの中に割って入って、ヤメナサイアナタタチーとか叫んでみろよ」

できもしないくせに。

「…………」

葛藤と逡巡、恐怖と一抹の怒りをその赤褐色の目に渦巻かせて、ルリヤは俯いて黙りこむ。

「……タオル」

ん、と見返すと、ルリヤは気まずげに目を逸らした。

「放っておいたら風邪、ひくかもしれないから。あの子がそう簡単に壊れたら、イスカだって困るでしょ。……大事な大事な、スケープゴートなんだから」

吐き捨ててルリヤは踵を返す。

見送ってイスカは失笑した。まさか今のは、あてこすりのつもりだったのだろうか。

「何言ってやがるんだか。……スケープゴートなのは同じだろ」

俺にも、ルリヤにも、この基地の誰にとっても。

シンへの嫌がらせを、その前にはルリヤへのそれを、イスカは知って放置している。

それどころか最初に煽り立て、こうなるように仕向けたのもイスカ自身だ。

そうでもしなければ、仲間全員が生き延びられはしないから。

薄っぺらい装甲と貧弱すぎる火力、どうしようもなく足回りの弱いあのアルミ合金製の歩く棺桶で、戦いぬくには仲間同士、緊密な協力と連携が必要だ。そして集団の結束を図るに最も手っ取り早く確実な方法は、……その中に一人、集団全員の『敵』を設けることだ。

敵を全員で非難し、石を投げ、ひたすらに排斥することで、それ以外の全員に共通点と仲間意識が生まれる。自分たちは同じ敵に対峙する同じ仲間だと、強力な結束が集団内部に醸成される。

だからイスカはこれまでずっと、自分の戦隊の誰か一人をその敵に、スケープゴートに仕立て上げて戦ってきた。

大抵の場合は、お荷物になる弱い奴。仲間全員から嫌われる言動や容姿や性格の奴。あるいはルリヤのような少数民族や、シンのような帝国の系譜。遠慮会釈なく敵意を向け、思うさま罵り、好き放題に鬱憤のはけ口として構わないと誰もが思う、そういうわかりやすく単純なスケープゴートを。

本来敵とすべきは、共和国の白ブタなのだろう。だが奴らは何重もの地雷原と要塞壁、百キロもの距離に隔てられて滅多にこの戦場の地獄には顔を見せない。存在を実感しにくい敵など、いないも同然だ。異常に高度とはいえ、所詮はプログラムで動く自動機械にすぎない〈レギオン〉に至っては……あれに敵意を向けるほど、虚しく馬鹿らしいことはない。

最初は正義感だの倫理感だのを振りかざし、反対する者もいたが、最初だけだ。そういう奴らもいずれ嬉々として石を投げる側に回る。数の力を以て一方的に、正義面して誰にも咎められることのない暴力を振るうほど楽しい娯楽はない。この鎖された戦場ではほとんど唯一といっていい、戦火の合間の気晴らしのその楽しさに気がついてしまって。

無論、そうしてスケープゴートにされた奴は、大抵の場合早々に死ぬ。

戦闘では仲間の支援を得られず、日常では周り中から心を削られて。やがて気力も体力も尽き果てて、戦死するか自殺する。簡単に死なれては困るから過度な暴力は禁じているし、スケープゴートには自害用の拳銃も与えないのだが、それでもどうにかして自ら命を絶ってしまう。

その点、シンは長く保つだろう。戦場でもこの基地でも、なまじ強く在ってしまった分。

ふん、とイスカは鼻を鳴らす。自分がさせていることだ。多少は長持ちしてもらった方が助かると、そうとまで思ってはいるけれど。

「……気の毒にな」

罵声と悪意を一身に浴び、それに耐えられるほど強靭(きょうじん)でも、――この八六区の戦場ではなんの意味もないというのに。

1

『――そういえば、このところは〝山羊(やぎ)〟の要求がないな、〈ヴァルチャー〉』

「この前仕入れたちびの黒山羊(やぎ)が、思いの外に長持ちしてるからな」

要塞壁の向こうのハンドラーの知覚同調(パラレイド)を介した言葉に、イスカは鼻を鳴らす。

プロセッサーを監視し反抗心を掣肘(せいちゅう)する家畜番であるハンドラーには、職務放棄のバカが多い。けれどこのスティレット戦隊担当のこいつは、比較的職務には忠実な部類だ。職務放棄のバカが勤勉なバカに変わったところで、結局はバカで無様な白ブタであることに変わりはないのだが。

どうせこいつらは、壁の向こうの戦場なんて他人事(ひとごと)にも思っていない。

共和国はどうやら最早(もはや)、自分たちが戦争をしているつもりすらない。遠い別世界の無人機同士の喰(く)らいあいを、時折思いだした時に侮蔑の目を以(もっ)て鑑賞しているだけだ。

ともあれそんな理由から、もうずっとスティレット戦隊で戦隊長を務めているイスカとこのハンドラーとは、互いに顔も名前も知らないもののそこそこに長いつきあいだ。

当然、定期的にイスカが要求する〝山羊〟とその利用方法についても、ハンドラーは知っている。弱くて使えない奴や異民族をあえて要求するその理由も、定期的に要求せねばならないほど——短いサイクルで次々に死ぬほど過酷で苛烈な〝山羊〟の扱われ方についても、薄々は。

その中でシンは、思いもよらない拾い物だった。

誰からも嫌われる帝国貴種の血も明らかな見た目をして、その実これまでのスケープゴートたちよりも戦隊の大半よりも強い。あるいは帝国の血が濃いのが明らかだったから、強くなければ生き残れなかったか。

思ったとおりに、スケープゴートの平均よりもはるかに長生きしている。そんな扱いを受けているくせに戦隊員たちに妙に情をかける、その危うさとは裏腹に。

この前絡んでいたミレイも昨日の戦闘で死んだが、シンは生き残った。

どうせ自分より先に死ぬ相手だから、罵声も嫌がらせも流しているのではないかと最近思う。

ハンドラーが嗤う。

『同じ豚の、それも子供を喰い物にするとはさすがエイティシックスは野蛮だな。高尚なる我ら共和国市民には信じがたい下劣さだ。戦場を這いずり回る、生き汚い劣等種め』

イスカは嗤う。

『どの口が言うんだよ、ハンドラー・ワン』

同じ共和国市民だったはずのエイティシックスの、それもシンやルリヤや自分のような少年兵を、無人機扱いして喰い物にしているくせに。

しん、と、同調の向こうに冷たい、そら恐ろしいような沈黙がおりた。

『……汚い色つき風情が、我々と同格ぶるか』

イスカは別に怖くもない。共和国は自分たちエイティシックスを戦場に閉じこめ、戦闘を強制しているが、その市民の一人であるハンドラー個人は、エイティシックスに対して特段何もできない。せいぜいが部品の空輸を遅らせる程度だが、それで戦隊が壊滅でもすればハンドラーの責任だ。国土が極端に狭められて失業率が高いらしい共和国で、毎月の給料と引き換えにしてでも豚に嫌がらせをするほど、ハンドラーという生き物の肚は据わってはいない。

共和国の市民どもは所詮、みんな同じだ。閉じこもった甘い狭い夢の中で耳と目を塞いで偽りの安寧に耽る、間抜けで怠惰な白ブタども。

イスカは嗤う。冷ややかに。

『そう聞こえたなら失礼したな、人間様』

誰が。

お前たちごとき白ブタと、同格だと。

バカの相手は楽でいいが、別段楽しいわけでもない。

知覚同調(パラレイド)を切ると同時に盛大な舌打ちを零(こぼ)し、イスカは寄りかかっていた格納庫の壁から背を離す。上官であるハンドラーとの交信は、戦隊長であるイスカの役目だ。毎度毎度、面倒くさく腹立たしい。

隊舎同様に掃除の努力が放棄されて久しく、乱雑に部品やら空のコンテナやらが散乱した格納庫の空気は少し埃(ほこり)っぽい。並ぶ〈ジャガーノート〉はここ数度の戦闘でめっきり数を減らし、どこから拾ってきたのか、真っ赤な塗料で今日もまだらに塗りたくられたシンの機体が、隅でひっそりとうずくまっていた。

戦場である廃墟(はいきょ)の都市ではいかにも目立つ、この馬鹿げた色彩でなお、シンは昨日の戦いも生き延びた。

囮(おとり)や殿(しんがり)といった最も死にやすい役目ばかりを押しつけられ、足回りの弱い〈ジャガーノート〉に常に限界ギリギリの機動を強いる無茶な戦い方を繰り返していながら。

元々スティレット戦隊の担当戦区は激戦区だ。馬鹿みたいに人が死ぬこの戦死者ゼロの戦場で、さらに多くのエイティシックスが命を落とす。そんな戦場にもかかわらず。

代わりのように、丁度シンが配属された時期と前後して他の戦隊員たちの戦死は嵩(かさ)み始めていて、それがイスカには少々、頭が痛い。単純に戦力が減って厳しいのもあるし、……戦隊の空気が、あまりにも悪くなりすぎている。

仲間が死んだのはお前のせいだと、人の死を呼びこむ疫病神(やくびょうがみ)がと、シンに向けられる目と声は鬱積を通り越して最早(もはや)敵意と化している。嫌がらせの類(たぐい)も日々エスカレートし続けていて、さすがにそろそろ、庇(かば)ってやらないとまずいかもしれない。〈レギオン〉に殺されるか自分で勝手に死ぬのはいいが、プロセッサーが同じプロセッサーを殺すのは駄目だ。外れてはいけない最後のたがが外れてしまう。隊の秩序が乱れてしまう。

プロセッサーを生き残らせるために仕立て上げたスケープゴートだったはずなのに、そのせいで余計に、戦隊員が死ぬことになってしまうなど。

顔をしかめた、その直後。

ふ、と真横を、静かな空気の動きが通り過ぎた。

「――お、」

気づかなかった。いささかならず驚いて見下ろすと、まるでサイズの合わない野戦服と空色のスカーフ、特徴的な漆黒の髪の後ろ姿。シン。

野生の獣さながら、足音を立てないくせがあるらしい。漏れた声に反応して感情の色彩の薄い血赤(ちあか)の瞳がちらりと見返したあたり、シンの方もイスカの存在には気づいていなかったのか。

格納庫の入口からは丁度死角になる、入口横の壁際(かべぎわ)に寄りかかっていたイスカを映し、紅(あか)い瞳がわずかに眇(すが)められる。配属されてすぐの時よりも――両足をふっとばされた間抜けを拾ってきて、そいつを殺されたのに反発して噛みついてきた時よりも、ずいぶん冷徹と荒涼を増した瞳。

醜い虫か石くれでも見るようにしばしイスカを映し、そのままふいと逸らされる。仲間だろうが足手まといは平然と撃ち殺す、冷血な戦隊長は無視することに決めたらしい。迫害されたエイティシックスでありながら弱者と見れば寄ってたかって迫害する、戦隊員たちと同じように。

惨めな者を、……自ら惨めに成り果てた者を、冷ややかに見下ろす瞳。

「……おい」

気づけば声をかけていた。

薄笑いが顔に張りついたのを、イスカは自覚する。いつからか隊員に接する時には、浮かべるようになった笑み。相手を突き放し、嘲弄し、威圧するための、笑いではない笑い。

「それ。ミレイの機体片だよな。わざわざ拾って持ってきたのか」

振り返るシンの、軽く握られた手の中の小さな金属片を目で指して問うた。一部に〈ジャガーノート〉の乾いた骨の色の塗装を残した、骨の欠片のような装甲の欠片。

シンが戦死者の名前をそうやって記録していることは、スティレット戦隊でも知られている。大抵の場合はありあわせの木片や金属片に。運良く手に入れば――脆弱な〈ジャガーノート〉は多くの場合、砲撃を喰らうと爆散してしまう――そいつの機体の破片に。名前を刻んだ何枚もの小片が、彼の〈ジャガーノート〉のコクピット内に一まとめにされて置かれている。

傍目にはほとんどゴミだが当人にとっては大切なものであるようで、以前取り上げて泥の中にぶちまけようとした戦隊員は、それこそ顔の形が変わるほどぶちのめされた。スケープゴートでありながら、シンが一目置かれるようになったのはそれからだ。

戦狂いの帝国のお貴族様には、首級の代わりなんだろうとは、隊員や整備クルーたちの共通した認識である。敵ではなく仲間を殺した数を誇る、どうしようもない疫病神だと。

そうではないと、イスカは知っている。

前に死んだ、比較的シンに同情的だった奴がその作戦の前に言っていた。あれは約束らしいと。最初の戦隊で仲間と交わした、共に戦って先に死んだ奴ら全員を、最後に生き残った一人が覚えて連れていく、その約束の形なのだと。

俺も連れていってもらえるのだろうかと。

……くだらない。

「ミレイがお前に何してたか、鳥頭じゃねえんだから忘れてねえんだろ。それなのに、そんな奴まで連れてってやるってのか」

浴びせられた水も、毎日飽きもせずに投げられた罵声も、何度も何度も囮や足止めに使い捨てられそうになったことも。

それなのに。

「本物のバカなのか、お前。前に拾ってきた死にかけの時といい、……安っぽい正義感にでも酔ってんのかよ」

「……別に」

淡々と応じたシンは、実のところイスカのことなど見てはいない。おそらくはその約束とやらを彼に押しつけたのだろう、もうここにはいない記憶の中の誰かを見ている。

そんなくだらない約束と責任を押しつけるだけ押しつけて、自分だけ先におっ死んだ、無責任極まりない誰かのことを。

「エイティシックスには墓がないから。……死んだ奴は誰かが覚えていないとそのまま消えるだけだから。だから、覚えているだけです」

「へえ」

イスカは嗤う。薄く。

「じゃあ。……ミレイはどんな奴だったよ。自分より小せえガキに毎日怒鳴り散らしてくだらねえ嫌がらせして、その挙句に先に死んだ、しょうもない間抜けか？」

そんな無様を覚えていてほしいような奴が、この世にいるものか、と。

せせら笑うイスカを余所に、シンは少し考える様子になった。追想に沈む、血赤の双眸。

「……冗談が好きで、よく笑っていて、嘘でも空元気でも、仲間を元気づけようとする奴でした」

ふ、とイスカは表情を消した。

「おれにはそういう顔は向けなかった。でも、他の奴にはそうだったのは、見ていればわかります。……それくらいならおれでも、持っていってやれます」

「………」

苦々しく、イスカは顔をしかめた。

なんでこんなちっぽけなガキに、こうも苛つかされるのか。やっとわかった。

「……聖人にでもなったつもりか。ガキ。……人間なんざ一人もいねえ、こんな戦場で」

誰一人まともではいられない八六区のこんな地獄で、まともな、まっとうな、人としてあるべき姿はこうだという、矜持を未だ保っているから。

そう在ることを放棄したイスカに、そんな程度の関心さえもうないのだろうけれど、まるで見せつけるように。

「やれることを、やりたいようにやっているだけ。やりたくないことをやってはいないだけです」

お前のようには、なりたくはないと。

「……このガキ」

「それに、」

唸ったイスカに、被せるようにシンは吐き捨てた。

透徹した血赤（ちあか）の瞳が、初めてわずか、苦く歪（ゆが）んで逸（そ）らされる。

「できるけどやってないことは、おれにもあります。……どうせ誰も、この隊では言っても聞かないんでしょう。それなら、……言うだけ、無駄ですから」

0

イスカの駆る〈ジャガーノート〉の眼前に、突如、戦車型（レーヴェ）が出現した。

戦闘重量五〇トンの巨体が、けれど無音で跳躍し着地する、その理不尽な運動性能。四対ある太い脚部の、その最前列の左側が振り上げられる。戦車砲弾の最低起爆距離（ミニマムレンジ）の内側。だから撃ち殺すのではなく、目障（めざわ）りな羽虫を蹴り殺すために。

「しまっ……」

衝撃。

気がつくと、〈ジャガーノート〉の外のコンクリートの地面に投げだされていた。

見回せば少し離れた位置で、フレームが破断して横倒しになった〈ジャガーノート〉と、そこから長々と瓦礫（がれき）に塗りたくられて眼前まで続く赤い血の痕。

自分の。

……しくじった。

嘆息して、イスカは仰向けになったまま天を仰いだ。水を通しにくい生地の野戦服に隠れて見えない、腹の中が熱く重い。どうやら内臓をやられたらしい。軍医のいない——治療など望めないこの八六区では、致命的な重傷。

腹の傷は頭や胸のそれと違い、助からなくてもなかなか死ねない。未だそこらじゅうで砲火と怒号の飛び交う戦場の片隅で、死にきれずにのたうち回るのはごめんだと、イスカは右の太腿につけたホルスターの拳銃に手を伸ばし——。

手は、空を切った。

銃把の感触はおろか、それを括りつけた足の感触も、握るべき手指の感触さえも。

見れば野戦服の腹から下、両脚そのものが丸ごとなかった。

「っ…………!?」

がばりと振り返れば失くした半分が、横倒しの〈ジャガーノート〉のコクピットから零れ落ちて転がっている。血の海と散らばった手の指の上で、千切れかけたホルスターに辛うじて収まった拳銃が、今のイスカにはあまりにも遠くぶら下がっていた。

呆然としていたのは、どれくらいの間か。

失笑してイスカは全身の力を抜いた。

そこまで這っていく力はもうない。そもそも両手とも指がないから、摑み上げることも撃つこともできない。

もはやイスカは、自分で死ぬことさえもかなわない。

まあ、仕方がないかと、痛覚が麻痺して感じていなかった痛みが蘇り始めた意識で思った。

プロセッサーになって、三年余り。自分が生き残るために戦隊の結束を図ろうとし、そのために大勢の仲間だった奴を食い潰してきた。

大勢死んだ。〈レギオン〉に殺され、あるいは自ら命を絶ち。〈レギオン〉と共和国の悪意に鎖された戦場で、仲間であるはずのエイティシックスからも悪意を向けられて、やつれて病んで削れ果てて。

イスカがそう、仕向けたせいで。

これが。

その報いか。

スティレット戦隊はどうやら、劣勢にはあるがまだ戦っている。戦隊員たちが救助に来る余裕は、おそらくないだろう。ここで誰にも気づかれることなくくたばるか、戦隊を全滅させた〈レギオン〉に鹵獲品扱いで持ち帰られるか。いずれにせよ。

楽には死ねない——……。

その時瓦礫(がれき)の灰色と阻電攪乱型(アインタークスフリーゲ)の銀の薄雲でモノトーンの視界に、鮮烈な赤と黒が混じりこんだ。

咄嗟(とっさ)に振り向けた視界に、そいつが映る。闇を紡(つむ)いだ漆黒の。鮮血に鮮血を重ねた真紅の。

「ノウゼン……」

零(こぼ)れた声は囁(ささや)きよりも静かで、だからシンの耳には届かなかったらしい。

視界の端、いつのまにか停(と)まっていた〈ジャガーノート〉のキャノピを開け、降りたシンがイスカの〈ジャガーノート〉に駆けよる。

そんなに無警戒にキャノピを開けて、周りに自走地雷の一体でもいたらどうするつもりなのかと、イスカでさえも心配になるような無防備さ。小柄な体躯(たいく)に不釣りあいに長いアサルトライフルを担(かつ)ぎ、けれど利(き)き手(て)側の太腿(ふともも)に拳銃のホルスターがないのは、イスカが与えてやらなかったせいだ。勝手に自殺できないように。

〈レギオン〉のような無音でイスカの〈ジャガーノート〉に歩み寄り、損傷の具合を確認しているのは、自分の〈ジャガーノート〉をぶっ壊したためらしい。見ればシンの〈ジャガーノート〉は格闘アームの重機関銃(HMG)を両方とも損傷し——銃身で敵機を殴りつけたようなひしゃげようだった——、その上駐機姿勢も保てていない。四本しかない貧弱な脚部の一本が、関節の途中から折れ飛んでしまっている。

副兵装を両方とも喪失し、正常な機動力も失ったのなら、多少コクピット周りが破損していようが動ける〈ジャガーノート〉に乗り換えた方がましとの判断なのだろう。生憎とコクピットが上下で完全に破断しているから、イスカの〈ジャガーノート〉こそ動けないが。

それをシンも察したか、小さく首を振り、そこで零れ落ちたイスカの腹から下に気がつく。さすがに凝然と息を呑みつつ、視線だけで血の塗りたくられた跡を追い、その先。

まだ生きている、イスカを見た。

瓦礫をべったり汚す内腑の破片交じりの濁った血とは違う、純粋なあかいろの双眸がイスカを映す。失われた腹から下を。指のない両手を。それでもまだ、生きている無惨を。

いつか、彼が助けようとしてイスカが射殺した、戦隊の一人と同じ無惨を。

瞬間、イスカは見捨てられることを覚悟した。

手酷く扱った側だ。悪意の矛先を向けさせた側だ。助けてもらえるはずがないし、だから、哀れを乞うような真似もしない。

するべきではない。

血赤の瞳はイスカに向けられたまま、凝然と凍りついている。凍りついたまま何かを躊躇い、激しく葛藤して逡巡している。

何をしている、と苦々しくイスカは思う。何を一体、そんなに迷うことがある。自分を傷つけた相手だ。見捨てるくらいわけないだろう。

だから、早く行け。行ってしまえ。

助けてくれと。慈悲をかけてくれなどと情けなく。自分が傷つけた相手に乞うような、そんな無様な真似を俺にさせるな――……！

瞬間、シンはきつく唇を引き結び。

血塗れになったホルスターから、イスカの拳銃を引き抜いた。

「……な、」

一瞬本当に、ぽかんとなった。

その間にも銃口がイスカへと向けられる。かたかたと細かく震えながら、それでも頭のあたりへと据えられる。照星の向こうの、逡巡と怖れとが等分に混ざり合い、それを決意でねじ伏せた、今にも罅割れそうな張りつめた瞳。

逡巡したのは。

救うか否かではなく、たとえ苦しみを終わらせてやるためとはいえ手当てもせずに射殺する、その非道を選択することへの……。

呆然となったのは一瞬。ついで湧きあがったのは何に対してとも知れぬ激烈な、目も眩むような怒りだった。

ちくしょう。

ちくしょう。これが報いか。

最後の最後に、なんだってこんな奴を見る破目に――………。

ふ、と。

知らず、苦笑が口元を掠めた。

ああ、ちくしょう。

これが報いだと、そう言うのなら。

自分のものとは思えないほどに重い右腕を持ち上げ、辛うじて半分だけ残った親指の、割れた骨の先で自分の眉間をつついてみせた。なるべく、ここだ。

「使い方は、わかるな。スライドを引いて……」

言い切るまでもなくまだ小さな手がスライドを引き、薬室に初弾を装塡。……やはり誰か、扱い方を仕込んだ奴がいる。きちんと最後まで、引ききってから戻した。

それでもその物好きも、実際に人を撃つ練習までは、させられはしなかっただろうから。

「安全装置は、そいつについては考えなくていい。撃鉄も、初弾装塡の動作で起きる。あとは狙って、撃つだけだ」

その、だけ、が難しいのを知りながら、あえて言った。

頭を撃つには、相手の顔を見る必要がある。まだ生きて動いている、その顔を見据えて目に焼きつけた上で、そいつを撃ち殺すことになる。

ひとごろしを嫌う人間の本能に、それは何より恐ろしいことだ。

それでも今、できなければきっと、この馬鹿な子供は、そんなことを後悔するのだろうから。

死に損なった目の前の間抜けを、手を下してやれず見捨てることになったと。

「そいつは十五発入りだ。だから十四回まではやりなおせる。まあ、気楽に撃て」

「…………？」

荒くなる呼吸を必死で鎮める、不自然に硬い瞳が幽かな疑念を浮かべる。イスカは苦笑したまま首を振った。

「最後の一発は絶対に、誰にも使うな。それはお前が死に損なった時に、楽になるための一発だ。それだけは誰にも……誰であろうと、譲ってやるな」

それくらいには利己的でいてもらわなければ、……徹底的に利己的に生きたイスカの、立つ瀬がないというものだ。

言うべきことを言い終えて、目を閉じた。そのくらいはしてやってもいいだろう。ややあって、ふ、と息を吐いたシンの、纏う気配がそれとわかるほどに悲壮に冷える。……馬鹿が。このくらいそんなに、気にすることでも。

最初の一発は、大きく外れて頭の横の瓦礫を穿った。

二発目は、片耳を吹き飛ばした。――まあ、初めてにしては当てただけ上等な部類だ。

こいつは俺のことも、連れていくのだろうかとふと、思った。

そうであるならこいつは俺を、どんな風に記憶していくのだろう。

今さっきくれてやった言葉、拳銃の使い方についての単なる説明を、まさか優しさだとでも思ったなら。

ふ、と淡く、場違いな笑みが、刹那零れた。

そうだったならこいつは本当に、どうしようもない大馬鹿野郎だ。

三発目の銃声が聞こえた気がした。

それがイスカの——次の瞬間には破壊されていた彼の脳髄が聞きとった、人生で最後の慈悲の音だった。


二発、外して、三発目が示された額を貫通した。

携帯性を一義として銃身の短い拳銃は、精度も威力も二の次。軍用とはいえ九ミリ口径程度では死にきれないこともあるから、確実を期してさらに二発。以前、教えられた知識のとおりに銃弾を叩きこみ、それでようやく、イスカがもう動かないことにシンは気づく。

広がる、心臓が止まっているからゆっくりとしか流れない、血ではないものが混じって濁ったあか。

のろのろと拳銃を下ろし、一キロもないその重さに引きずられるようにへたりこんだ。

どっ、と大量の汗が全身に吹きだす。いつのまにか止めていた呼吸を、長く長く吐きだした。

「っ、は…………」

覚悟していた吐き気や震えは、こなかった。思っていたような恐慌や動揺も。

そのことがむしろ、シンにとっては衝撃だった。

眼前の、できたばかりの、シンが作りだしたばかりの真新しい死体。

ひとをころしたにもかかわらず、大した動揺もない。そのことがシンをこれ以上ないほど打ちのめした。

やっぱり、おれは。

片手が無意識に喉笛に伸びる。そこに巻かれたスカーフに触れて弾かれたように離れ、それからきつく握りしめられた。

立て。今はいなくても、銃声を聞きつけた〈レギオン〉がすぐに寄ってくる。その前に〈ジャガーノート〉に戻ってここを離れろ。

戦え。

思考よりも深い、本能じみた意志に衝き動かされ、顔を上げた時には焔の色をしたその瞳は再び戦人の苛烈と冷徹に染め上げられている。立ち上がる、その動作はすでに九〇〇グラム近い拳銃を、重いとさえも感じていない。

血だまりに転がった〈ジャガーノート〉の破片を一つ拾い、歩み去ろうとしてふと振り返った。投げだされたままの、このまま放置されて朽ち果てるばかりの、イスカの遺骸。

「……戦隊長」

好意も敬意も、欠片たりとも持ってはいない相手だ。理不尽でしかない悪意ばかりを、自分に対し向け続けた相手だ。

それでもいつか、死にきれなかった仲間を見捨てず射殺したのは、……今から思えば、彼なりの戦隊長としての、仲間への責任の取り方だったのだろうから。

無造作と見えるほどに慣れた、慣れるほどに繰り返しとどめを刺してきた、――おそらくは他の誰にもその役目を押しつけなかったからだろう、その覚悟も。

「拳銃、預かっていきます。……あなたの役目も。おれの最期まで」

そうして、名前の他には最後の淡い、苦笑するみたいな笑顔を覚えていこうと。思ってシンは身を翻す。

Appendix

右脚のホルスターから拳銃を抜き、左手を添えてスライドを引く。

安全装置は、これについては考えなくていい。ダブルアクションの拳銃だが、引いたスライドに押されて撃鉄は起きる。発条の力で鋭く戻ったスライドが弾倉から初弾を噛み取り、薬室に装塡。

一連の動作で八四五グラムの金属塊が、人を殺せる凶器に変わる。

銃身の先の照星と本体後部の照門、二つを繋ぐ照準線上に、人の形のターゲットを捉えた。

無造作に、発砲。

確実を期して一体に三発ずつ。五体のターゲットを撃ち倒したところでスライドストップが上がり、薬室が解放されたホールドオープンの状態で拳銃が動作を停止する。

確認してシンは拳銃を下ろした。

ブースの仕切りに肘をつき、覗きこんでいたシデンが行儀悪く口笛を吹く。

「さっすが死神ちゃん。拳銃なんかで全弾命中とか、大したもんだな」

ギアーデ連邦軍第八六機動打撃群本拠、リュストカマー基地の演習場の一角。設けられた射撃場での会話である。

無視してシンは空弾倉を落とし、スライドを前進させてから装塡済みの弾倉と交換する。薬室内部が見える程度にスライドを引き、初弾が入っていないことを確かめてから口を開いた。

「……修理ついでに何か、改造でもされてるかとも思ったけど。そういうこともないんだな」

「ん？　ああ……」

頷いてシデンは肩をすくめる。電磁加速砲型との戦闘の後、シンが放棄した拳銃を拾ったのはシデンだ。保護された先の連邦で書類上の保護者に頼んで、修理が可能な工房を探して依頼してもらったのも。

「まあ、ちょっとは考えたけどな。フレームそのままで四〇口径に上げるとか、フルオート機能追加するとか」

やっぱり考えていたか。

どちらも実行されていたら嫌だったなと、シンはわずかに顔をしかめる。手放したのは自分だけれど、それはともかく嫌なものは嫌だ。

「けど、どっちにしろ〈レギオン〉にゃ効かねえし、結局自殺する用でしかねえならどっちも別に要らねえし。それに」

ふっとシデンは笑みを消した。

「そこそこ古い割に、よく手入れされてたからよ。大事なモンだったんだろうから、そんならそのまま返してやりてえなって」

「………」

言われてシンは手の中、馴染(なじ)んだ重さの拳銃を見やる。

連邦に保護され、ごくわずかな私物の類(たぐい)を回収された際、これについては手放しがたいと感じた。連邦軍でもうるさくない規則と、連邦軍制式の内蔵撃針式(ストライカー)の小型拳銃と弾薬が共通なのをいいことに、多少の面倒は承知で使い続ける程度には……そう、愛着があるのだと思う。

「そうだな」

電磁加速砲型(モルフォ)との戦闘の後、壊れたのを口実に投げ捨てたのも、今から思えば。

それを回収して、修理させて自分の手元に戻した目の前の相手に、一応の礼儀として付け加えた。言っておくべきだろう、これくらいは。

「これについては、礼を言っておく。修理しただけで返してくれたのも」

「礼を言うってのは、これからありがとうって言いますって宣言で、感謝の言葉そのものじゃねえんだけどなァ」

ニヤニヤとからかう声と表情でシデンは言ったが、向けられたシンの視線の冷たさにそれ以上つつくのはやめた。

それからふと、聞いてみた。

「昔の戦友かなんかの、形見なのか」

「どうだろうな」

その言葉の微妙なニュアンスに、シデンはシンの横顔を見やる。

はぐらかそうとしているのでもない。シン自身未(いま)だに、よくわかっていないというような声音。

八六区でのことならもう何年も、経(た)っているだろうに。

「嫌われてたと思うし、おれは嫌いだった。……おれは帝国貴種の混血だから、どうしても嫌がられることは多かったから」

「……あァ」

途端に顔をしかめて低く唸(うな)ったシデンを、シンはちらりと見返す。

シデンは雪花種(アラバスタ)の血が混じっていると一目でわかる雪白の左目で、右側は濃藍(こあい)のオッドアイだ。迫害を行った白系種(アルバ)の血を引き、なおかつ滅多にない色違いの両目。

似たような目に、あったこともあるのだろう。だからといって親近感などは欠片(かけら)たりともわかないが。

「って。ちょっと待てよ、なんでそんな奴(やつ)の拳銃なんか後生大事に持ってるんだよお前」

「……なんだろうな。役目は引き継ぐとは、言った覚えはあるけど」

助からないのに死に損なった仲間に、とどめを刺してやる役目。あれから誰にも譲ったことのない、彼だけの。

それまでシンは拳銃は持っていなくて、その人の戦死に際し、引き継ぐ形でその拳銃を使った。それからずっと、同じ拳銃を使い続けている。一度手放し、戻ってきた今もなお。

どうしてかと問われれば、理由はよくわからない。

ただ、とシンは言う。

あの時は、重かった。正直手に余るほどに大きかったし、アサルトライフルとは違う反動にもなかなか慣れなかった。

いつの間にか拳銃の重さにも反動にも慣れ、おそらくあの時の戦隊長の背丈にも追いついた。年齢は、どうだろう。聞いていないから知らないし、これからもずっと知ることはできない。

「使い方と心構えを教えてくれたのは、……あの時の戦隊長だったように思うから」

――最後の一発は、お前が楽になるための一発だ。

――誰であろうと、譲ってやるな。

そんな気遣いをあの時シンに向ける必要はなかったろうに、そう言った。そんなわずかな言葉と最後の瞬間の表情しか覚えていない、……年齢もフルネームさえも知らないあの皮肉な眼差しの戦隊長が。

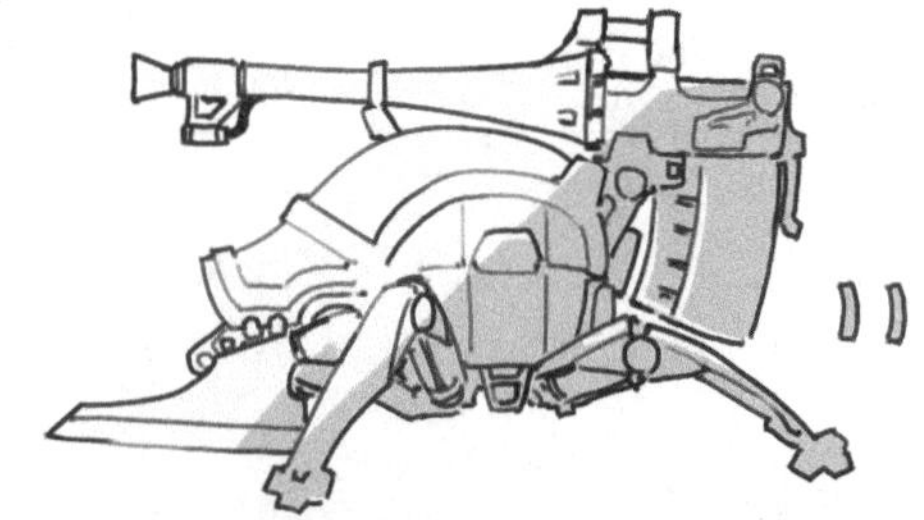

〈Varlet〉
FRAGMENTAL NEOTENY
EIGHTY SIX
3
フラグメンタル・ネオテニー〈Varlet〉
These fragments turned the boy into the Grim Reaper.
The dead aren't in the field.
But they died there.
86

1

眼下の泥濘(ぬかる)んだ土の道路と、頭上のコンクリートの上の高速道路を、鉄色の津波が侵食する。

競合区域(コンテスト・エリア)深部、かつての高速道路の立体交差。地上を斥候型(アーマイゼ)が警戒しつつ、非常時の軍事輸送路としても造られて頑強な高速道路を〈レギオン〉主力である近接猟兵型(グラウヴォルフ)と戦車型(レーヴェ)が進む。

軽量の近接猟兵型(グラウヴォルフ)はともかく、戦闘重量実に五〇トンにもなる戦車型(レーヴェ)は泥濘地がやや苦手だ。

制空権は戦場を覆う阻電攪乱型(アインタークスフリーゲ)と〈レギオン〉支配域の対空砲兵型(シュタッヘルシュバイン)が掌握しているから、堂々と身を晒(さら)そうと〈レギオン〉たちは空爆を受けることもない。

だから。

こんな場所からの待ち伏せを喰(く)らう。

「——第四小隊。撃て」

シンの号令一下、小隊四機の〈ジャガーノート〉の五七ミリ砲が咆哮(ほうこう)した。

高架上の高速道路の直下、それらを支える橋脚と高速道路との狭間。ワイヤーアンカーでよじ登り、フェルドレスとしては小型の〈ジャガーノート〉でさえ限界まで身を伏せてようやく潜めるその空間で。

砲撃を集中された、眼前の橋脚が音を立てて崩落。その前後の道路上にいた〈レギオン〉たちが巻きこまれて落下する。——いかな軍事輸送路用の強化コンクリートといえど、戦車砲の集中打を弾き返せるようにはできていない。

隊列を組んだ〈レギオン〉の、その中央部の部隊を精確に叩き落としたと。高速道路の厚いコンクリートに遮られて光学センサでは見えず、〈ジャガーノート〉の貧弱な音響センサでも難しい遮蔽物越しの敵機分布の把握をけれど成し遂げ、敵部隊を三つに分断したと、気づいた者がいるかどうか。

慌てたように頭上を振り仰いだ斥候型たちが、そのまま瓦礫や戦車型の巨軀に押し潰される。〈レギオン〉は阻電攪乱型で人類側のレーダー網を欺瞞し、一方的な急襲を常套戦術としている。だからこそ彼らは自分たちの進撃が感知され、待ち伏せを喰らう可能性を、相当に低く見積もっている。

十数メートルも落下した戦車型が、さすがに中央処理系が混乱をきたしたらしく無様に硬直して立ち尽くす。第二射をシンが命じると同時、撃ち下ろされた五七ミリ砲弾が戦車装甲の中では比較的薄い砲塔上面を容赦なく撃ちぬく。——厄介な戦車型は、叩き落とした分はこれで排除。あとは。

「第四小隊、続け。戦隊長、上に残った〈レギオン〉の排除を」

『……了解』

『命令するな、第四小隊長』

知覚同調(パラレイド)での通信は〈レギオン〉には傍受されないが、戦闘中は識別名(コールサイン)かパーソナルネームでの交信が義務づけられている。一律に『ハンドラー・ワン』のコールサインを使用するハンドラーを含め、互いの個人名が要塞壁の中と外に伝わることはない。

シンが小隊長を務める、第四小隊の四機がワイヤーで速度を殺しつつ地上に降下。崩落の粉塵(ふんじん)の幕に紛れて第一、第二小隊と第三、第五小隊がそれぞれ分断された高架の前後に飛び上がり、残る〈レギオン〉部隊に襲い掛かる。

『――亡霊憑(つ)きの、化物が』

その喧騒(けんそう)の合間に誰かの吐き捨てた声が、戦隊全員に繋(つな)がる知覚同調(パラレイド)に聞こえた。

聞き捨ててシンは手近の近接猟兵型(グラウヴォルフ)に自機を接近させる。落下の衝撃からようやく立ち直りつつある、その鉄色の威容。向き直ろうとする鼻先であえて泥濘に脚部を滑らせ、横滑りする形で側面に回りこむ。格闘アームの重機関銃(HMG)を掃射。軽量級の近接猟兵型(グラウヴォルフ)は、攻撃力こそ高いが装甲防御は戦車型(レーヴェ)ほどには高くない。それでも〈ジャガーノート〉とは違い、正面装甲は重機関銃(HMG)では撃ちぬけないけれど。

頽(くずお)れる近接猟兵型(グラウヴォルフ)を目の端に、疾走の勢いを止めぬまま次の近接猟兵型(グラウヴォルフ)に吶喊(とっかん)。落下ダメージによる中央処理系の混乱と、急襲による連携の混乱。そうした敵側の混乱につけこまねば性能でも総数でも劣る〈ジャガーノート〉は〈レギオン〉には勝てないし、それを生みだし、維持し続けるのが前衛であるシンの役目だ。

生き残った近接猟兵型（グラウヴォルフ）たちの集団を、ド真ん中から斬り裂くようにシンは進む。後ろに残した小隊員たちが散開し、分断に分断を重ねられた〈レギオン〉を各個撃破していくのがレーダースクリーンを見るまでもなくわかる。

右の機銃が弾薬切れで沈黙。直後に左が同じ警告をホロウィンドウに表示。舌打ちを一つ零（こぼ）しつつ、反動がきつくて接近戦には使いにくい、主砲の五七ミリ砲に兵装選択を切り替えた。投射兵装は弾切れが痛い。機体重量の軽い〈ジャガーノート〉は、そのために機銃も主砲も装填弾数が抑えられている。

無論、戦闘中の弾薬切れを見越して戦隊には無人の補給機が随伴しているが、さして性能の高くないＡＩしか搭載していない彼らは、こんな乱戦には入ってこられない。

近接白兵兵装があれば。

乱戦の合間、痛切に思った。射程と訓練時間で大きく劣るために火器に駆逐された、前時代の武具。数キロにも亘（わた）る射程を持つ戦車砲が支配する現代の戦場では、もはや自殺行為以外の何物でもない兵装。

それでもたった一つ、火器にはない利点がある。白兵兵装には弾切れがない。折れるまで、砕けるまで、敵機の装甲を斬り裂ける。

それさえあれば。もう少しくらいは、マシな。

一方で頭上の高架では、〈レギオン〉の排除に手間取っているらしい。

救援要請を受け取ったか、やや遠い位置を進んでいた左翼警戒の〈レギオン〉部隊が転進する。建物に紛れてレーダーには映らないその動作。けれどあらかじめ、想定済みだ。転進した進路上には、残った第六小隊が潜んで——。

気がついた。

迎撃のため伏せさせたはずの、第六小隊が配置にいない。

注意を向ければ頭上の小隊の交信に、たしかに混じる第六小隊の隊員たちの声。

「ノスフェラトゥ。別働の〈レギオン〉部隊が転進した。——まだ側面攻撃できる。第六小隊の配置を元に……」

『命令するなと言ったぞ、デルタ・リーダー。この戦隊の隊長は俺だ。本隊の撃滅を優先するべきだと俺が判断した。それに、——お前みたいな亡霊憑(つ)きの言葉なんざ、信用できるか』

吐き捨てる声に、顔をしかめた。シンより二つ年上の戦隊長は、そのせいか年下のシンからの進言を極端に嫌う。……いや。おそらく嫌がられるのは、年齢の差だけが理由ではなく……。

それを証するかのように、苛々(いらいら)と戦隊長は言葉を続ける。吐き捨てるように。唾棄するように。

『それから、もう同調してくるな。耳障りなんだよ、ばけも——』

刹那。

戦隊長の声が唐突に途切れる。知覚同調(パラレイド)が途絶。

ややあって、金属板を叩(たた)きあわせるような重く硬質な一二〇ミリ戦車砲の大音響が響き渡った。――初速一六五〇メートル毎秒、音速など遥(はる)かに超える戦車砲弾の砲声は、着弾よりも遅れて響く。

それが。

作戦崩壊の序曲を告げた。

単騎で戦車型(レーヴェ)とやりあうのはシンにとっては不可能ではないが、仲間の援護が全くない本当の意味での一対一は、さすがに厳しい。

撃破され擱座(かくざ)した仲間の〈ジャガーノート〉を囮(おとり)にどうにかおびき寄せ、後ろから砲撃を喰(く)らわせてやった戦車型(レーヴェ)の残骸を前に、シンは嘆息する。硝煙と粉塵(ふんじん)の未だ立ちこめる戦場に、乗機を降りて今は生身を晒(さら)して。

敵も味方も、もう一機もいない。亡国の遺(のこ)した無人戦闘機械と、無人機と定義された人間以下の劣等種が駆る兵器が相食(は)みあった、死闘の果ての廃墟(はいきょ)の都市。

また、自分以外の隊員全員が、戦死した。

一人きりになってなお、戦っていた時間がどれくらいかなんて覚えてはいない。足を止めては死ぬだけだと嫌というほど心得た理性は、そんな無駄な感傷にはリソースを割かない。

虚しくなるのはいつも、戦闘が終わってから、ようやくだ。

重機関銃も戦車砲も弾切れ、エネルギー残量も心もとない自分の〈ジャガーノート〉を見やって小さく首を振った。

忠告しても、誰も聞かない。――誰も彼の言葉なんて信じてはくれない。

仲間の死と敵機を招く亡霊憑きの死神と、罵られることにも慣れてしまった。

従軍してから、これまで。所属してきた全ての戦隊が、彼一人を除いて全滅している。慣れざるを得ない。仲間の死にも。ただ一人きり置きざりにされることにも。

それをお前のせいだと恐れられ、糾弾されることにも。

そのはずなのに今日はなぜか、酷く疲れたと感じた。言いようのない虚無感が、足元から伸びあがって全身を絡めとる。実在しないのに途方もない重さが、彼をその場に立ち尽くさせる。

生き残ったって、所詮。最期に待っているのは同じ戦場での死だけなのに――。

それでも今はまだ、死ぬわけにはいかない。重い足を引きずるようにして、待機状態の〈ジャガーノート〉に戻ろうとして――……。

「……ん、」

少し離れた瓦礫の向こう。頽れた〈スカベンジャー〉に気がついた。

2

〈スカベンジャー〉は各種弾倉とエナジーパックを搭載して戦隊に随伴し、戦闘中の〈ジャガーノート〉にそれらを補充する補給用の無人支援機だ。

制式名称はシンも知らない。ストックが足りなくなれば擱座した〈ジャガーノート〉から剝ぎ取って補充に用い、戦闘後は再利用可能な機体片や砲弾片を漁って回る行状から、エイティシックスの誰もが死肉漁りと呼ぶ不恰好な輸送機械。

複数機随伴していた彼らも戦闘の合間に全機が撃破されてしまったようだが、この機体はシンにとっては幸い、背部の輸送コンテナは無傷のままだった。残弾ゼロ、エナジーパックの残量も基地に帰投するぎりぎりしかない今の〈ジャガーノート〉では、競合区域深部から戻るにはいくらなんでも心もとない。今は周囲にはいないとはいえ、〈レギオン〉の方が足が速い。もし追撃を受け、交戦となったらその時が最後だ。

足りない物資はいつも通り、擱座した仲間の〈ジャガーノート〉から補給するしかないかと覚悟していたのだが、それに比べればまだしも気が楽だ。

傍に自分の〈ジャガーノート〉を停め、瓦礫の小山を下りてシンはその〈スカベンジャー〉に近づく。

戦争勃発直後に投入された、今では珍しい初期型の〈スカベンジャー〉だ。戦塵(せんじん)に煤(すす)けた、角ばった本体に丸みを帯びた四本の脚部。二本のクレーンアームにレンズ状の光学センサを備えた不恰好(ぶかっこう)な無人機だ。瓦礫(がれき)の狭間(はざま)にまるで死にかけた猟犬がうずくまるように、斜めに傾(かし)いで沈黙している。

どうやら脚部付近に被弾したらしい。背部に背負ったコンテナに加え、クレーンアームや内蔵のバーナーやカッター類も無事なようだが、それらはいずれも〈スカベンジャー〉本体が生きていなければ動かない。

コンテナのロック部分は別に、単純に固定されてるだけだから簡単に開けられるけど。

煤(すす)けた本体を見やり、内心で嘆息した。

〈ジャガーノート〉のキャノピもそうだが、八六区に在る共和国の『無人機』は開閉部にパスコード等の電子的なロック機能を備えていない。開閉バーを引けばそれだけで開く。

今のシンのように擱座(かくざ)した〈スカベンジャー〉から物資を運びだすにはいいが、〈レギオン〉には手に似たマニピュレーターを持つ自走地雷や回収輸送型(タウゼントフュスラー)が存在する。戦闘中に動けなくなった状態でそいつらに遭遇し、キャノピを開けられて引きずりだされる仲間を何度も見た。

共和国にとってはエイティシックスは使い捨ての処理装置(プロセッサー)だ。保護機能の追加など考えもしなかったのだろう。人工知能の開発でもフェルドレスの開発でも技術不足を露呈した共和国だが、まさか電子ロックさえ作れなかったわけではあるまい。

体を重くこわばらせる、戦闘の疲労のせいだろうか。いつにも増して酷く突き放した、醒めた皮肉な思考を意識の端に押しやりながら、シンはコンテナの開閉バーに手を伸ばした。足元の小石程度の瓦礫がブーツに当たって零れ、からからと転げ落ちる。

ロックは、簡単に開けられる。

問題はむしろ、開けた後。

〈スカベンジャー〉が搭載する物資の運びだしだ。

なにしろ貧弱極まりない駄作機とはいえフェルドレス——機甲兵器である。必要とするあらゆるものが大きく、そして重い。たとえば戦車砲としては火力不足の五七ミリ砲弾といえど、それらをまとめて収めた弾倉は百キロを優に超える。

まだ背も伸び始めない小柄なシンには、いささかならず厳しい重量だ。彼自身の体重より、倍以上も重い。

それでも一旦砲弾を弾倉から取りだして、ばらばらに運べばどうにかなるか。

……そこまでして帰ったところで、いつか無意味に戦死することに変わりなんてないのに。

再びもたげた、醒め果てて奇妙に刺々しい思考を嘆息することでどうにか追い払う。

どうしようもない徒労感と虚無感が、頭の片隅に居座るようになったのはいつからだろう。意識したのは少し前に所属していた戦隊が全滅した時で、おそらくは気づかぬうちにそれよりも前から。

戦っても、一人きり生き延びても。その果てに手に入れられるものなんてない。

戦う意味も、生き残る意味も、本当には何もないというのに――。

その時〈スカベンジャー〉の丸い光学センサが、まばたきするように瞬いた。

半端な位置で静止していたクレーンアームが不意に動く。先端のマニピュレーターが動作確認のように開閉し、がしゃん、と重い金属音が響き渡る。

「わ、」

思わずびくりと、シンは身をひく。――戦場に慣れてしまった体は、それでもごく幽かな声しか零さなかったが。

死者の復活でも目の当たりにしたようにまじまじと見つめ――なにしろシンにしてみれば完全に、死んでいた機体だ――二本のクレーンアームがコンテナから弾倉を引っぱりだすのに、どうにか口を開いた。プログラムされた任務に忠実な……言い換えれば融通の利かない無人機は、自身が大破した今の状態でも補給任務を実行してくれるつもりらしいが、それはともかく。

「……お前、まだ生きてるのか」

ふっと〈スカベンジャー〉の光学センサが、こちらを向いた気がした。

無意識に手を伸ばして、シンはその煤けた本体に触れる。

非武装の上に非装甲の、薄っぺらな金属の表面。

体温などあるはずもないゴミ拾い機にそんなことを聞いてしまったのは、多分、少し心が弱

Illustration:I-IV

っていたせいだろう。

〈スカベンジャー〉に、人格などない。自律戦闘などとても覚束(おぼつか)ないレベルの人工知能しか、共和国は作れなかった。そのかわりに部品扱いで戦場に放りこまれたのがエイティシックスだ。だからこんなことを言っても、聞いても、それは〈スカベンジャー〉にとっては単なる音声指示以外の何物でもない。

それでも。それがわかっていてもなお。

「戦隊もお前の仲間も、もう誰もいないけど。それでも、一緒に帰るか……?」

独りきりで帰投するのは、それが何度も何度も経験したことでも、あるいは、だからこそもう嫌だと。弱いままの心のどこかが、縋(すが)るように。

3

「――そう。でも、仕方ありませんわ。わたくしたちエイティシックスは、そういうものですもの」

戦隊全滅の報告を唯一帰ってきたシンから受け、整備班長のトウカ・ケイシャは嘆息する。

青玉種(サフィール)純血の金色の髪と空の青の瞳。機械油の匂いがしみついた格納庫と整備クルーのツナギにはまるで不似合いな繊細な麗貌。

落ちかかる髪を背に払いのけて、そのまま背後、格納庫の隅に積まれたコンテナを振り返った。

今となっては穢(けが)らわしいとしか思えない、彼女の祖国であったはずの共和国の五色旗が描かれたコンテナ。この期に及んで恥ずかしげもなく掲げた、自由・平等・博愛・正義・高潔の共和国の国是。

エイティシックスは人間ではないから、差別も迫害も人倫に反する非道ではないと、あの愚かしい者どもは本気で思って。

「この作戦には間にあいませんでしたけれど、例の兵装は要求が通りましたから。初期生産分が丸々残っていたそうで、予備を含めてたっぷり回してもらいましたから、次の隊でお使いなさいな」

高周波ブレード。

目の前のこの小柄な、寡黙な少年がマニュアルから見つけだしてくるまではトウカも存在を忘れていた、一二・七ミリ重機関銃(HMG)と交換可能な格闘アームの選択兵装だ。

観測された〈レギオン〉の中では最も堅牢(けんろう)な装甲を誇る、戦闘重量一〇〇トンもの重戦車型(ディノザウリア)の装甲さえ水のように斬り裂く威力を持つというが、所詮は刀剣(ブレード)。時代遅れも甚だしい近接白兵兵装だ。有効射程数キロにも亘(わた)る重機関銃(HMG)と戦車砲が支配する現代の戦場では、まず間違いなく役に立たない。

どれほどの高威力を誇る兵装だろうと、当たらなければ敵機を破壊できない。肉薄しなければ——〈レギオン〉たちの数に任せた猛砲撃をことごとく潜りぬけねば振るえない刃など、単なる重りだ。

だから実際に使用するプロセッサーなどトウカが知る限り一人もいなかったし、要求を受けたハンドラーも嘲けりすら通り越して薄気味悪そうにしていた。とうとう頭がおかしくなったのかと、どうやら真剣に問うてきたくらいだ。

トウカも何度も止めたのだが、どうしてもと言い募られてはどうしようもない。戦場で戦うのは——その兵装に命を懸けるのは、プロセッサーであるシン自身だ。整備クルーであるトウカの一存で、捻じ曲げていいものではない。

ただ、その固執が自棄的な感情によるものではなければ、いいのだけれど。

配属されてきてからこの方一度も目が合った覚えのない、今も伏せがちにされた紅い目をちらりと見やって続けた。

「でもどうか、無理はしないで。折角生き残ったのですから、あなたは生き残れるだけ生き残りなさい。この次の隊でも、その後も」

「…………」

シンは無言。

トウカより十も年下の、十代初めという年齢には無惨なほどに感情の薄い瞳はやはり伏せられたまま、少し無理に微笑(ほほえ)んだ彼女を見返しもしなかった。

そのままつと高周波ブレードのコンテナを離れ、格納庫の別の一角に向いた。

「……あれは、直るんですか」

乾いた声で問うた、シンの視線の先にあるのは大破した旧式の〈スカベンジャー〉だ。脚部を破損し、まるきり動けなくなったそれをシンが己の〈ジャガーノート〉で牽引(けんいん)して帰ってきたのには驚いた。戦闘は終了したらしいとはいえ、どこを〈レギオン〉がうろついているとも知れぬ競合区域(コンテスト・エリア)深部からの帰投だ。それなのに全く足手まといでしかない、庇(かば)ってやる必要もない無人機の〈スカベンジャー〉を引きずって。

何を思ってそんな、およそ正気の沙汰ではない真似(まね)をしたのか。わかってしまう気がしたから、トウカも整備クルーたちも何も言わなかったけれど。

「ああ……」

言いさしてトウカは肩をすくめる。

普段なら〈スカベンジャー〉の修理など後回しだけれど、直すべき〈ジャガーノート〉もほとんどない今日は。

「足回りを壊されただけのようですから。コアユニットには破損がありませんから、すぐに直せますわ。そう、今日か、明日にはというところでしょうね。あなたが連れ帰ってやったおかげですね。……よくやってくれました」

「…………」

トウカ自身、無理があるとしか思えない労(ねぎら)いに、シンはやはり応えない。

代わりのように、〈ジャガーノート〉の大半を失ってがらんと広い格納庫の隅で、どこか所在なさげにうずくまる〈スカベンジャー〉が、ぴ、と何やら電子音を鳴らした。

前線基地のエネルギー供給は、遠い共和国の要塞壁の中から遠隔操作で行われ、夜間には灯火管制がかかる。

〈レギオン〉の夜襲の目標とならないためであり、戦場に棲息(せいそく)する人型の豚に、人間のための貴重なエネルギーを浪費させないためでもある。共和国市民にとってエイティシックスとは、戦線防衛のための消耗品だ。戦闘に必要ないと判断したあらゆるものは——それが休養や娯楽、嗜好(しこう)品といった士気を維持するに本来必須のものでも——、八六区には与えられない。

灯(あか)りの消される時刻の少し前、戦死してしまった戦隊長の代わりに基地の各所を見回っていたトウカは、シンの〈ジャガーノート〉の整備と〈スカベンジャー〉の修理が終わって人気(ひとけ)のない格納庫で足を止める。

通常、〈スカベンジャー〉は夜間には、基地に付属する自動工場の待機スペースに戻る。そのはずなのだがシャッターの降りた格納庫の片隅には、まだ〈スカベンジャー〉の巨体がうずくまっていた。

それ自体は別段、彼らの勝手なのだからトウカも構わない。所詮〈スカベンジャー〉は共和国が製造し、投入している兵器だ。内部でどんなプログラムが動いているか、何をどう判断しているのかなどわからないし、知ったことではない。どうせある程度の作業の順番や範囲の指示はできても、命令する権限はエイティシックスには与えられていないのだから。

立ち尽くしたのは、その傍ら。煤けた巨体にまるで寄り添うようにして寝入ってしまっている、シンの姿を見てしまったからだ。

整備クルーたちには、早く休ませるようにと言っておいたはずなのに。

見れば隊舎の居室の、彼のベッドにあったのだろう薄い毛布を持ちだしてくるまっていて、一度部屋に戻ることは戻ったらしい。それなのにどうして、休息をとるにはまるで不向きな格納庫に。

起こそうかと手を伸ばしかけ、それから気がついて唇を噛んだ。

隊舎の居室に。

昨日まではいたはずの者が誰もいない、周り中空室ばかりの空っぽの隊舎に。一人きりでいるのが嫌だったから。

自分以外の誰も彼も、死んでしまったと突きつけられる場所には戻りたくなかったから。だから。夜には必ず無人になる、誰もいないのが当然の格納庫なんかに。

それとも。

本来の待機場所でない暗がりの中、システムをサスペンドモードに落としてひっそりとうずくまる〈スカベンジャー〉と、体温もないその巨体に寄り添うように眠る、一人きりの少年兵。

まるで小さな寂しい子供が、ついてきた野良(のら)の仔犬(こいぬ)でも拾ってきてしまったようだと、ふと思った。

4

エイティシックスを使い捨ての兵器部品として扱う共和国といえど、さすがに〈ジャガーノート〉一機しかない戦隊に迎撃命令は出さない。

そういうわけで戦隊再編か転属までのひととき、その唯一の〈ジャガーノート〉の処理装置(プロセッサー)であるところのシンにはすることが何もなくなった。

最初の数日は、覚えておいて損はないからと手すきの整備クルーが〈ジャガーノート〉の簡単な修理や整備を教えてくれていた。けれどプロセッサーに先んじて新しい〈ジャガーノート〉が搬入されてからは、彼らはその最終調整にかかりきりになっている。プロセッサーにとっては己が命を預ける相棒だ。それを知っているから整備クルーたちも、プロセッサーの配属前だからと手抜きはしない。

休暇だと思ってのんびりしていなさいなとトウカは言ったが、何もせずにいるのもいかにも気塞ぎだ。気を紛らわすにはいいだろうと、シンは散歩がてら、少し離れた場所にあるかつての共和国軍の基地へと向かった。

正規軍が〈レギオン〉戦争序盤で大敗・全滅し、八五区への避難に伴って放棄された基地は、今では好き勝手に生い茂った草木の支配下にある。人から餌をもらうことも人を恐れることも忘れた鶏が我が物顔で歩き回る横を抜け、以前この戦区にいたプロセッサーが叩き壊したらしいゲートを抜けてコンクリート製の基地の建物に入った。

きぃきぃ鳴きながら逃げていく、ネズミの後を追うようにして何度か行き来して覚えた広い廊下を歩く。

目的は放棄されたまま残っている、長期保存食や小火器の弾薬の調達。……エイティシックスには本当は所持が禁じられている拳銃やアサルトライフルの入手先も、実はこうした放棄された廃墟の軍基地だ。およそ職務を全うするということをしない共和国軍人たちは、こういうあからさまな違反行為さえ、検査しないから認識していない。

戦争の続く数年間でずいぶん備蓄の山の崩された、倉庫の一つで目当ての拳銃弾の箱を見つけて引っぱりだす。

その時がしゃんと、背後、倉庫の入口付近で重い――それこそ一〇トンは下らないだろう途方もない重量感を伴う、金属質の足音が轟いた。

「っ……⁉」

息を詰め、振り返った。

これまでなかったことだ——気づかぬうちに〈レギオン〉に接近され、あまつさえ背後を取られるなど！

ストラップで肩にかけたアサルトライフルを無意識に滑り落とし、グリップを握る。初弾を装填しつつ背後の敵機に向き直って——。

途中で気づいた。

〈レギオン〉は足音を立てない。

彼らの高性能のアクチュエーターとショックアブソーバーは、戦闘重量一〇〇トンを超す重戦車型にさえ、骨が擦れる程度のささやかな音響しか立てさせない。

つまり、背後にいるのは——……。

果たして振り返った先に、立っていたのは。

「ぴ」

古びて煤けた本体の、旧型の〈スカベンジャー〉だった。

「…………」

なんとも、気まずいような間抜けなような沈黙が、一人と一機以外にいない放棄された倉庫に落ちた。

丸い光学センサと見つめあったまま、シンは反応に困って立ち尽くす。

なんというか、変に気が抜けてしまった。

それから思いきりため息をついた。

「おまえか」

この前の戦闘で見つけて、連れ帰ってやった〈スカベンジャー〉。

がしゃがしゃとやかましい足音を立てつつ歩み寄ってくるのに、どうせ答えなどないと知りつつ言った。

「今日は出撃じゃないんだから、随伴命令なんて出てないんだろ。何やってるんだ」

「ぴっ」

音声出力機能を持たない〈スカベンジャー〉だが、どうやらその電子音が彼（？）なりの応答であるらしい。回収任務を無視して、ついてきたようだ。

きょろきょろと、無機物のくせに妙に愛嬌(あいきょう)のある動きで光学センサが倉庫を見回し、アサルトライフルを構えた時にシンが落とした、拳銃弾の箱に留まった。

ついとクレーンアームが伸ばされ、一〇〇キロを超す五七ミリ砲弾の弾倉をも軽々と扱うそれが弾薬箱を摘まみ上げる。戦場で再利用可能な擱座(かくざ)機や砲弾片を漁(あさ)り、基地の自動工場に持ち帰るのが彼らの役目だ。止めようと手を伸ばしかけたシンだったが、途中で気づいてその巨体を見返した。

どうやら。

持ってくれるつもり、らしい。

「ぴっ！」

なにやらはりきった様子でいそいそと弾薬箱をコンテナにしまいこんでいる、なんともユーモラスなその一連の動作に。

「……ふ、」

気づけば、笑いが零（こぼ）れていた。

ふっと見返してきた光学センサを前に、くつくつと肩を揺らしてシンは笑う。

どうしようもなくこみ上げてくる笑いに、身を任せながら思った。

笑ったのなんて、どれくらいぶりだろう。

覚えていない。思い返してもわからない。笑うようなことなんて、……もうずいぶん前からなかったから。

声をあげて笑いながら、目の奥をじんと熱くした——そのくせ流れるものなどまたなかった別の感情には、気づかないふりをして。

忠実な猟犬のように、無言で見返してくる——繰り返すが音声出力機能はないから、当然なのだけれど——〈スカベンジャー〉の、表面がざらつく塗装をぽん、と犬か馬にそうするように叩いた。

「手伝ってくれるなら、いろいろ持ちだすものがあるから。しばらくつきあってくれ」

「ぴっ！」

感情などないくせに、どこか嬉しそうに〈スカベンジャー〉は頷く。——そう見える動作で本体を上下させる。

その様子に知らず、シンはまた口の端を緩ませた。

拳銃とアサルトライフルの弾薬と部品に加え、生活用品と備蓄の保存食糧。

小柄なシン一人ではとても持ち帰れない量のあれこれを奇特な〈スカベンジャー〉のコンテナに積み、足の遅いそいつに合わせて少しゆっくりと〈ジャガーノート〉を進ませて。

出た時よりも少しだけ軽い気分で基地に戻ると、格納庫の前でトウカが待っていた。

麗貌を険しく歪ませるその表情に、悪い予感を覚えてシンは唇を引き結ぶ。付き従う〈スカベンジャー〉が、幽かに身を震わせたように見えた。

キャノピを開け、降りた彼にトウカが口を開く。険しいままの、憤りのような、恐れるような、白い面。

「シン」

唇だけが動いて、言葉を吐きだす。
険しく凍りついた、その青い瞳。
「戦区異動の命令が、あなたに来たわ」

5

八六区の強制収容所と各戦区は、対人・対戦車地雷原と自動迎撃砲で封鎖され、八五区へは無論のこと、収容先以外の収容所、配属先以外の戦区へ移動することも原則としてできない。

唯一の移動手段は、八五区内からはるばる百キロの距離を超えてくる軍用輸送機だけだ。競合区域（コンテスト・エリア）から〈レギオン〉支配域は阻電攪乱型（アインタークスフリーゲ）と対空砲兵型（シュタッヘルシュバイン）に制空権を奪われているから、共和国支配域内の狭い空域しか飛べない不恰好（ぶかっこう）な金属の巨鳥。

四発のジェットエンジンを今は停止させ、後部の貨物室（カーゴ）のハッチを開いた輸送機に、輸送担当の共和国軍士官に促されるままシンは乗りこむ。

持っていくような私物などろくにない。自衛用のアサルトライフルと自害用の拳銃、最初の戦隊から増え続ける仲間たちのアルミの墓標は、取り上げられないように〈ジャガーノート〉のコクピットに隠してあるから今は手元にない。

プロセッサーは建前上は〈ジャガーノート〉の部品で、だから戦区を移動する時はプロセッサーとその乗機を一まとめに輸送するのが一般的だ。本来は何機もの〈ジャガーノート〉を一度に収めるものだから、今は無意味にだだっ広い軍用輸送機の貨物室。

ランプを登り際、見送りに出てきてくれたトウカたち整備クルーに、目は向けないまま頭を下げた。

彼女たちのように親身になってくれても、反対に疫病神(やくびょうがみ)のように扱われても、どちらであろうと戦区移動で別れて、おそらくは二度と会うことはない人たち。

別れてそれきり、互いに生死も知れなくなる間柄にも慣れてしまった。

広いカーゴスペースに一人きり、載せられて別の戦場に向かうのも。

疎(うと)まれようが。親しくなろうが。

どうせ最後には、何も変わらず。いつも。

一人で。

きゅ、ときつく唇を引き結んだ。蘇(よみがえ)りそうになったここ数日の記憶を、そうすることでおし殺す。

〈スカベンジャー〉は前線基地に付属する自動機械だ。基地の部品である整備クルー同様、配属基地から移動することはない。

一緒には来ない。

一機きりの〈ジャガーノート〉を固定している士官の横を、互いに目も合わせず抜ける。兵装も装甲も貧弱とはいえ、フェルドレスである〈ジャガーノート〉の重量は一〇トンを超す。素人のプロセッサーに固縛を任せて、固定が甘かったり故意に固定を甘くされたりすれば、離陸時に輸送機の重心が狂って墜落しかねない。だから輸送時の〈ジャガーノート〉の固定は、エイティシックスには任されない。

無論、故意にやればプロセッサー当人も道連れだが、どうせ戦場で死ぬのがエイティシックスだ。共和国人数名を巻き添えにしてやれるなら充分だと、考える者も中にはいるだろう。およそまともに仕事などしない共和国軍人も、自分が危険に晒されかねない時ばかりは勤勉だ。

顔を上げた士官が、ふっと眉をひそめて顎をしゃくった。背後。まだ開いたままのハッチの方向。

「――おい。まさかそいつも連れていく気か？」

「…………？」

振り返ると一機の〈スカベンジャー〉が、その巨体で差しこむ陽光を遮って佇んでいた。煤けた旧型の機体に、そこだけ真新しい交換されたばかりの脚部。光学センサの丸いレンズをまばたきのように瞬かせる、――例の、連れ帰ってやった〈スカベンジャー〉だった。

「ぴっ」

「……なんで」

繰り返すが〈スカベンジャー〉は前線基地に付属する、いわば基地の部品だ。所属する基地からは移動しない。

配属替えとなる戦隊やそのプロセッサーに、ついてくることなどありえない。

困惑して見返すシンをよそに、〈スカベンジャー〉は勝手にランプを登ってくる。挙句、よいしょ、とばかりに四脚を畳み、貨物室の一角に座りこんでしまった。

制止しようとして無視された士官が、苛立ちもあらわにシンを振り返る。

「何を命じた。……エイティシックス風情が、勝手な真似をするな。今すぐ降ろせ」

そんなことを言われても。

そもそも〈スカベンジャー〉への命令権限はシンには……エイティシックスにはない。困り果てて士官と〈スカベンジャー〉との間で、シンは視線をさまよわせる。

覗きこんでいたトウカが口を挟んだ。

「あら、だってその〈スカベンジャー〉は、あなたがた共和国が誇る先進技術の産物なのではなくて？」

小馬鹿にするように口の端を吊りあげて。

むっと睨み返した士官に、尖った顎を上げてトウカは笑う。上品に細められた青い瞳。紅も差していないのに紅い唇。

嫣然と。傲然と。

笑って。

「わたくしたちのような人間もどきの劣等種、人型の豚には、とてもではありませんが手に余るご命令ですわ。優良種族たるあなたがた共和国市民様が技術の粋を尽くしてお造りになられた無人機に、下賤なエイティシックスが命令して行動を変えさせるなど、できるわけがありませんもの。……もちろん、ご高尚でご高等な共和国軍人様には、造作もないことなのでしょうけれど？」

どうぞ。

ご自分でおやりになって？

「ぐっ……」

恥辱か、それとも怒りにか。士官は顔を赤くして黙りこむ。

できない、のだろう。そんな権限を彼も与えられていないのか、明らかにイレギュラーな行動をとる〈スカベンジャー〉に、対処する知識や技術が彼にないのかは知らないけれど。

けれど、できない、と。自分の無力を人型の豚であるエイティシックスの前で晒すことも、彼のプライドが許さなかったようで。

「……いいだろう。勝手にしろ」

咄嗟に見上げたシンを、士官は見ない。

いかにも渋々と〈スカベンジャー〉に歩み寄り、その固定作業を始める。上機嫌な犬が尻尾を振るのと同じテンポで光学センサを瞬かせている〈スカベンジャー〉の陰で、トウカが今度は柔らかく微笑んで手を振った。

〈ジャガーノート〉とその処理装置であるエイティシックスの少年兵、乗りこんできた〈スカベンジャー〉を貨物室に残し、士官は輸送機のコクピットに入る。軍用機の貨物室は人間を乗せることもままあるが、エイティシックスと同席したい共和国軍人など一人もいない。

「──積み荷の重量が変わった。計算をし直してくれ」

「了解」

副機長が頷くのを見もせずに、苛々と吐き捨てる。貨物室での、思い返すだに不愉快な一悶着。

「まったく、豚風情が。下等生物の分際で手間をかけさせやがって」

この輸送機の性能諸元なら一〇トン強が倍に増えたところでどうということはないが、なんの手間もかからないというわけではない。

「だからあいつらエイティシックスは嫌なんだ。平気でこうやって余計な仕事をさせやがる。人間様の苦労もわからないから愚鈍なんだが。豚が。家畜の分際で」

苛々と零す士官に、機長がちらりと視線をよこした。

「そんなに繰り返さなくても、あいつらが人型の豚だなんてみんな知ってるだろ。……ちょっと、さすがに聞き苦しいぞ」

「わかってる」

言葉とは裏腹に、苦々しく士官は応じる。わかっている。わかってはいるが、そうとでも言っていなければ収まらない。

軍の上層部が。同僚たちが。無責任な指揮管制官(ハンドラー)どもが。何も知ろうともしない市民たちが。彼の祖国がそうと定めてそう言い続けているとおり、エイティシックスは人型の豚だ。下劣で愚鈍で野蛮な、進化に失敗した劣等種だ。

そう、思っていなくてはいけないのに。

ちくしょう、と士官は言葉には出さずに唇の動きだけで呟(つぶや)いた。

そうと思ってなくては、とてもこんな仕事、やっていけはしないのに。

思いだす、まだようやく十代にさしかかったくらいの、兵士というにはあまりにも幼い少年兵。〈スカベンジャー〉を乗せる許可を出した、その瞬間のその表情。

兵器の部品ならば部品らしく、感情なんか死に絶えたような顔をしていればよいものを。

あんな。

ただの子供みたいな。

取り上げられるだろうからとこっそり隠れて飼っていた拾った仔犬(こいぬ)を、けれど思いがけず飼っていいと言われた、ちいさな子供みたいな顔をしやがって。

〈Varlet〉おまけ

起動し直してなお知覚同調(パラレイド)に同調対象はなく、〈ジャガーノート〉のあまり性能の良くないレーダーにも僚機の反応は一つもなかった。

また、全滅か。

雑音しか返らぬ無線のインカムをコクピット内に放りだし、自機の装甲に背を預けてシンは嘆息する。戦隊長も指揮下の戦隊員たちももういない、見捨てられて久しい元牧草地の秋の戦野。

〈レギオン〉もすでに撤退していったから、秋特有の高く澄んだ青空の下にいるのは今はシン一人だ。戦闘も人の死も知った風ではない、無意味に晴れ渡る紺碧(こんぺき)の空と、冷えた風になびく名も知れぬ花々。

ようやく十二歳のシンに戦隊副長を任せる程度には、ベテランのいない戦隊だ。いつもどおり自分一人除いて、全滅するのも仕方のないところだったが——……。

……いや。

「お前は残ったな」

「ぴ」

がしゃがしゃと歩み寄ってきた旧型の〈スカベンジャー〉に、目を向けて言った。

運がいいのか、旧型な分多少は学習を重ねているのか。この奇特な〈スカベンジャー〉は、他のそれより生き残るのがうまい。近接兵装の高周波ブレードを活かし、また敵の連携をかき乱すため敵陣深く斬りこむシンに、まるで忠実な従兵のようにつき従っているにもかかわらず。

「多分、おれはまた異動になると思うけど。今度もついてくるつもりなのか？」

「ぴっ」

「そうか」

ついてくるつもりらしい。

当たり前だがこの戦区にはトウカはいない。これからは自分で共和国軍人（白ブタども）を言いくるめないといけないなと、ぼんやり思った。これだけではない。おそらく色々なことを、何もかも。

プロセッサーは、いずれ先に死ぬ。

整備クルーとも、異動となれば別れてしまう。

だから。これから生き残るつもりなら、誰かに頼るのではなく、一人で――……。

「……ぴ」

「ん」

気づくと、〈スカベンジャー〉が覗きこんできていた。

丸い光学センサを瞬かせもせずに、賢い犬が思慮深げに観察してくるように、少し機体を傾かせて。

なんとなく、心配しているかのような仕草だ。無論、共和国のゴミ拾い機などに、思考や感情のような高等な機能は搭載されてはいないが。

と思ったら、何やら二本のクレーンアームを伸ばして天に向けて立てて、そのままゆらゆらと左右に振り始めた。

ついでに脚部と本体の関節部を左右交互に曲げ伸ばしして、クレーンアームと同じテンポでその一〇トンの巨体を左右に揺らす。

「…………」

これは、多分。

踊っているのだろう。

一瞬ぽかんと、〈スカベンジャー〉にあるまじきその珍妙な動作を見守ってしまってから、シンはぷっと吹きだした。

荷物運びについてきたことといい、輸送機に無理矢理乗りこんできた時といい。

「変な奴だな、お前」

感情なんてないはずの、自動機械のくせに。

元気出た？　とばかりに再び覗きこんでくる光学センサを、見返して言う。

「いつまでもお前、じゃ、ちょっとややこしいな」

「ぴ？」

「お前、名前は……あるわけないか。それなら……」

一応は元々人間であったエイティシックスからさえ、個人の名前を剝奪して番号で管理しているのが共和国だ。

少し考え、ふっと思い浮かんだ名前を、あまり考えずにそのまま口にした。

それが犬につける名前だと知ったのがいつだったかなんて、もう覚えていない。何故か少しだけ、懐かしいような気もするけれどその理由ももうわからない。

「じゃあ、ファイド。ファイドにしよう」

「ぴっ……！」

〈スカベンジャー〉――改め、ファイドの光学センサがぴこぴこと感極まったように瞬く。

どうやら気に入った（？）ものらしい。再びクレーンアームと本体を左右に、先ほどよりも大きな動作で揺らし、ついでにがしゃがしゃどたばたと大変やかましい足音でステップを踏んで踊り始めた。

花だのハートマークだのを飛ばしていそうな、いかにも上機嫌なその踊りを苦笑しながら見守って。

「それが終わったら、基地に戻ろう。遅くなると整備班長が心配する」

「ぴっ！」

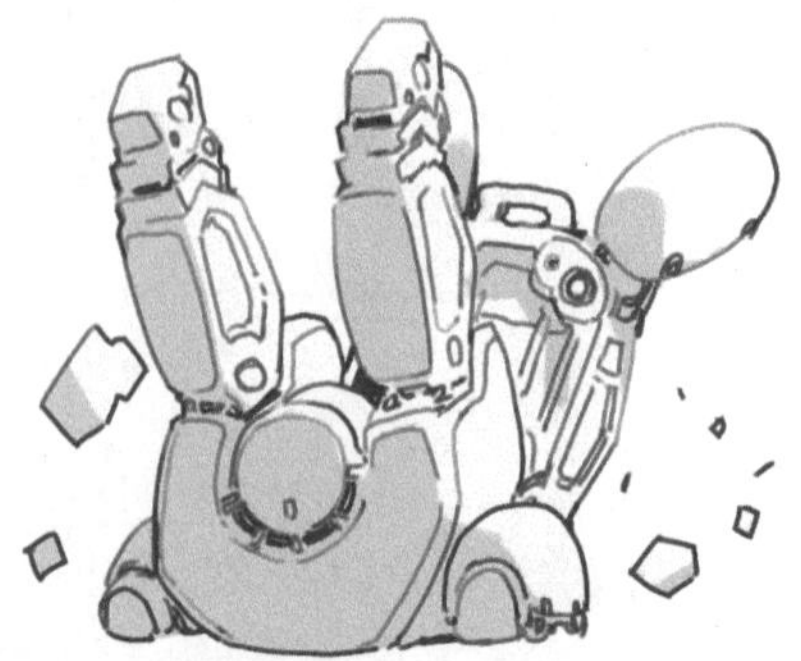

Appendix

ギアーデ連邦軍第八六独立機動打撃群本拠、リュストカマー基地にはプロセッサーたち戦闘要員の他、相当数の軍人・軍属の基地要員が在籍する。

その彼らの業務の一つである補充物資の搬入作業をどうやら手伝っているらしい、見慣れた不恰好な巨体にシンは足を止める。

戦場と前線基地が隣接していた八六区や西部戦線第一七七師団戦区とは異なり、戦線から遠く離れたリュストカマー基地では戦闘後の回収作業は発生しない。作戦のない――するべきことのない時間は何をしているのだろうかと、思っていたら。

ファイドを参考に製造された連邦製の〈スカベンジャー〉とは異なり、ファイドは共和国製のコアユニットがそのまま搭載されている。つまりプログラムされた任務は八六区の頃のままのはずなのだが、いくらなんでも対応が柔軟すぎる。

まあ。

そもそも八六区にいた頃から、共和国軍人の命令は無視するし所属戦区も無視するし毎回毎回勝手に輸送機に乗りこむしで、割と柔軟かつ自由に動き回っていたのだが。

こいつ内部のプログラムどうなってるんだろうとか、考えるのはとっくの昔にやめたシンである。

学習機能があるにしても度がすぎている気がするが、考えてわかるものでもないし。

野菜か何かが満載されているらしいコンテナを最後に降ろして、ファイドが係の給養員に向き直る。

「ぴっ！」

「おー、いつもありがとな。ご苦労さん。……丁度ご主人様が来てるぞ」

「ぴっ」

縦にも横にもでっかい南方黒種の中尉に言われてファイドが振り返るから、シンはその鈍色の巨体に歩み寄る。

向き直るファイドの光学センサ付近を、いつものように犬にでもそうするみたいに叩いてやっていると、通りかかったグレーテが口の端を緩ませた。

「仲がいいわね、あなたたち」

「ヴェンツェル大佐」

「ぴっ」

ぴこぴこと光学センサを瞬かせるファイドに笑みを向け、グレーテはかつかつとヒールを鳴らして歩み寄ってくる。

食料品を運んできたトラックが走り去り、替わってやってきた弾薬類を満載したトレーラーへと向かうファイドを、見送ってからその紅を差した唇を開いた。

「……共和国の救援時に、あの子の仲間もいくらか回収したのだけれど」

ちらりと目を向けた先、グレーテはこちらを見ない。

「あの子と同じ程度の稼働年数の〈バーレット〉も何機かはいて、でもどれもあの子のようには賢くなかったわ。融通が利かなくて不器用で、……初期命令以上のことは何一つしない」

一人のエイティシックスを最優先補給対象とすることも。そのために所属基地を離れることも。

ましてや戦死者の機体片、そのパーソナルマークの一部を切り取ってくるような、新しい任務を覚えるなんて。

戦死者の遺体を回収することだけは、よほど強固な禁則事項が組まれていたのか、ファイドでさえもできなかったけれど。

「そうですか」

淡々と応じたシンに、グレーテは片眉を上げる。

「気にならないの？　自分の傍にいる子が、他の〈スカベンジャー〉とは違っているのは」

「ヴェンツェル大佐こそ、解析してみようとは思わなかったのですか」

「私はAIは専門じゃないもの。戦わないものなら……フェルドレスのそれじゃないなら尚更、関心はないわ」

肩をすくめてグレーテは応じる。

ファイドの記憶領域にはシンたちの……死んでいった者たちも含めたスピアヘッド戦隊の記録が残っている。だからファイドを連邦製の機体に乗せ換える際にも、そのコアユニットは必要以上には触らなかったそうで、そのことはありがたいとは思っているけれど。

少し考えてシンは言う。

「ファイドが他の〈スカベンジャー〉と違うのは、指摘される前から知っています。八六区の前線基地にも、ファイド以外の〈スカベンジャー〉がいなかったわけじゃない。……それに、」

見つめてくる紫の瞳を、見返してシンは言葉を継いだ。

「何年も前に拾って今まで飼っていた犬が、実は犬じゃなくて狼だったと言われても、別にいまさら、気にすることでもないでしょう」

そいつが懐いてくれて、今も傍にいようとしているなら。

グレーテが微苦笑する。

「まあ、そうね」

「あいつが仮に〈スカベンジャー〉でなかったとしても、構わないです。あいつはまだ、」

見やった先、視線に気づいてか何やらクレーンアームをぶんぶん降っているファイドに目を向けたまま、シンは無意識に口の端を緩めた。

「共に在ろうとしてくれていますから」

EIGHTY SIX
The dead aren't in the field.
But they died there.
フラグメンタル・ネオテニー〈Brand〉
These fragments
turned the boy
into the
Grim Reaper.
4
〈Brand〉
FRAGMENTAL NEOTENY

3

「――お疲れさん、ノウゼン副長」

格納庫の所定の場所に〈ジャガーノート〉を停めてシンが降りると、傍らから声を掛けられた。

見返した先、硬い髪質の金髪を逆立てた青年がにかりと笑う。

「ヌナト隊長」

「エイジュでいいぜ……って、何度も言ってんのに改めねえのな。意外と頑固だよな、お前」

からからと笑って、この戦隊の戦隊長であるエイジュ・ヌナト大尉は歩み寄ってくる。シンより頭一つ以上も高い身長と、陽気な朱い双眸。

「今日もよくやってくれたな。おかげで助かった。俺も、隊の奴らも」

「敵の動きを、知らせているだけです」

「充分さ。奇襲喰らわないってだけでも、ずいぶんマシだ」

言ってふと、エイジュは笑みを深める。朱緋種特有の朱い瞳。夕暮れの色の。

「よく、話してくれたな。同調繋いでりゃいずれわかるっていっても、それでも勇気のいることだったろ。ありがとうな」

信じてくれて。

「……いえ」

別に。

言うとおり、同調を繋いでいれば、いずれ知られてしまうことだったから。

エイジュは苦笑する。

「誉めたんだから、素直に受けろって。お前さんもしかしなくても、誉められるとか感謝されるとか、苦手だよな」

「………」

苦手も何も。

感謝されることでもないのだから、そのいわれもないだけだ。

頑なに目を合わせないシンの様子に、エイジュは苦笑を深めつつ、話題を切りかえる。

「……ところで、お前、そろそろ戦場に来て一年経つんだろ？」

意図がつかめずに今度はきょとんと見返した先、得たりとばかりにエイジュが笑う。

「じゃあパーソナルネームとかパーソナルマークとか！　……考えねえといけねえよな！　つーか俺、考えてやるな！」

「…………。ああ……」

他人事だというのにやたら嬉しげなエイジュとは裏腹に、シンは気のない声を零す。

戦場で一年、生き残ったプロセッサーは交信時、小隊名と番号を組みあわせた識別名に代わって固有のパーソナルネームを使用し、同様に機体にもコールサインではなくパーソナルマークを描く。プロセッサーの大半が従軍から一年以内に死ぬ、この八六区での慣習だ。

無論、共和国軍の公的な書類に記録されるようなものではないが、基本的には黙認されている。ハンドラーたちもその上官たちも、人型の豚の奇習になど関心はない。

「なんか、考えてたのとかあるか？　こんな感じがいい、とか」

「どうせ識別のための記号でしょう。名前もコールサインも、収容番号も」

少し吐き捨てるような口調になったシンに、エイジュはふっと目を細めた。

「自分の名前が嫌いか？　シン」

「…………」

瞬間、記憶の底から鮮烈に蘇った声と双眸に、シンはきつく奥歯を噛み締めた。

シン。

お前のせいだ。

何もかも、お前の。

「……別に」

応じる声は、わずかに軋んだ。

自ら発したその声の響きがなぜか酷く気障りで、シンは目を伏せる。きり、と知らず、握り締めた拳の皮膚が擦れて鳴った。

　エイジュはどうやら、気づかないふりをしてくれたらしい。

「希望がないなら、俺が考えるけど。そうだな……」

　しばし考え、何やら名案が浮かんだという顔で人差し指を立てた。

「〝バーレイグ〟とかどうだ？　神様の異名だ。死んだ戦士を率いる戦神で、炎の目をしてるんだそうだ。お前さんは実際、神様か化物みたいに強いし例の約束のこともあるし、……綺麗(きれい)な紅(あか)い目、してるしな」

　つい、はっと見返してしまった先、エイジュはしてやったりとばかりに再びにかりと笑う。年の離れた弟に悪戯(いたずら)を仕掛けて、見事成功させた兄のようなその表情に、シンは少し慌てて目を背ける。

　こんな風に接してもらうことを願ってはいけない、赦(ゆる)されない人をつい、連想してしまったから。

　もう顔だって笑った表情だって、何一つ思いだせないのに。

「……柄じゃないです」

「そうか？　どうせだから、めちゃくちゃかっこつけちまう方がいいと思うけどな。どうせ、」

　見上げた先、エイジュは笑ったまま軽く肩をすくめた。

「お前さんの言うとおり、識別のための記号には変わりない、自己満足のごっこ遊びなんだからよ」

格納庫を出ていった戦隊副長の細い背を見送り、エイジュは少し離れてやりとりを見守っていた、整備班長に目を向ける。

「お前さんには苦労かけちまってるけどな、セーヤ。整備班長殿」

「整備と修理は、俺たちの仕事だから構やしねえんだが。……エイジュ」

幼年学校からの同級生であり、そのまま一緒に戦場に棄(す)てられた仲である整備班長は、その形で固まってしまったかのような苦々しげな顔のまま横目に視線だけをくれる。銀に近い金色の髪と、北の隣国からの移民の血筋だという淡い紫の目。

「お前よく、あんな不気味なガキなんざ構ってやれるな」

「なんかあったのか？」

「今日だけで何人死んだ？　あいつが配属されてからは？」

「ああ……」

小さくエイジュは嘆息した。その話か。

二か月前にこの戦隊に配属されて、そのまま副長に着任した――ちなみに八六区の指揮系統は、純粋な戦闘能力順で決められる――紅(あか)い目の少年兵についてはその最初から、ある不吉な噂がつきまとっていたけれど。

「あいつのせいじゃないだろうさ」

「どうだかな。例の件もあるし、……これまで所属した戦隊は全部、あいつ以外死んじまってるって話なのに」

やれやれとエイジュは口をひん曲げる。この親友は、決して悪い奴ではないのだが懐に入れた奴とそうでない奴への扱いの差が激しいというか。

情が深い性格だからこそ、仲間を傷つけられるのとその原因を極端に嫌う性格だというのは、理解しているけれど。

「ま、そいつは本当だろうな。……あいつ、」

ちらりと格納庫の壁の向こう、隊舎の戦隊副長の居室のあたりを目で示した。

シンは必要な時以外はほとんどの時間を、その部屋で独り過ごしている。同じくらいの年齢の少年兵たちとも、雑談しているところを見たことがない。

「誰のことも名前で呼ばねえ。約束とやらのこともあるから、覚えたくねえわけでもねえんだろうが。――それでも線を、引いておきたいんだろうよ」

いずれ先に死んでしまう、仲間たちとの間には。

パーソナルネームを得る程度に長生きしたプロセッサー――〝号持ち〟の大半が、おそらくは一度はとってしまう態度だ。エイジュにとっても覚えのない感情ではない。

だって。必要以上に情を移してしまえば、失った時に辛い。

耐え切れないくらいに失うのが、エイジュたち〝号持ち〟だ。従軍したプロセッサーはたった一年を、千人に一人も生き残れない。

でも、だからこそ。

「あいつのせいじゃないさ」

エイティシックスは死ぬものだ。この八六区では、誰も彼も。

簡単に死ぬ。

誰のせいでもなく。

「エイジュ、」

「カッサンドラは、絶対に外れない破滅の予言者だった。けど、だからってそれは」

たとえ。

予言者をまるで破滅の原因のように見做すのは。避けようのない破局に、けれど責めたてるべき原因を探したがるのは、人間社会にはよくあることであったとしても。

かつて共和国が、エイティシックスに戦争と敗戦の罪を被せて戦野に追いやったように。

「カッサンドラが破滅を呼び寄せていたわけでも、ましてや望んでいたわけでもねえだろうよ」

2

「……と、エイジュは言ってるが。実際どうなんだ。お前は予言者（カッサンドラ）なのか、それとも疫病神（やくびょうがみ）か」

〈ジャガーノート〉の修理箇所の動作確認が一通り終わった後。唐突に問うたセーヤに、問われたシンは気のない一瞥（いちべつ）を返す。消灯時間間際（まぎわ）で二人以外には誰もいない、前線基地の格納庫。

それまでの副長を、年齢と体格の大きな差にもかかわらず叩（たた）き伏（ふ）せてその座に就いたシンは、対〈レギオン〉戦闘においても比肩（ひけん）する者のない戦闘能力を発揮している。反面、〈ジャガーノート〉をその性能以上に振り回すきらいがあるため、自機の損傷・損耗率においても並ぶ者がない。

作戦の度に派手に〈ジャガーノート〉をぶっ壊すため、最近では整備と修理が追いつかず、専用の予備機をあてがって交互に使わせることで、どうにか回しているくらいだ。

そのくせ何故本人は大きな怪我（けが）をしないのか不思議な、血が通っているかも少し怪しいような整いすぎた白貌がセーヤを見返す。

十代初めの年齢にまるでそぐわない、感情の色彩の削（そ）げ落ちた真紅の瞳。

「さあ」

「なんだと」

「そんなもの、カッサンドラ本人にも区別なんてつかなかったでしょう。自分が避けられない未来を見ているのか、それとも自分こそが、幻視した災厄を招き寄せているのかなんて」

同様に、自分が疫病神か否かは。

シン自身にも。

淡い紫の目を眇め、獣のようにセーヤは唸る。

「……お前」

「別に、死んでほしいわけじゃないです。そうでなければ隊長にも誰にも、こんなことは話していない。……亡霊憑きの化物と、呼ばれたいわけでもありませんから」

「…………」

そう口にしながら、なんの気負いも嫌悪も、感じられない声だった。

判断をつかねて口を噤んだセーヤに、総交換され足回りだけが真新しくなった〈ジャガーノート〉を見下ろしたままシンは言う。

「整備班長。ついでに一つ、頼んでもいいですか」

セーヤはわずかに片眉を上げげた。

意外と怪訝に。

嫌われていると認識しているのか、シンはこれまで、整備作業上の必要以外でセーヤに話しかけてきたことはない。それが。

頼み？

「内容によるが。なんだ？」

「〈ジャガーノート〉の安全装置の解除方法。教えてもらえませんか。駆動系と制御系と、運動性に制限をかけているものは全て」

　セーヤは険しく目を眇(すが)める。

「誰から聞いた」

「カレン少尉からです。おれの〈ジャガーノート〉の機付の」

「……あの馬鹿、明日出てきたらぶっ飛ばしてやる」

お喋(しゃべ)りなのはまあいいが、余計なことまで喋(しゃべ)りすぎるきらいのある整備クルーを思い浮かべてうんざりと嘆息する。

　その表情のまま続けた。

「お前、安全装置って言葉の意味わかってんだろうな。アニメやコミックのスーパーロボットみてえな、外せばパワーアップできる便利でお手軽で都合のいい機能じゃねえんだぞ。必要だから制限してあるんだ。今の設定のままでも、特にお前ら体のできてねえガキどもにゃ負荷がきつい」

　〈ジャガーノート〉の運動性能はさして高くないが、緩衝系の出来がとにかく悪い。〈レギオン〉主力の戦車型(レーヴェ)や近接猟兵型(グラウヴォルフ)、稀に現れる最大種の重戦車型(ディノザウリア)と比べてさえ鈍足なくせに、走行音は比べものにもならないほどやかましく、……緩衝系が殺しきれずに搭乗者に跳ね返る衝撃も大きい。

「これまで何人壊されてきたか、多少は見てきたから知ってんだろ。たかだか一年近く生き残った程度で、自分だけは特別だとでも思ってんのか」

「いえ」

淡々と首を振った、その感情の欠け落ちたような面には少なくとも、彼らの年齢特有の根拠のない全能感は見受けられない。

言葉だけが淡々と、訥々と続く。

「でも、必要ですから。高周波ブレードを……近接兵装を使うなら反応は速いに越したことはありませんし、跳躍機動ができないのは、正直厳しいです」

「あんな、整備の手間が無駄にかかりやがる近接兵装なんざ使わなきゃやすむ話なんだがな、そいつは」

自殺志願者の使うような、とは、事実だったが言わなかった。

強力だが射程——というよりも間合いの極端に狭い高周波ブレードは危険な兵装だ。シンとてそれを承知で使い続けているのだろうから、外野にすぎない自分が言っていい言葉ではない。

実際、作戦上はシンがいることで、有利になっている面もあるという。

〈レギオン〉どもの隊列に真っ向から斬りこみ、敵の連携をかき乱して注意を引きつけ、時に戦車型（レーヴェ）をも単騎で相手取るシンの存在と行動があるからこそ、他の隊員が危険に晒（さら）される確率は下がっていると。

……少なくとも。

仲間を死なせまいとする意志だけは、本当だということか。

「いいだろう」

ぱっと顔を上げたシンとは、目を合わせることなく続ける。

自ら口にしたとおり、〈ジャガーノート〉の運動性能を引き上げるのは、プロセッサーの安全を犠牲にする行為だ。搭乗者にもそれから機体にも、かかる負荷が跳ね上がる。

間違っても感謝されるような、ことではない。

「明日、カレンの馬鹿をぶっ飛ばした後に教えてやる。整備のやり方も。しばらくは馴（な）らしもいるだろうから、そいつにもつきあってやる。それと、――パーソナルマーク」

きょとんとまばたいた血赤（ちあか）の瞳に、……そういう時だけ顔をのぞかせる年齢相応の幼さに、嘆息しつつ言った。

「そろそろ決めろって、エイジュに言われてただろ。この戦隊にいる間に考えとけよ。……まあ、」

装甲の塗装色である、乾いた骨の色のくすんだ白茶の塗料以外は共和国からは提供されないけれど、そこらの廃墟（はいきょ）のあちこちに放置されたままの物資の中から。

「好きな色の塗料くらい、調達しといてやるよ」

1

死後に墓標も、名前さえも遺せないエイティシックスにとって、パーソナルマークなどというものは無意味の極みだ。

シンにとってはそういう認識なのだが、飾りたいものらしい。

おそらくは彼ら自身、自分たち以外に見る者も記憶していく者もない虚しい標識だとわかっていながら。

昨日の雪に一面白く染め上げられた廃墟の街の、一方の尖塔が崩れ落ちた聖堂の前。頽れた〈ジャガーノート〉の残骸を前に、そのひしゃげた装甲に描かれたパーソナルマークを見下ろしてシンは思う。

同じ戦隊の、隊員たちの〈ジャガーノート〉ではない。降り積もった雪の下、陽光と風雨に晒された装甲はぼろぼろに朽ち果て、コクピットの安っぽいベークライトの座席には、変色した野戦服を着た白骨死体が転がっている。

頭蓋骨が消え失せてどこにもない。頸椎に認識票の銀色の煌めきはなくて、エイティシックスだと知れる。もっとも、そうでなくてもこの遺骸がエイティシックスだということは、シンにはわかっているけれど。

　これが、誰かも。

「………」

　消えかけたパーソナルマークは、長剣を担いだ首のない骸骨。

死んだくせに消えることもできず、失くした己の首を探して戦野を彷徨う亡霊のような。

まるで自分への皮肉だと、奇妙に醒めた頭の片隅がそう零した。

　彼がなんのつもりでこのマークを自機に描いたのかは、シンにはわからない。あるいは感じたとおりの皮肉だったのかもしれないが、その程度の関心さえ、持たれていたかは正直疑問だ。

　それでも最期には、自分を呼んだらしいけれど。

　――シン。

　耳の奥に残る声にわずかに目を眇め、足場にしていた折れた脚部から足音もなく降りた。

　ここにはもう何もいないとはわかっているが、埋葬してやるべきだろう。……いや。埋葬してやりたい。墓は作れなくても、土に還すくらいは。

　それから。

　無意識に手を伸ばし、かすれたパーソナルマークに手を触れた。

　共に戦い、先に死んだ奴は全員連れていくと、アリスと、最初の戦隊の仲間たちと約束をした。それからの全員を覚えて、連れてきた。

彼はそうではないけれど、それでも、連れていくべきだろう。

〈ジャガーノート〉の装甲は薄いアルミ合金だ。同じくアルミ合金製の航空機の外装は軍用ナイフで切ることもできるという。それならどうにか切り取れるかと、アサルトライフルの銃剣と兼用の頑丈なナイフの刃先をあて――。

「ぴっ」

「……お前か」

探しに来たらしい。

旧型の〈スカベンジャー〉――ファイドの姿に、一旦ナイフを収めてシンは身を起こす。昨日の戦闘中にはぐれてしまったのだが、どうにか探しだしてくれたようだ。がしゃがしゃと歩み寄ってくるのに、雪の通りの向こうに――自分の〈ジャガーノート〉を停(と)めたままにしている一角に、目をやって言う。

「悪いけど、おれの〈ジャガーノート〉はエナジー切れだ。補給してくれ。弾薬も」

「ぴっ」

戦闘は昨日で収束しているとはいえ、ここは競合区域(コンテスト・エリア)だ。戦えない状態は、なるべく早く解消したい。

「それが終わったら――」

続けて命じかけて、ふと気づいてシンはまばたく。

〈スカベンジャー〉は戦闘後、〈ジャガーノート〉や〈レギオン〉の残骸を回収して帰投するゴミ拾い機だ。搭載できないほどの残骸をも持ち帰るため、切断用のバーナーやカッターも内蔵している。

他の〈スカベンジャー〉なら単純に解体して持ち帰り、再生炉に放りこむだけだろうが、この妙に賢い旧型機なら、あるいは。

「ファイド。これ、切り取れるか？　これだけ持って帰りたいんだけど」

眼前のパーソナルマークを、指先で突いて示した。

戦死した奴の機体片にそいつの名を刻む、というのがアリスたちとの約束だった。けれど実際には、戦闘中にそんなものはそう都合よく手に入らない。ありあわせの金属片や木片でこれまでは代替してきて、けれどももし、ファイドが装甲片を切り取れるなら。

果たしてファイドはぴこんと光学センサを瞬かせる。

「ぴっ！」

「なら、頼む」

「ぴっ」

がしゃんと勢いよく前半分が上下したのは、頷いたつもりなのだろう。

周辺に〈レギオン〉はいず、白骨化した遺体などいまさら獣にも荒らされない。草食動物が餌を取れずに弱る冬は、肉食獣には餌となる肉の豊富な時期だ。肉も溶け落ちて久しい人骨に興味はあるまい。

まずは命じたとおり、自機の補給。

隠した〈ジャガーノート〉の下にファイドを連れていくべく、雪を踏んでシンは歩きだし、忠実な〈スカベンジャー〉が後に続く。


パーソナルマークを切り取ること自体はファイドが簡単に終わらせたが、一方で遺骸の埋葬には思いの外に時間がかかった。土が凍りついて、銃剣で掘り返すのも一苦労だったせいだ。最終的に見かねた（らしい）ファイドが手伝ってくれて、どうにかみすぼらしい土盛りは完成した。

昨晩の雪は夜の内に止んで今は晴れ渡っているけれど、風は身を切るように冷たい。風よけ代わりに駐機姿勢を取らせたファイドのコンテナに寄りかかり、休憩がてら雪を沸かした白湯を啜っていたシンは、冬の短い陽が傾いてきたのに立ち上がる。

「ぴ」

「ああ。そろそろ動こう」

シンが充分に離れたのを確認してから立ち上がるファイドの、丸い光学センサを見返して言う。一抱えもない白骨とはいえ墓を掘って、すぐにそれに取り掛かるような、気力も体力も残ってはいなかったけれど。

「さすがに日が暮れる前に戻らないとまずいだろうし、……戦隊長たち全員の機体片も、残っているなら持って帰ってやらないとな」

0

帰投したのはシンと〈スカベンジャー〉が一機、そしてエイジュたちの乗機だったという、ちっぽけなアルミの破片だけだった。

「……やっぱり疫病神だったか、てめぇ」

「そうかもしれませんね」

低く唸ったセーヤを、シンは見ない。

他の奴らは誰一人生きて帰ってはこなかったというのに、シンは擦り傷や軽い打撲程度の傷しか負っていない。最も損耗率の高い前衛を、今回の作戦でも務めていてだ。その強運と並外れた戦闘の才が、今は小面憎い。

他の誰も、帰ってこなかったのに。

一人だけ。

まるで他の奴らの運を奪い去って、他の奴らを贄にして、生き残りでもしたかのように。

ぎり、と食いしばった歯がきつく軋(きし)んだ。

「あいつは、四年。生き残ってきたんだ。それがなんで今、いきなり……！」

言いかけてセーヤは唇を噛(か)む。

そうだったから。四年も生き残ってしまったから。

こんな激戦区に、配属されたまま。

エイティシックスは死ぬものだ。元より数においても性能においても遥(はる)かに勝る〈レギオン〉を相手取り、ましてその攻勢が苛烈を極める激戦区であったなら、尚更に。

だから。

いくらシンが配属された途端に、だったとしても。

シンが来たから、というわけでは、決してない。

理性ではわかっている。けれど感情がどうしても納得しない。エイジュだけではない、戦隊全員が、一度の作戦で突然だ。いくらエイティシックスが死ぬものだといっても、戦隊の全滅という結果にはそうそうならない。

ましてそれが。

所属した全ての戦隊で。なんて。

疫病神(やくびょうがみ)と言わずして、これをなんと言うのだろう。

あるいは死神。周りの敵もそれから味方も、区別なく等しく無慈悲に斬り捨てる――……。

胸中を吹き荒ぶ激情と、言うべきではない罵声を懸命に堪えるセーヤの内心など知らぬげに、シンが淡々と口を開く。

その感情の色のない、静謐と凍てついた血赤の瞳。

「整備班長。パーソナルマークとパーソナルネームを決めろと、ヌナト隊長に言われていたのですが」

己の内圧を下げるように、セーヤは長く息を吐く。何を言うかと思えば。

「ああ……そうだったな。あいつは、自分がつけてやるつもりだったんだろうが」

彼の指揮下では初めて一年生き残りそうな、多分、弟分のように思っていた相手に。

けれどもう、エイジュはいない。

何処にも。

「ええ。……だから、自分で決めます」

言ってついとシンが差しだした、ちいさなアルミの板にセーヤは虚をつかれてまばたく。見下ろせばそれは〈ジャガーノート〉の装甲の一部だ。ずいぶん古い、見覚えのない掠れたパーソナルマークらしきものが描かれた破片。

この基地に所属する戦隊員の、誰のものでもない。だが、それなら一体誰の機体で、どうしてシンはこんなものを。

「絵、得意じゃないんです。だから、手伝ってもらえませんか」

　これを描け、ということか。

無意識に受け取って、セーヤはそのパーソナルマークを見つめる。長剣を担いだ、首のない骸骨の騎士の意匠。

仲間の屍の中で生き残る、〝号持ち〟に与えられるパーソナルネームはたいがい、悪名混じりの剣呑なものだ。そのパーソナルネームに由来して決められることが多いパーソナルマークもまた、不吉だったり悪趣味だったりするものが大半を占める。だがその中でも、この骸骨の騎士の意匠は極めつけだ。

まるで――……。

「まるで死神か、そうじゃなきゃ葬儀屋だな。持ってんのがシャベルだったらぴったりだ。一人生き残って仲間の墓を掘る、化物の葬儀屋って感じだ」

そう、まるで。

シン自身への皮肉のような。

言われてシンは知らず、薄く嗤った。

眼前の、十も年上の整備班長が思わず身を引く。それほどに冷えた笑みだった。

「――あァ。いいですね、それ」

戦隊の仲間は、昨日の作戦で全員が死んだ。

その前も、それより前も、最初の部隊からこれまで、自分以外の誰も生き残らなかった。

誰も彼も、共に戦った者はみんな死んだ。

一人の例外もなく。

共に在った者は、誰も彼も。

そうだというなら、もうそれで構わない。自分はそういうモノなのだと自覚さえできれば、自覚したなりの対応ができる。

疫病神。

あるいは、死神。

そうであるなら、それでいい。

亡霊憑きの化物と、忌み嫌われるならいっそ好都合だ。遠巻きにされている方が楽でいい。先に死んだ誰をも連れていくと己に課した、己の役目を果たすにその方が心が揺らがない。

生き残らねばならない。たとえ一人になっても戦いぬいて、果たさねばならない望みがある。それならいっそ最初から、誰をも頼らずいる方がいい。

そういうモノだと、知らしめてしまった方が。

紅い双眸を細めさせる冷えた笑みの、その口の端が裂けるように吊り上がる。セーヤの表情が恐れるように、畏れるようにきつく強張る。傍らでファイドが、小さく身を震わせた。

　己の表情の凄絶を。凄惨を。シン自身は見られない。

「パーソナルネーム、それにします。――なるほどおれには、相応(ふさわ)しい名でしょうから」

この絶死の戦場では最も親しく、慕わしく、忌(い)まわしい死神と同義の名。

誰よりも死に近いくせに自分一人死なず、ひたすらに他の誰かを葬(ほうむ)り続ける。

作れない墓に葬(ほうむ)ろう。これまで死んだ仲間を。これから死ぬ仲間を。最期(さいご)まで一人生き残って。その果てに在るものを葬(ほうむ)り去(さ)るまで。

「〈葬儀屋(アンダーテイカー)〉」

Appendix

先日の〈レギオン〉との小競りあいで、〈アンダーテイカー〉はコクピット周辺の装甲に亀裂を入れられてしまったため、そのあたりの装甲を交換することになった。

丁度、パーソナルマークが描かれた辺りだ。そしてパーソナルマークは何しろ一人一人固有のものなので、書き直し用のステンシルなどは用意されていない。

そんなわけで。

「……はい、できたよ、っと」

塗料の染みだらけのツナギを着た細い体躯をうぅんと伸ばして、セオは立ち上がる。交換されたばかりでそこだけ真新しい〈アンダーテイカー〉の純白の装甲と、描かれたばかりのシンのパーソナルマーク。シャベルを担いだ首のない骸骨。

これ、すぐ傷だらけになるんだよなぁと、もう何年もの間何度も何度も同じ絵を描いてきたセオはちょっぴり虚しい気分になる。他の仲間たちのそれ同様、結構自信作なのだが。

離れて見守っていた——気が散るからとセオが追い払ったのだ——シンが、歩み寄ってきて覗きこむ。

連邦軍の軍服の鋼色が、砂漠迷彩の野戦服の彼を見慣れているセオにはまだ、少し慣れない。

「悪いな。いつも」

「んー。まあ、いいよ。シンたちと、レーナのマークくらいしか描いてないし。絵、描くの好きだし」

だいたい僕以外絵、描けないし、と言うと、シンが何かを思いだした様子で笑った。

「それ、一体なに描いたつもりなの、って言ってたな。最初」

あー、とセオは苦笑する。八六区で最初に会った時か。

まだ仲間たちが、自分で自分のパーソナルマークを描いていた頃。

「ダイヤの、黒い犬のつもりで黒いカバになってたのは特にひどかったよね」

それはもう、彼のパーソナルネームが黒妖犬だったから辛うじて犬だとわかったレベルで。

「ライデンの狼男改めギリギリ犬人間もだいぶアレだったけど。クレナはライフルの照準器描き忘れてるし、アンジュはうまいはうまいんだけど、いくらなんでも子供っぽすぎたし」

これからは僕が描くからねと、思わず言ってしまう程度には誰も彼も下手くそだった。

戦死したら〈ジャガーノート〉が棺桶で、パーソナルマークがある種の墓標だ。記憶と心はシンが預かって連れていってくれる約束だったけれど、残されていく体にも、それくらいの手向けはしてやりたかったから。

半ば追憶に沈んだまま、セオはふっとほろ苦く口の端を吊り上げる。

「みんな、絵なんか描いてる余裕なかったんだよね。だから、小さい時からそのまま」

それだけ誰も彼も生きていくので手一杯だったし、強制収容所には子供が絵を描く程度の娯楽用品さえもなかった。

「シンが描いてたパーソナルマークは、なんていうか反応に困る感じだったよね。うまいならそれでいいし、下手なら下手で面白いんだけどさ」

「素直に、普通すぎてつまらないって言えばいいんじゃないか」

「普通っていうか、異常に事務的なんだよねシンの絵って。写実的っていうのともちょっと違って。なんていうか感情が一つも動かないっていうかさ……うん。やっぱりつまんないね」

一応本人の前だし、あんまりいつまでも毒舌なのもどうかと思うので穏当な表現を探してみたが、見つからなかった。

幸いシンは気を悪くした風もないので——今さらこの程度の悪口で何か感じるような性格でもないだろうし——思ったまま続けてみる。

「もう絵っていうより、地図とか設計図って感じだったよね。地形の説明以外に絵とか描かなかったみたいだな」

「よくわかったな」

「あ、ほんとにソレ用だったの？」

なるほど異様に事務的になるわけだ。

共和国が戦域地図さえもろくに寄こしてくれなかったのが、良かったんだか悪かったんだか。今は必要な地図は軍から提供されるから、そんなものを自分で描くこともなくなったのだろうけれど。

……そう、今は。

何もかも変わった。連邦では、戦うのに必要なものは当然のように与えられる。支援も、教育も娯楽も。

戦死した時に葬られる権利も、仲間を弔う権利も。

「……シンはさ」

見返してきた真紅の双眸を、見ることなくセオは言う。見下ろした先の、たった今描いたばかりの首のない骸骨のマーク。

この不吉な死神の紋章が、八六区ではたしかに救いだった。でも。

「パーソナルマーク、変えないの？　変な言い方になるけど、もう背負ってあげなくてもいいんじゃないの」

これまで背負ってきた、いろいろなものを。

セオたちが当然のように、背負わせてしまったものを。

少々複雑なセオの内心に、シンはどうやら気づかなかったらしい。唐突に言われた言葉に怪訝(げん)そうな顔をしつつ問い返してきた。

「嫌か？」

「描くのが嫌ってわけじゃないけど……ちょっと、縁起悪いかなって」

「ああ……」

少し考えて、シンは肩をすくめる。

「そうかもしれないけど。でも、六年も使っていまさら縁起もないだろうし、それこそ嫌だとは思ってないから」

「……そっか」

苦笑してセオは頷(うなず)く。罪悪感にも似た、複雑な気持ちは未(いま)だ晴れないけれど、シンがそれでいいというなら。

パーソナルマークに目をやって、ふとシンが口を開く。

「そういえば、レーナのパーソナルマークだけど」

ふん、とセオは鼻を鳴らした。

「ああうん。僕が描いたけど、苦情ならお断りだからね」

86

[EIGHTY SIX]

The dead aren't in the field.
But they died there.

フラグメンタル・ネオテニー〈Undertaker〉

These fragments
turned the boy
into the
Grim Reaper.

〈Undertaker〉

FRAGMENTAL NEOTENY >>>

5

4

〈レギオン〉たちが退いていく。

感情を持たぬ戦闘機械たちは仲間を失っても恐れはしないが、復讐(ふくしゅう)にも逸(はや)らない。作戦目標を達成するか、損害が一定数を上回れば淡々と撤退を開始する。

残り少ない戦車型(レーヴェ)を惜しんだか、使い捨ての自走地雷を殿(しんがり)に鉄色の敵機が後退する。レーダースクリーン上の敵機の輝点(ブリップ)が、次第に密度を減じていく。

それでも警戒を怠らず光学センサ越しに周囲を、レーダースクリーンを見据えるプロセッサーたちの耳に、冷えた声が落ちる。

時代遅れの無線越しの、雑音交じりの声ではない。知覚同調(パラレイド)によって共有した聴覚に直接響く、鮮明な、酷(ひど)く静謐(せいひつ)な声。

第二七戦区第一戦隊〝バイオネット〟――この戦隊の、戦隊長の声だ。

『――アンダーテイカーより各機。戦闘終了』

声は彼らの宿敵である戦闘機械のそれのように、戦場を統(す)べる神の声音のように、冷厳と響く。

「アルファ・リーダー了解」

短く返して、バイオネット戦隊第一小隊副長、サイキ・タテハは少しだけ体の力を抜いた。同じく知覚同調（パラレイド）で繋（つな）がった仲間たちが、同様にわずかに気を緩める気配。

通常、第一小隊の小隊長は戦隊長が兼ねるが、乱戦時には指揮を執りづらくなる戦隊長の戦闘スタイルや小隊員との関係性など、諸々（もろもろ）の事情からこの戦隊ではサイキが担当している。

そう、戦隊員との関係と。

戦隊長のあまりに特異な戦い方のために。

目をやった先、戦隊長機とその周囲で燻（くすぶ）る〈レギオン〉の残骸に、いつもながらとんでもないなと息を呑（の）む。

残骸のほとんどは戦車型（レーヴェ）だ。八六区の戦場ではあまりお目にかかることのない重戦車型（ディノザウリア）を除いては、〈レギオン〉の中でも最大の火力と装甲防御、理不尽なまでの機動性能を誇る機種。本来なら〈ジャガーノート〉では歯が立たない敵機が、倒木や割れ砕けた岩の狭間（はざま）に累々と擱（かく）座（ざ）している。

サイキも仲間たちも援護はしたとはいえ、半分以上はたった一機が――彼らの戦隊長機が仕留めた戦果だ。

その、超絶の技量。

敵機のブリップは一つ残らず戦場を後にして、〈ジャガーノート〉の視線は自然と戦隊長機に集まる。戦車型（レーヴェ）の残骸のただ中に立つ――戦車型（レーヴェ）のただ中に真っ向から斬りこんでなお生還した、その異質な〈ジャガーノート〉に。

歴戦を示して傷だらけの、乾いた骨の白茶の装甲。安全装置を解除して機動性能を上げているために、春のこの陽気でも薄く陽炎(かげろう)立つ機体。乗り手の正気を疑う、彼以外に使っているところを誰も見たことのない白兵兵装の高周波ブレード。

そしてコクピットの下に小さく描かれた、首のない骸骨のパーソナルマーク。

〈アンダーテイカー〉の名を持つ機体だ。プロセッサーの大半が一年以内に戦死するこの八六区の戦場で、一年以上を生き延びてパーソナルネームを得た〝号持ち〟が駆る〈ジャガーノート〉。

死神のようなパーソナルマークを掲げ、葬儀屋(アンダーテイカー)の名を自ら背負った。

まるで失(な)くした自分の首を探して戦場を這(は)いずり回(まわ)る戦死者の白骨のようだと、そのどこか不吉な佇(たたず)まいにいつも思う。

〈アンダーテイカー〉の中、戦隊長が一つ息をついたらしい。今は静かな知覚同調(パラレイド)の通信に、吐息が一つ。

『帰投しよう。撃破された〈ジャガーノート〉の回収は、〈スカベンジャー〉に任せる』

「了解」

もう一度応じて、サイキは自分の〈ジャガーノート〉を回頭させた。出来の悪いアルミ合金製の棺桶(かんおけ)が、がしゃりと重くやかましく足音を立てる。

巡らせた光学センサに、戦場である森の光景が映る。へし折られて倒れ、焼けて未だ熾火を燻らせる樹々。砲撃で砕け散った岩と、多脚に蹴散らされて跳ね飛んだ泥と下草。その狭間に転がる、〈レギオン〉と〈ジャガーノート〉の鉄色と白茶色の残骸。

バイオネット戦隊の、そして八六区のあらゆる戦場での、いつもどおりの光景。

それでも遠い緑陰の切れ目、遠い地平線を紅く染める赤だけはいつもと違う色彩だ。〈レギオン〉支配域と隣接する一帯の、鮮やかな真紅。何か、紅い花の花畑だろう。ここからでもわかるくらいに、きっと一面の。

ああ、春なんだなとふと思う。

もう何年も、意識していなかった季節だ。強制収容所では生き延びるのに必死で、意識なんてしていられなかった季節の移り変わり。

この戦隊にいなければ、収容所を出、戦場に来た後も、もしかしたら。

「…………」

来年はきっと、今いるプロセッサーの大半が、見られない真紅。

それでもこの戦隊でなら、全員が来年も、もしかしたらその次の年も見られるだろう。あるいは今とは違う花を。

たとえそれが、生きて目にするわけではなくても。

『アルファ・リーダー？　何かあったのか』

「ああ、いや、悪い」

冷徹な中にも少し怪訝（けげん）そうな、戦隊長の呼びかけに慌てて従う。不審に思われる程度に長い時間、戦野の向こうの花畑に見入ってしまっていたらしい。

知覚同調（パラレイド）は今は、壁の向こうのハンドラーには繋（つな）がっていない。この戦隊を担当する家畜番殿はタマなしの腰抜けだ。それが仕事だというのに、戦隊長に知覚同調（パラレイド）を繋（つな）げない。それどころか無線さえも、戦闘中には切っている。作戦開始前に形式的に無線を繋（つな）いで指揮権を戦隊長に移譲して、あとは作戦終了を壁の向こうで、耳を塞いでガタガタ震えて待っているだけ。

それがわかっているから戦隊長も、作戦終了をハンドラーには報告しない。

確実に戦闘が終わった頃合いを見計らっておそるおそるハンドラーが無線を繋（つな）いでくるまで、ひたすら放置している。面倒だとたまにその呼びかけすら無視しているらしい。それでも臆病な家畜番は、知覚同調（パラレイド）を繋（つな）いではこない。

おかげでサイキたちも基地に戻り、整備クルーに愛機を預けて、気を緩めて一息つくまで白ブタの不愉快な声を聞かずにすむし、……今この会話を聞かれる恐れもない。

作戦中のエイティシックスは、個人名の使用を禁止されているから。

「なんでもないぜ、アンダーテイカー。……シン」

名を呼んだサイキに、戦隊長機がこちらをちらりと見やる。見えないと知りつつ、サイキは笑った。

「今日もお疲れさん、我らが死神」

八六区では、従軍したプロセッサーはほとんどが一年以内に戦死する。

だから今、戦場にいる者の大半は、来年にはいない。今年咲いた花も潤むような春の青空も、来年には見られない。

けれどこの戦隊なら。きっと来年もあの紅い花を、あるいは違う花を見られるだろう。たとえ自分は死んでしまっても。

この戦隊には死んだ奴の心を抱えて、連れていってくれる死神がいるから。

3

バイオネット戦隊の前線基地は、〈レギオン〉戦争勃発後に放棄された小規模な空港の格納庫を流用する形で作られている。

かつては航空機が収められていたのだろう、天井が高くだだっ広い格納庫は今は似ても似つかぬ〈ジャガーノート〉の寝床だ。ここにあった銀翼たちは市民の避難と共に八五区内に回収されたのか、それとも〈ジャガーノート〉に流用するべく再生工場送りにされてしまったのか、もはや影も形もない。

どのみち〈レギオン〉に制空権（そら）を奪われた今、航空機なんて後方からの輸送と、あとはせいぜい壁の中での遊覧飛行くらいしか使い道もないのだが。稀（まれ）にいるという、刺激を求めて戦場まで遊覧飛行に来る馬鹿とその末路については、サイキの知ったことではない。

駐機位置に自分の〈ジャガーノート〉を停（と）め、キャノピを開けるとついほっと息が漏れる。全面を装甲板に鎖（とざ）され、三面の光学スクリーン以外に外界を見る術のないコクピットは暗く、狭苦しい。息苦しいとすら感じるほどだ。ようやく成長期で、背も伸び切っていなければ体格も細いサイキでそうなのだから、本来プロセッサーとして想定されていたろう成人男性には、相当に狭かったのではないだろうか。

実際〈ジャガーノート〉のコクピットブロックに比べ、その前にかがみこんでいる整備班長の体躯（たいく）は明らかに中に収まるには無理がある。背の高いドワーフといった趣の、整備班長の体格が良すぎるのもあるだろうが。

「シン……お前な。頼むからもうちょっと、大事に乗ってくれよ。直しても直してもそのたび派手にぶっ壊される、こっちの身にもなってくれや」

「努力はしています、整備班長」

「ったく……。無茶ばっかしてんじゃねえぞ」

ごわごわの口髭（くちひげ）を揺らして深々とため息をついた、整備班長を後目（しりめ）にシンが降りる。

底の硬い軍靴が、けれど敷かれた厚いコンクリートにかつりとも足音を立てない。まるで彼らの対峙する〈レギオン〉のように。

血の色をした真紅の双眸が格納庫全体を刷く。陽と埃に焼けた古い格納庫を。居並ぶ〈ジャガーノート〉を。その周囲の、プロセッサーと整備クルーを。そのどれにも目を留めず、無関心にすぎて。

およそ比肩する者のない戦闘能力とは裏腹に、その容姿は嘘みたいに幼い。戦隊のプロセッサーの中でも年少の部類だ。今年十五歳のサイキより、たしか二つ三つ年下だったろうか。

それでも彼を侮るものは、バイオネット戦隊には誰もいない。むしろ在るのは畏敬と、畏怖の念だ。

実際シンは畏ろしい。

表情は静謐。思考は冷徹。戦闘は苛烈。まさに歴戦。数多の戦闘で毀れては研ぎ直され、鋭利を増した剣のように。

戦歴はしばらく前に一年を超え、前の戦隊から戦隊長を務めているという。

その戦隊も最終的には彼以外戦死してしまったらしいが、それも〈レギオン〉前進陣地の撃滅作戦での話だ。〈レギオン〉が戦線を押し上げるため築く、橋頭堡としての陣地。当然、周囲には相応の戦力が、警戒と陣地防御のため配置される。

その迎撃を打ち破り、前進陣地を叩くのだから〈ジャガーノート〉の損害も大きなものになる。前進陣地の規模によっては、一個戦隊どころか一戦区四個戦隊、全機が出撃してなお全滅必至の作戦だ。

シン一人でも帰ってきただけ、マシな結果といえるだろう。

でも、だからこそシンは畏ろしい。

足音もなく、格納庫を歩く彼に周りの誰も声をかけない。プロセッサー同士、あるいは整備クルーと軽口を叩きあっていた奴らさえ黙った。悠然と空を征く鷹の王に、小鳥どもがひれ伏すように。

あれが号持ち、この絶死の戦場で一年以上生き残ってしまう化物。

自分たちとは違う『何か』。

シンもまた、そんな仲間たちに一瞥も向けない。

敬して遠ざけられていると、彼自身気がついているのだろう。だからサイキや他のプロセッサーに、一線を引いた接し方しかしない。互いに引いた、その線を越えてはこないし、越えさせない。

それを寂しいと、思っているのかどうか。

何か、声をかけようと思って、果たせず口を噤んだ。

何を言えばいいのかわからなかった。

口を開いた気配を察したのか、シンがちらりとサイキを一瞥する。感情の色の薄い双眸がサイキの茶色の瞳をひととき見据え、何事もなかったようにふいと逸らされる。

その鮮烈な、静謐なあかいろ。

首に巻いた空色のスカーフは外したところを誰も見たことがなくて、だからその下に何があるのか、何を隠しているのかは誰も知らない。

それで、だろう。誰かが言いだした。

今では誰もが、冗談交じりに口にする。その裏に拭いきれない畏怖を、羨望を、あるいは一抹の哀憐を隠して。

「あいつはとっくの昔に首なんか失くして、それを隠しているんだろう」

失くした首を探して、戦野を彷徨う。

首のない白骨死体にも似たフェルドレスを騎馬に。仲間の残骸を漁り喰らう、機械仕掛けの死肉漁りを従えて。

この戦場では何より忌まわしく、慕わしい、いずれ必ず戦場に散る彼らエイティシックスのための神。

東部戦線の首のない死神——と。

今日の作戦では、二人が死んで一人が死にきれなかった。

2

まあ。

「……いつものこと、ってわけじゃねえけど」

さして珍しいわけでもない。

コクピットブロックを戦車型(レーヴェ)の戦車砲弾に吹き飛ばされ、あるいは近接猟兵型(グラウヴォルフ)の高周波ブレードに斬り裂かれて。もう動かない二機の〈ジャガーノート〉を見つめてサイキは呟(つぶや)く。

聞(き)き咎(とが)めた同じ小隊のホーリがちらりと視線を寄こすが、口に出しては何も言わない。言うことなんか何もないからだ。エイティシックスは、そういうものだ。使い捨ての兵器のパーツ、絶滅しても共和国にはなんの痛痒(つうよう)もない人型の家畜にすぎない。だから死ぬのもあたりまえで、だから、もう慣れてしまった。

それに。

ホーリが言う。哀(かな)しげに、けれど少し、安堵(あんど)したように。

微笑(ほほえ)んで。

「でも、あたしたちには死神がついてるもの、ね」

「……ああ」

そうだな、とサイキも頷く。

そう、自分たちには死神がついている。戦闘では精確に〈レギオン〉の動きを見抜き、死んだならばその記憶と心を抱えて、連れていってくれる死神が。

配属されたばかりの頃に、シンと交わした約束だ。

戦死した全員を、最期まで生き残った一人が覚えて、行きつく果てまで連れていくと。

シンは、生き残る。自分たちでは行けないどこかまできっと行きつく。そこに連れていってくれるというのだから、死ぬのも別に、怖くはない。

運悪く、死にきれなかったとしても。

擱座した〈ジャガーノート〉、その三機目にシンが近づく。その中の、火に弱いアルミ合金の装甲が焼けて丸焦げになったろうに、まだ死ねずにいる不運な仲間に。

片手が無造作に、右脚のホルスターから拳銃を引き抜く。歩きながらスライドに手を添え、一度引いて初弾を装塡する。その慣れきった動作。

キャノピの開放レバーに手をかけ、そうしながら独りごちるように言った。

「……聞きたくなければ、耳を塞いでいろ」

蒼褪めた顔色で、あるいは引きつった表情で焦げた〈ジャガーノート〉を見つめていた、シンとそう年齢の変わらない新入りたちが慌てて耳を塞ぎ、目を閉じるか顔を背ける。それを目の端に確認して、シンがキャノピを開ける。

中の仲間に手を伸ばし、おそらくは触れて、一言、二言、何か言った。

その様にサイキはああ、と慨嘆する。

冷徹で、周りの誰に対しても一線を引いているけれど、誰に対しても情がないわけじゃない。

むしろ、本質は——……。

思考の続きは、三発、無情に連続した九ミリ拳銃の銃声が、千々に引き裂いて奪い去った。

朝起きるとシンがいなくて、格納庫に行ったら〈ジャガーノート〉もなかった。

なるほどそれなら。

そう思って、サイキは彼がいるだろう場所へ向かう。

ずいぶん歩いて、案の定だ。森の中の、バイオネット戦隊の主戦場の一角。樹々(きぎ)の切れ目に赤い花の色彩を臨む春の戦場。昨日三人が死んだ場所にわずかに散らばる〈ジャガーノート〉の機体の部品と、その前にいるシンとファイドとかいう名の旧(ふる)い〈スカベンジャー〉。

ファイドに三機の〈ジャガーノート〉の破片を、どうやら切り取らせているらしい。吹き飛んだものと、斬り裂かれたものと、焦げたもの。その三種を、掌(てのひら)に収まるような小さな断片として。

昨日死んだ三人の、作ることを禁じられた墓標の代わりに。

ファイドといる時だけ、シンは表情を少し緩める。その横顔がふっと冷え、血赤(ちあか)の瞳の視線だけがこちらを向いた。

「――こんなところで、何をしているんだ、タテハ」

問われてサイキは緑陰の間から木漏れ日の下に歩みでる。別に隠れていたわけではないが、なんとなくおどけて両手など上げつつ。

「お前がいねえから、なら今日は〈レギオン〉が来ねえんだろうなって」

〈レギオン〉の襲撃が予測されるなら、シンは一人で出歩いたりしない。少なくとも黙って出ていくことはないだろう。

自分の責任を放棄するような真似(まね)を、この年少の戦隊長は決してしないから。

シンはホールドアップしたままのサイキを見上げて、けれどにこりともしない。

「仮に襲撃があってもおれは逃げきれるから、ここまで来てるだけだ。……ここは競合区域(コンテスト・エリア)深部だ。散歩のついでに、来るような場所じゃない」

お前では、逃げられないだろうと。

言外に含むように言われて、けれどサイキはにっと笑う。

「なら、お前と一緒なら大丈夫ってことだろ」

シンは一つまばたいた。

それが意表を突かれた時の彼のくせだと、そう長くないつきあいだけれどサイキは知っている。

それがわかる程度には、……それを周囲に悟られてしまう程度には、シンはまだ年齢相応に幼いのだろう。感情を隠しているつもりで隠しきれていない。心を殺しているつもりで、殺しきれずにいる。

シンは、サイキを見捨てたりしない。

それをサイキはわかっている。わかっているから危険と知りつつ、一人でこんな競合区域(コンテスト・エリア)の奥まできた。

見捨てない。

死んだ奴(やつ)さえ誰一人、捨てずに抱えていこうとするこいつが、生きてる仲間を見捨てるなんてありえない。

見下ろしてそう、サイキは思う。

そう、見下ろして。前に立てばまだ、成長期に入ったばかりのシンの目線はずいぶん低い。

数年前に成長期を迎えているサイキとは、身長も体格もまるで違う。

そんな年下の少年に何もかも、任せきりにしていいとなんて、……本当は誰も思っていない。

「死んだ奴(やつ)らはお前が、連れていってくれるってお前は言うけどよ。……悼(いた)みたいのは本当は、俺だって同じなんだぜ」

戦闘において隔絶した技量を持つシンの、足手まといになるだろうから来ないだけで。

　本当は、誰も彼も。

1

　とはいえ〈ジャガーノート〉の破片を切り取るのはファイドの仕事で、それを受け取るのはシンだから、サイキには別段、するべきこともない。

　遺骸でも残っていればこっそり埋めてやるくらいしたのだが（そのためのシャベルも、サイキは自分の〈ジャガーノート〉に積んできた）、あいにくと〈ジャガーノート〉の残骸の大半ごと、〈レギオン〉に持っていかれてしまったらしい。

〈スカベンジャー〉同様、再利用可能な残骸や物資を漁（あさ）って戦場を這（は）いまわる〈レギオン〉、回収輸送型（タウゼントフュスラー）。非武装とはいえ生身の人間なら軽く轢（ひ）き潰せる鋼鉄の大百足（むかで）は、一晩で戦場跡を片付けてしまう程度には有能で、勤勉だ。

　なら、せめて花でも、と思ったが、人の手の入らない深い森にそう都合よく見栄（みば）えのする花など咲いていない。探して歩き回っているうちにサイキはついつい、目に留まった別のものを追い回してしまっていた。

白い翅で春の柔らかな木漏れ日を弾き、そよ風にさえも玩ばれるようにひらひらと飛ぶ、繊細で脆い造りの生き物。

蝶だ。

「よっ……と」

掌をくぼませた両手で左右から挟みこんで、器用に捕まえたところではたと我に返る。

そっと振り返ると、シンが無表情な中にもはっきり呆れた目でこちらを見ていた。

ええと。

大変気まずい状況をどうにか誤魔化すべく、平静を装って聞いてみる。

「お前もやるか？」

「やらない」

思いの外に子供っぽい言い方で拒否された。

言ってから自分でもその幼い響きに気づいたのか、シンがわずかに顔をしかめる。

「……変な奴だな、お前」

「戦闘中は気にならねえけど、年下にお前って言われるとやっぱ微妙に腹立つな。だいたい、いきなり人を変とかいうんじゃねえよ」

自分だってたいがい、変な奴なのを棚に上げやがって。

言いながらサイキは手を開く。掌の中、閉じ込められていた蝶がふわりと飛び立つ。地上を離れ、梢を越え、緑の葉の天蓋の向こうに見える春の青空へと飛び去っていく。

見送ってシンが口を開く。

「欲しいわけじゃなかったのか」

「んー。まあ、だって」

小さな白い蝶は、青い空に紛れてしまってもう見えない。それでもその軌跡を追おうと目を凝らしつつサイキは言う。

「あいつらの誰かかもしれねえだろ」

昨日ここで死んだ、仲間たちの誰か一人かも。

「…………?」

無表情な中にも怪訝そうな顔をしたシンに、肩をすくめた。

「蝶ってのは、死んだ人間の魂の化身で。青い色は天国の色だって。聞いたことないか？」

誰に教えられることもなく、全ての文化、全ての人間にとっての魂と死後の象徴だと。

「いや。……信じてるのか、そんなもの」

天国や、死後の世界なんて。

声音の幽かな嫌厭からして、シンは信じていないのだろう。それは、死神は天国も地獄も信じないだろうなと思いつつ、サイキは苦笑して首を振る。

「天国は、別に。こんな散々な目にあっといて死んだ後だけ楽園とか、逆に腹立つだけだろ。

けど、蝶は」

それが人間にとって、死せる魂の化身であると。

「信じてる……かな」

視線は自然と、天を仰いだ。潤むような、春の蒼穹。

あの青の向こうに、あるいはサイキは見たことがないけれど海の青の底に。死者の世界とは存在するものだと信じられたから、天国の色は青なのだろうか。

「お前のいた強制収容所。子供って、どうなった？　お前より下の、収容された時赤ん坊とかそれよりちょっと大きいくらいだった連中は」

シンはひととき、沈黙した。

何かを思いだし、そうしてその何かを押し殺した沈黙だった。

「死んだ」

「だよな。俺のいたとこも同じだった。みんな死んじまった」

突然仮借ない罵声と暴力を向けられる極度のストレスと、劣悪を極めた強制収容所の環境。庇護者である親や兄弟や周りの大人は片端から戦場と労役に取られて、加えてまともな医療のない状況下における幼児死亡率の高さ。

赤子や幼子は、そもそも死にやすい。生まれた子供の大半が成人できるようになったのは、医療が発達した近代になってからの話だ。

その恩恵を失った強制収容所で、最初の冬を越せた幼子はどこもほとんどいなかったと聞く。

「俺のいたとこだと、みんな何かの病気にやられて。手当してやるなんてできねえし、うつるのも怖いってんで、……そのちびどもを全員、収容所の外れのバラックに閉じこめたんだ」

「………」

「そいつらが……」

思いだす。泣き声も、呻き声も、物音なんて何一つ聞こえなくなってから覗いた、バラックの中。

その最奥の壁、一面に。

「蝶を、描いてたんだ。押しこまれたバラックの壁に、手が届く限り一面に」

泥色だった。砂色だった。要塞壁の外の家畜小屋として作られた強制収容所に、子供が絵を描くための絵具やクレヨンなんてあるはずもなかった。

けれどサイキは、そこに乱舞する色彩を幻視した。

無数の蝶を描いた無数の幼子たちが、きっと最後に夢見た鮮やかな、眩い色彩を。

「知ってるはずがねえんだよな。だってそん時、そいつらはまだ赤んぼかそれより少しでかいくらいなんだから。教えられてるはずがないんだ。でも、そいつらはみんな、蝶を描いた」

蝶は魂の象徴だと知らぬまま、……おそらくはその地獄から蝶として、解放される幻想を見ながら。

だから蝶とはやはり、死せる魂の象徴なのだろうとサイキは思う。死んだら蝶に、なるのだと。徴兵されてとっくに死んだ両親も姉も兄も、先に死んだ仲間も。

「俺たちも」

碧い蝶も、いると聞く。かつての共和国の領土内、この八六区にはいないけれど。絢爛と、燦爛と青い光を撒き散らして飛ぶ、うつくしい蝶が、この世界には。

死後の世界の色彩を纏う、死者の魂の化身であるいきものを、けれどサイキが目にすることはきっとなかった。

死んでからでさえも。

「その蝶でしかないはずだった。死んでも蝶にしかなれないはずだった。弱い翅で、脆い体で、きっと風に負けて雨に叩き落とされて、自分の死体からそう離れもしないで落ちるはずだった」

あの時こどもたちが夢見たうつくしい世界なんて、見ることもできずに。

でも。

「でも、違った。ここでは違う。……お前がいるから」

弱い蝶にしかなれない死者でも、抱えて連れていってくれる死神がいるから。

サイキは、先に死んだ仲間たちは、一人で死ぬよりもきっと遠くまで行けるだろう。見られないはずだったものを見るだろう。シンと共に。

森の切れ目、東の競合区域深部。〈レギオン〉支配域と隣接しているだろう遠いそこに、今日も赤く花が咲き乱れる。

あるいはきっと、その真紅の向こうまでも。

基地の格納庫に自分の〈ジャガーノート〉を駐機し、けれどキャノピは開けぬままシンは小さく息をつく。起動したままの光学スクリーンの一つでは、同じく〈ジャガーノート〉を停(と)めて降りたサイキが彼特有の軽い足取りでどこかに歩いていく。狭いコクピットにわざわざ持ちこんでいたのか、呆(あき)れたことに大きなシャベルを担(かつ)いで。

……調子が狂う。

越えさせないために、越えないために引いた一線を、知らず踏み越えられている気がする。気づけばつい、その向こうに手を伸ばしそうになっているようにも。

手を伸ばしてもどうせ、誰も彼もが先にいってしまうというのに。

ざっ、と響いた雑音が、思考を破った。

『――ハンドラー・ワンより、第一戦隊。アンダーテイカー。聞こえるか』

「アンダーテイカーよりハンドラー・ワン。何か？」

無線越しの若い、少し気の弱げな男声に、淡々とシンは応じる。壁の向こうのハンドラーのほとんどが、シンとは知覚同調(パラレイド)を繋(つな)げない。その中でも特に臆病なこいつは、無線連絡でさえも必要最低限しかしてこない。

そういえばこの時間は報告の上では哨戒中だったかと、思いながら言葉を待つ。哨戒なんてもうずいぶん前から、必要がないから行っていないが。

『次の任務の通達だ。——競合区域奥、〈レギオン〉支配域付近に、前進陣地の構築が確認された。第一戦隊は現時点の全戦力を以て、当該前進陣地を撃滅せよ』

シンはわずかに片眉を上げた。

〈レギオン〉が戦線を押し上げるため——支配域を広げるため築く、足掛かりとしての拠点が前進陣地だ。構築が完了すれば、次には当然、〈レギオン〉の攻勢が始まる。それもこちらを打ち破るための強力なそれが。

だから拠点が完成しきる前に——攻勢の準備が整う前に先手を打って前進陣地を潰すのは、共和国として、その防衛戦力であるエイティシックスの運用としては正しいけれど。

「第一戦隊だけで、ですか？　第二戦隊以下の支援は？」

前進陣地が完成しきる前に敵の襲撃を受けるとは、〈レギオン〉も理解している。護衛と迎撃のための部隊が、ハンドラーの言う拠点周辺にはすでに展開されている。

おおよそ二個大隊規模。戦車型、重戦車型主体の機甲大隊ではまさかなく、おそらくは迎撃専門の対戦車砲兵型だろうが、それでも〈ジャガーノート〉一個戦隊だけでは厳しい戦力だ。

『ない。……必要ないだろうとの判断だ』

シンは深々とため息をついた。通信の向こうでハンドラーが身竦む気配がしたが、知ったことではない。気を使ってやる義理もない。

二個大隊規模の〈レギオン〉を相手に、二四機が揃ってもいない〈ジャガーノート〉の一個戦隊だけで。それはつまり。

「死んでこい、というわけですね。ハンドラー・ワン」

0

エイティシックスは、死ぬものだ。

それはこの絶死の八六区の戦場で、敵機と彼らを見捨てた祖国の地雷原に鎖されたまま、機械仕掛けの亡霊の手にかかって、いつか。

必ず。

それでも死んでこいと言われたも同然の共和国からの任務通達を聞いて、プロセッサーの誰もが押し黙る。

任務の内容と、一通りの作戦を説明したシンは、そんな戦隊員たちの前に立ったまま、それ以上何も言わない。自律無人兵器の格納庫にすぎない八六区の基地に、申し訳程度に造られたブリーフィングルームの、どこかから誰かが適当に引っぺがしてきた戦区の地図の前。

不満があるなら、恨み言があるなら、聞いてやると。おそらくはそういうつもりで。

その不満も恨みも、本当はシンが受けるべきものではないというのに。

だから先んじてサイキは言った。

どうしようもない恐怖や遣る方のない憤りが、はけ口を求めて目の前のシンに向けられる前に。

〈レギオン〉への恐怖や敗戦への憤り、劣等感のはけ口を求めて自分たちエイティシックスを人型の家畜ということにした、共和国の白ブタどもと同じ無様を仲間たちが犯す前に。

「了解。――そんな顔してんなよお前ら。問題ねえだろ。だって」

集まる視線を意識しつつ、笑ってみせた。平然と。自明の理だと言わんばかりに。

恐れる必要など、何一つだってないのだと。

だって。

「死んでもお前が連れてってくれるんだろ、我らが死神」

見返す血赤の双眸が一瞬、かすかに揺れる。

その揺らぎを見据えたまま、サイキは言う。

せめて笑って。

少しでも背負うものを、軽くできればいいと願って。

「だったら問題ねえよ。ていうか悪くない。……言ったろ。お前がいるから、俺たちは一人で死ななくてすむ。死んでも、誰からも忘れられずにすむ。……死んだ後もお前に、連れていってもらえる。それなら死ぬのもまあ、悪くねえよ」

そう、死ぬのは怖くない。

そういうものだと覚悟している。死んだ後も、自分たちには救いがある。

だから死ぬのは怖くない。

ただ、心残りが一つだけ。

冷徹なくせに、苛烈なくせに。何にも心乱されないような、そんな顔をしているくせに。

共に戦ったというだけで誰も置き去りにできない。彼一人残してあっさり先に死んでしまった、無様な戦友の誰をも置いていけない、そういう、本質は優しい子供に。

誰かの救いになることを選んだのに、誰にも救ってもらえない。誰にも救いを求められない。

そんな子供に。

自分たちは所詮、重荷にしかなれない。

共に戦えたら、それが一番よかったのだろう。その力がけれど、自分たちには最後までなかった。

……ごめんな。

声は、言葉にできなかったから、届かない。

出撃を待つ〈ジャガーノート〉のコクピットの中、シンはふと、備品入れに収めたアルミ片に意識を向ける。既に繋いだ知覚同調に満ちる、周りの仲間たちの緊迫の気配。

死んだ奴の名前を刻んだ、戦死者の〈ジャガーノート〉の小さな破片。減ることはなく増え続ける、作れない墓の代わりのアルミの墓標の群。

その約束を最初に交わした戦隊長の、笑う顔と長い黒髪を、今でもシンは鮮明に覚えている。

その黒髪をべったり濡らした、彼女自身の血の色も。

憎まれたことがあった。頼られたことがあった。厭われたことも触れあったことも。その全員を、覚えている。

誰もが死んだ。

そして、これからも死ぬ。

エイティシックスが生きる、八六区とはそういう戦場だ。生き残るものなどいない。必ず死ぬ。誰も彼も。

それでも。

——お前が連れてってくれるんだろ。我らが死神。

それがわずかでも、救いとなるなら。

そんなことしか、できないから。

全員を連れていこう。

彼自身の望みの果てまで。

目を上げた。鮮血の真紅の双眸は今や透徹と冷え、苛烈に凪ぎ、ただ静謐と——凍てついている。

抜き放たれた一振りの氷刃のように。

真紅の戦場を統べる、心など持たぬ死神のように。

作戦開始時刻。

閉鎖されたコクピットの薄闇の中、起動した光学スクリーンに文字が躍る。粗末な画質にいかにも似合いの荒い文字。いずれ彼自身の棺ともなるだろう、アルミ合金製の歩く棺桶の起動画面。

《システムスタート》
《共和国工廠　M1A4〈ジャガーノート〉　OS　Ver8・15》

目を向けた先、遥か彼方の戦場は紅い。戦野に見渡す限りに咲き誇る、——あれは雛罌粟の花の真紅。

かつて白骨の野の戦場に、その血から変じて狂おしく咲いた。

この八六区もまた、白骨に埋まる戦場だ。エイティシックスの死体は弔われず、機械仕掛けの亡霊が彷徨い、その死者の群にいつか、彼自身も加わる日が来る。その時まで。

その戦野の、彼方まで。

がっ、と耳障りな雑音が、時代遅れの無線通信に混じる。

06

These fragments turned the boy into the Grim Reaper.

06

<<< フラグメンタル・ネオテニー

〈Culpa〉

The dead aren't in the field.
But they died there.

「自分たちが何をされているのか。何を奪われ、何を損ねられ、そしてそれにどう立ち向かい、いかに後世に伝えていくべきか。わかるようになりなさい」

父が、ついで母が戦場に行き、強制収容所の教会の神父がシンと兄とを引き取ってくれて、その神父が勉強を見てくれると言った時に、最初に言われた言葉だ。

両親の顔と声は忘れても、そう言われた時に傍(かたわ)らにいてくれた兄の顔と声さえわからなくなってもその言葉は覚えていたし、それは覚えていようとそう思ったからだ。幼いシンにはまだ難しい言葉だったけれど、十歳年上の兄が重く頷(うなず)く様子に、覚えなければいけない言葉だとわかったから。

これはシンは後になって聞いた話だが、神父と同様に子供たちに教育を施そうとした者は、どこの強制収容所にもわずかなりといたらしい。最初に男が戦場と労役にとられ、男が死ぬと女が、その次には病人と老人が連れていかれて、高齢にすぎた老人と子供ばかりが残ってまともな共同体の体裁さえ保てなくなった強制収容所で、それでも子供たちに最低限でも教育を与えねばならぬと考えた者が。

それは知識を得たいと望んだ時に得させるためであり、己の陥った苦境の記録を残したいと考えた時に残させるためでもあり、もし、いつかこの強制収容が終わった時に——子供たちの未来の可能性を少しでも、広げるためでもあった。

そういう希望を、収容当初はまだ、抱ける者が残っていた。

老いさらばえた老人の中で、それでもまだ気力のある者。年かさの子供の中で、気骨のある者。そうした者たちが子供たちをまとめて、彼らにできる最大限の教育を与えた。ほとんど読み書きと計算を教える程度のものだったそうだけれど、兵役につかせるには文字が読めた方が役に立つから、監視の共和国軍人もそれは黙認していた。

もちろん参加しない老人も大勢いたし、強制収容所で役に立つはずもない読み書きや計算を覚える意欲を見せない子供も、やはり多かったそうだけれど。

シンはその『学校』にはついに行くことはなかったが、神父がシンと兄に与えてくれた教育は、それよりはずいぶん高度なものだったろう。

かつて共和国軍の士官として相応の教養を身につけ、また聖務の傍ら数々の研究に淫してきた神父自身の見識と洞察。小さな村の教会とはいえ長い歴史を有する教会の、その歴史を通じて代々の神父が収集した膨大な書籍。強制収容所という環境ではおそらく最高峰というべき、後から思えば僥倖と言えるほどの。

それでも。

シンが兄に、殺された夜。――それほどに兄を憤らせたシンの罪がなんなのかの答えは、神父も与えてはくれなかった。

†

「——また、ここにいたのかね。シン」

長身、というよりもはや巨体の域の神父が立つと、暗く塞がれてしまう書庫の入口。そこから かけられた声に、十歳になったシンは広げた書物から顔を上げる。古めかしい革表紙の本は子供の手にはあまりに重くて、座った膝の上に広げていたから少し、脚がしびれる。

「神父さま」

レイが出征し、一人の時間が増えて、それまでは兄と過ごしたその時間の空白を埋める術を、シンは教会の書庫の蔵書に求めた。

自分が何をしてしまったせいで兄があんなに怒ったのか。わからないから考えなくてはいけなくて、考えるには語彙も知識も足りないから学ばなくてはいけなかった。

学んで、考えていれば、意識したくないことからは目を逸らしていられた。

兄に殺されかけてから聞こえるようになった、機械仕掛けの亡霊たちの声から。

敵国の系譜と罵声や石を投げてくる、教会の敷地の外のエイティシックスの敵意と悪意から。

物心ついてから、この強制収容所でもずっと傍にいてくれた。それなのに自分をまるで置き去りにしていなくなってしまった、兄の不在から。

レイが去った三年前から表情の消え果ててしまった、年齢にまるで相応しからぬ無感動なシンの面を見下ろして、神父が少し無理に微笑む。

「今日の夕食は、ご馳走だぞ。中庭の樹に降りてきた鳥を仕留めたのでな。なかなかの大物だから楽しみにしているといい。……そう、猟銃がなくてもできる狩りの仕方も、今度教えてやろうな」

神父からは教養や知識の他、狩りの仕方や銃の撃ち方と整備の手順、機甲兵器の戦闘についても、シンは教えられている。

この三年で老人は死に絶えてついに子供ばかりとなった収容所のエイティシックスは、今では十代の初めにさしかかったあたりで兵役にとられる。避けられないのならせめて、少しでも戦場で生き残る術を身につけさせようという神父の意思で、シンの望みだ。死んでしまったら、兄に謝れない。死んでしまえとその兄から言われてしまったのだけれど、それでもせめて謝るまでは。

「……ええ」

「外の子らにも、振舞ってやりたいところなのだがな。……どうにも私が、嫌われてしまっているのでは仕方ない。せめて命一つを無駄にしないよう、私とお前とできちんと食べきってやろうな」

苦笑しつつ、少しおどけて肩をすくめてみせる神父に、シンは目をそらす。

「……すみません。おれがここにいるから、ですよね」

神父は本当は、自分一人に与えている知識や技術を、強制収容所の子供たち全員に与えたかったのだと思う。

自分たちがされている仕打ちを、理解するだけの知識を。立ち向かい、伝えるやり方を。そして送りこまれてしまったとしてもその戦場で、生き残る術を。

けれど実際には、それはできていない。

できないのはシンがいるからだ。戦争を始めた帝国の系譜、この苦境をもたらした憎むべき敵だとエイティシックスから見做され、それゆえに同胞であるはずのエイティシックスから苛烈な迫害に晒される、帝国貴種の血を引くシンが。

シンが今、無事でいられるのは神父の庇護下にあるためだ。

白系種であり、また元軍人だという肩書以上に神父がこの収容所で恐れられているのは、灰色熊とも見紛うその精悍な巨軀ゆえだ。その彼の『縄張り』である教会に、手出しをするエイティシックスはいない。ましてや最年長でも十代初めの、子供ばかりの現在ではなおさらに。

それでも教会の、同じ敷地内に招き入れては、神父が目を離した隙にシンに何をされるかわからない。だから本来は開かれているべき教会の扉を、神父はもう何年も厳重に鎖している。

預かった子供の、最後の一人となってしまったシンを、彼一人だけを守るために。

神父は小さく、首を傾げた。

「謝るようになってしまったな、お前は。お前のせいではない様々なことを」

　己の罪だと、思いこむように。

「言ったろう。嫌われているのは私だ。そして私を嫌い、恐れて避ける子供を、引きずってきて食卓につけるわけにも無理矢理書物を読ませるわけにもいかないのだ。いらぬというなら、押しつけることも暴力だ。だから何もしてやれない。それだけのことだ」

「………」

「それから、……本当に気にしているのは、レイのことだろう。以前にも言ったが、あれはお前が悪いのではない。お前は何も悪くないのだ。あの時起きたことでお前に罪があることなど、――何もないのだ」

　あれはただ、レイの罪だ。

　シンはそっと、俯いた。――こう言われるだけだから、困らせるだけだと悟っているから、何が悪かったのかとは神父には、二度と聞かないことにしたのだ。

　神父さま。

　おれは。そんな言葉を　聞きたいのではありません。

†

「――すまない、上官殿から通信だ。話はまた、後にしてくれ」

そう言って足早にアリスは食堂を出ていって、シンは一人、合成食料の残りをつつく。

戦隊長であるアリスが分け隔てをしないからか、この戦隊では帝国貴種の血の濃いシンもそれを理由に忌避されることはなくて、だからアリスがいなくなるなり一人になってしまうのは、シン自身が周りを避けているせいだ。

同じ戦隊の仲間だというのに、年かさのプロセッサーたちが怖い。

それより年長の、整備クルーたちが怖い。

同じ年頃だった兄の手を、声を、眼差しを思い出してしまって……どうしても怖い。

「――ノウゼン」

その中でも特に苦手な相手である、グレンが不意に声をかけてくるからシンは少しびくっとなる。グレンには悪いと思うのだけれど、兄と同じ紅い髪。見下ろすような長身も。

けれどその恐れを察したように、ついとグレンはその場にしゃがみこむ。圧迫感が薄れてそっと息を吐くシンに、真摯な碧い目を向けて言った。

「ノウゼン。お前、なるべく死なないでくれよ」

言われてシンはまばたいた。

つい先ほどアリスにも似たようなことを言われたが、——そんなに自分は、すぐ死にそうに見えているのだろうか。

「それは……おれも死にたくない。死ぬわけにはいかないから死にませんが」

「その意気だ。その意気でなるべく生き残って、アリスの奴をおいていかないでやってくれ」

「…………?」

それは、どういう。

「アリスは号持ちだ。この戦場で何年も、生き残った古参兵だ。——つまりはそれだけ、仲間の誰も彼もに、死んでおいてかれちまった奴だ」

あ、とシンは目を見開く。

毎年十万人以上が入隊するエイティシックスだが、一年後まで生き残る数は千人にも満たない。そんな戦場で何年も戦いぬくということは、共に戦った仲間のほとんど全員の死を、見送ってきたということだ。

「お前にはどうやら、才能ってもんがある。戦いぬく才能、生き残る才能って奴が。そいつを持ってるお前はせめて、アリスを一人にしないでやれ」

いいながらグレンは、シンの首を覆うスカーフに目を向ける。悼むような、碧い目。すでに死んでもういない誰かを思う時の。

「あいつは多分、お前が死んだら特に傷つくから。だからお前は……死なねえでやってくれ」

言われて無意識に、シンはスカーフをつかむ。

つい先ほど、アリスに。このスカーフを譲られた時のことを思い出した。


ふわ、と唐突に、抱き寄せられるようにアリスに頭の両側に手を回されて。突然遮られた視界と少女特有の甘い香りに、咄嗟にシンは硬直する。離されて首に、彼女がつけていたはずの空色のスカーフが結ばれているのに一つまばたく。どうして、と向けた目に、アリスが笑う。

「目を引きたくない、他人に見られたくもないのだろう？　責められたくない――いや、責めたくないから」

笑う。

シンの過去も、抱えた思いも知らぬまま、けれどどこか堂々と。せいせいと。

「その人を守ってやりたいと。――お前は思っているのだろう？」

その言葉にシンは弾かれたように視線を上げた。

ずっと、心のどこかでほしいと、思っていた言葉だった。

誰かにそれを、認めて――許してほしいと。

兄を。

恨まなくていいと。

憎まなくていいと。

責められて殺されかけて、消えない傷を残されて、――それでも。

兄を　たいせつなひとだと　思ったままでいいのだと。

アリスに許してもらえたような、……そんな気がした。


彼女の体温がまだ残るような、スカーフをつかんでシンは思う。

あの時たしかに、助けてもらえた。――救いを一つ、もらえたと思う。

同じように自分も、ほんのわずかでも、誰かの救いとなれるなら。

――お前は死なねえでやってくれ。

「はい。……必ず」

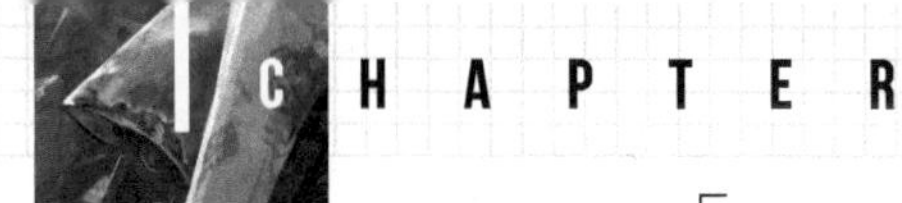

CHAPTER

EIGHTY SIX

These fragments turned the boy into the Grim Reaper.

The dead aren't in the field. But they died there.

07

FRAGMENTAL NEOTENY

トリアージタグ・ブラックのありふれた日常

The number is the land which isn't admitted in the country. And they're also boys and girls from the land.

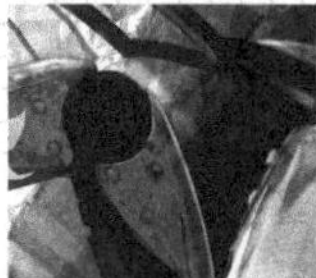

「――ファイド。構わない、引き剝がせ」

擱座(かくざ)した〈ジャガーノート〉のひしゃげたキャノピに片手をつき、装甲が曲がって空いた隙間からコクピット内を覗(のぞ)いてシンは言って、中の仲間はどうやら手遅れだったらしい。待機を命じられた自分の〈ジャガーノート〉の中、光学スクリーンのその映像に、クジョーはそれを悟る。

そもそも横腹に近接猟兵型(グラウヴォルフ)の突貫をもろにくらった時点で、〈ジャガーノート〉の場合、中のプロセッサーはまず助からない。

共和国の誇る駄作機たる〈ジャガーノート〉は、あろうことかコクピット周りのフレームの接合が甘く、攻撃を受けるとしばしば胴部が上下真っ二つに割れる。当然中のプロセッサーも一緒にだ。裂けて吹っ飛んだフレームに上半身をもぎ取られた凄惨極まりない仲間の死体も、この戦場ではすぐに見慣れたものとなる。

ファイド、と名付けられた旧型の〈スカベンジャー〉がバーナーとクレーンアームを駆使してキャノピを外し、さらされたコクピットにシンが身をかがめる。ファイドの巨体が遮って、他のプロセッサーからはコクピット内部は見えない。

〈レギオン〉本隊は退却したとはいえ、足の遅い自走地雷――高性能爆薬と指向性散弾を体内に抱えた、出来の悪い人型の自爆兵器——はまだ残っているかもしれない戦闘直後に機外に出るのは、プロセッサーには自殺行為のはずなのだが、シンは警戒する様子もない。片手にさげた九ミリ自動拳銃も、たずさえる目的は自衛ではないだろう。

くずおれた何かに手を伸ばし、触れて、けれど身を起こしてからも拳銃を構える様子はなくて、ああ、とクジョーは瞑目（めいもく）する。もう息がない。とどめを刺してやる必要がない。

運が良かった。生命維持に直結する中枢神経系と循環器系——頭部や胸部と違い、腹部の損傷はそれが致命傷でもそうそう即死はできない。下手をすれば何日も、助からないのに死にきれず苦しむ破目になる。運が良かった。

どうせ死ぬことに変わりはないなら、せめて最期（さいご）は楽な方がいいに決まってる。

優先治療選別：死亡群（トリアージタグ・ブラック）——まだ生きてはいるがじきに死ぬ、治療不要の戦死者一歩手前。戦場に放りこまれる前から一律そのカテゴリに分類されているも同然のエイティシックスの、それが共通する認識だ。

とはいえそれでも、あいつは致命的に体を破壊される痛みも自分の死の瞬間も、知らずに逝（ゆ）く恩恵にまではあずかれなくて。

——だれか　たすけて

知覚同調（パラレイド）が捉えた、誰に向けたとも知れぬか細い声が耳の奥で蘇（よみがえ）る。助けてやれなかった。守ってやれなかった。傍（そば）にいて看取（みと）ってやることさえ戦闘中でできなかった、このスピアヘッド戦隊に配属される前から何年も共に戦い、共に生きのびてきた妹みたいな戦友の。

ごめんな、ミナ。最後に何も、してやれなくて。

せめて死後だけでも安息をと神に祈り、十字を切った。彼の他には部隊の誰もやらない祈りの仕草。逃れようのない理不尽と苦難に曝（さら）され続けたエイティシックスは、何も救わぬ神など信じはしない。まして首のない死神が――プロセッサーにとって忌（い）むべき結末であり唯一絶対の安息でもある〝死〟の司が統（す）べる、この戦隊では尚更に。

ミナも、この部隊に配属されて最初に死んだマシューも、……きっと俺が死んだ時も、行くべきところに連れていってくれるのは、いるかもわからない神様なんかではなく。

光学スクリーンの中、仲間の遺体と四つ足の蜘蛛（くも）の死骸の傍（かたわ）らに機械仕掛（じか）けの死肉喰い（スカベンジャー）を従えて立つ彼らの戦隊長は、異名そのまま、禍々（まがまが）しくも慕わしい、うつくしい死神のようだった。

とはいえ、死ぬ時のことばかり考えて日々を過ごすのはいかにも馬鹿らしい。

『退役まで残り一三二日!!　スピアヘッド戦隊にクソ栄光あれ（ファッキン・グローリー・トゥ・スピアヘッド・スコードロン）!!』

「よしっ、と」

毎朝更新している格納庫奥のカラフルなカウントダウンを今日も書き換え、クジョーは掌（てのひら）についたチョークの粉をぱんぱんと払う。元々は共和国内のマイノリティであるエイティシックスの中でもさらに珍しい、南方黒種特有の黒い肌と髪と目。がっちりした長身にきつく編みこんで先を首筋に垂らした三本の三つ編み。

どうしようもない苦境も運命も、笑い飛ばして目一杯人生を楽しむのは、迫害に対し人ができる最大にして最高の抵抗だ。

隊舎の食堂に入ると朝食の準備が進んでいて、カウンターの向こうの厨房ででっかい鍋を木杓子でかき混ぜているアンジュと鈍器みたいなフライパンでまとめて数人分のオムレツを作っているライデン。セオとクレナがカウンターに食器を並べ、前にダイヤが拾ってきた仔猫にカイエが餌をやっている。他の隊員たちと整備クルーもテーブルについててんでに喋っていて、それらの騒ぎからはいつものとおり少し距離を置いて、奥の席でシンが本を読んでいた。

ふと、遠い記憶が脳裏をよぎって、クジョーは目を細めた。

子供の頃。自宅の朝のリビングではこんな風にキッチンで母親が忙しく立ち働き、その周りとテーブルで弟妹たちがきゃあきゃあ騒いで、奥のソファで父親が新聞を読んでいた――。

強制収容の前の、もう還らない思い出だ。

今はもう誰も、どこにもいない。

あとシンをお父さんとか言ったりライデンをお母さんにたとえたりすると、コーヒーに砂糖を大量投入する等のくだらない仕返しをされるので口には出さない。ちなみに以前しつこくからかったキノが、実際にやられた。

長い髪を留める三角巾を外して、アンジュがカウンターから身を乗りだす。

「できたわよ、みんな取りにきて。それと、クジョー君は先に手を洗ってきてね。チョーク、払っただけじゃ残ってるから」

「おっ、いけね」

がたがたと皆が席を立ち（建てつけが悪くて床板の端があちこち浮いているのだ）、クジョーは手を洗いに一度食堂を出る。

戻ってくると誰かが彼の分も配膳してくれていて、さんきゅー、と周りに言って席につく。

朝食は温めた缶詰のパンと兎肉のシチュー、野菜入りオムレツにデザートのオレンジとベリー、元はタンポポの代用コーヒーで、どれも放棄された都市の廃墟から持ちだしたり近くの森で獲ってきたり、隊舎裏で育てたりしたものだ。手に入らないものは当然並ばないから質素と言えば質素なメニューだが、生産プラントの不味い……というか味のない合成食料に慣らされた身には充分以上の贅沢である。

けれどテーブルの端にはまだ一揃い、朝食の用意がされた空席が残っていて、クジョーはまばたく。

視線に気づいた周りの仲間たちがそちらを見、それが食堂全体に伝播して、おそらく全員が同時に気づいた。

昨日死んだ、ミナの。

途端に、しん、と重い沈黙が食堂におりた。

日常的に仲間の死に直面するプロセッサーは、だから死に対する割り切りが早い。大抵はそいつが死んだ日の夜にでもしっかり悲しんだら、次の日にはいつもどおりの自分に戻っている。少なくとも、表向きにはそう振舞える。

けれどこの戦場では死というものはありふれていて、あたりまえで、その癖ひどく性悪なものだから——時折こうして、不意打ちのようにその途方もない喪失を思いださせられることがある。普段はなんとか忘れていられるから笑っていられる、自分自身の無惨(むざん)な未来の予想図を、こうして目の前につきつけてくる。

沈鬱な静寂が、朝の陽光で明るい、食べ物の香ばしい匂いに心地良く満たされた食堂を支配する。

クジョーは両手を握りしめた。

笑えないのは負けだ。楽しめないのは負けだ。

彼らが絶望することこそが、この戦場に彼らを放りこんだ白ブタどもへの降伏で、敗北だ。

負けてたまるか。

「なあ！　三日後の満月にさ、『お月見(オツキミ)』しようぜ！」

——知ってる？　クジョー。月にはウサギが。

——見てみたいね。月まで行って。

突然大声で、しかも突拍子もないことを言いだしたクジョーに、仲間たちが驚いて振り返る。

構わずクジョーは言い募った。

「大陸東部の方の祭りなんだけどさ、やろうぜ。多分こないだやった『花見（ハナミ）』と同じよーな感じの。だよなカイエ⁉」

いきなり水を向けられて、カイエが慌てて頷（うなず）く。極東黒種（オリエンタ）特有の濡羽色（ぬればいろ）のポニーテールが、動きに合わせてぴょこぴょこ跳ねる。

「あっうん多分。私もよく知らないが多分そうだ」

「月見て酒（サケ）呑（の）んで騒ぐんだぜ！　俺達は酒呑めねーけど！」

クジョーに限らず、プロセッサーはアルコールの類（たぐい）を嗜（たしな）まない。酔っていては、戦えない。戦えないまま〈レギオン〉の襲撃を受け、無力にただ殺されるのは、彼らの矜持が許さないからだ。

提案の意図に気づいたようで、ライデンがにやりと笑う。

「まァ、いいんじゃねえの。どうせみんな暇なんだし、いい気晴らしになるだろ」

戦隊副長も同意。ちらりと見やれば基地最年長の整備班長も苦笑していて、他の隊員や整備クルーの反応も悪くない。

なので最終的に裁可を仰ぐべき戦隊長を——ただ一人ミナの不在にも何か感じた風もなく、淡々と書物に目を落としていたシンを振り返った。

「なあ、いいよな、シン！」

「……」

無言が返るのは、シンの場合同意か否定か興味がなくて聞いてなかったかのどれかだ。そして大概三番目だ。

なのでもう一回言ってみた。

「三日後の満月に『お月見（オツキミ）』したいんだけど！　いいよな⁉」

「聞こえてる。いいんじゃないか」

なら最初に返事しろよというツッコミは今更誰もいれない。

読んでいた文庫本をぱたりと閉じて、シンはその血赤（ちあか）の双眸（そうぼう）をこちらに向ける。表紙のタイトルは『変種第二号』。古いSF小説だ。読書家というより濫読家の気が強いシンは、割と節操なくなんでも読む。この前は極東の女流詩人の反戦詩を読んでいて、その前はドラッグ中毒の独裁者が書いたプロパガンダ本だった。

まったくいい趣味してやがるよな、とはつきあいの長いライデンの言で、正直クジョーもそう思う。

けれどそうならざるを得なかった理由も薄々察せられるから、クジョーはこの三つも年下の少年の、無礼とも言える振舞が嫌いにはなれない。

何かを読んで、考えていないと——他のことに意識を向けていないと、多分、辛（つら）いのだろうから。

「ただ、あれは秋の行事じゃなかったか？　いるものが何も手に入らないけど」

「そこは別にどうでもいいだろ。ぶっちゃけ騒ぐ口実が欲しいだけだし、やり方とか何も知らねえし」

シンは——彼にしては珍しく——わずかに嫌な顔をした。

「……それで花見の時は全員で水盃を交わすことになったわけか」

きょとんとカイエが首を傾げる。

「そういえばあの時も妙な顔をしていたが、あれは何かいけなかったのか？　酒の代わりに水を注ぐのは」

酒は呑めなくても気分だけでも、と、高級そうなミネラルウォーターの瓶と極東の酒器——盃を、廃墟のデパートメントからわざわざ探しだしてきたのだが。

シンは疲れたように嘆息した。

「……なんでもない」


三日後。

嵐になった。

「チクショー……！　お月様のバーカ嵐のバーカ……！」

「別に、また来月やればいいじゃない。ていうか結局ただのその場の思いつきなんだから、そんな全力で落ちこまないでよ鬱陶しいなあ」

食堂のテーブルに突っ伏しておいおいと泣き真似をするクジョーに、向かいで頬杖をついたセオがフォローだか追い打ちだかわからないことを言う。

「マスター、もう一杯」

「頭からかけて欲しいの？」

言いながら本当に水の入ったコップをつかんだのでクジョーはふざけるのを止めて身を起こす。見た目可愛い系の美少年なのだが、結構辛辣で短気なのだ。

そのまま頭の後ろで両手を組んで、ぎしりと背もたれに寄りかかった。

「あークソッ。その場の思いつきっつっても、結構楽しみにしてたんだぜー俺」

思いだすのは。

――知ってる、クジョー。月にはウサギがいるんだって。東の国ではそう言うの。

――見てみたいね。月まで行って。

――それともここからでも見えるかな。満月なんか明るいから、もしかしたら一度くらい。

そう言って無邪気に笑った、出会ったばかりの頃のミナの。

あいつは結局、月のウサギを見つけられはしなかったから。だからせめて、代わりに探してやりたいと、そう思ったのに。

「それはみんなそうだけどさ。どっちみち今日は無理だよ」

セオは格納庫の方を視線で示す。夕食後のこの時間はいつもなら整備クルーも自由時間のはずなのだが、今日に限ってはまだ整備機械の騒音が響いている。

脆弱な〈ジャガーノート〉は戦闘時の損耗が激しく、交換用の部品もしばしば払底する。そのうち共和国内から空輸される分の補給が今日だったのだが、その輸送機の到着が、パイロットの二日酔のせいで大幅に遅れたのだ。当然その部品待ちだった整備作業もその分後ろ倒しになり、慌ただしい夕食を挟んで今なお作業が続いているのである。

休憩にとコーヒーを持っていったダイヤが、戻ってきてセオの隣の椅子を引く。

「どうにか目処がついたってさ。消灯までにはなんとか終わるって」

クジョーは鼻から息を吐く。整備クルーには整備クルーの意地と矜持がある。プロセッサーの命綱である〈ジャガーノート〉を預かる身として機体の状態に万全を期すため、本職の整備の技能を持たないプロセッサー本人には普段は機体を触らせてくれないが。

「何か、手伝えりゃいいんだけどな」

「シンが聞いてた。けど、いらねえってさ。ガキが余計な気回すんじゃねえって。それより不便かけて悪いなって」

エイティシックスしかいない——建前上は人間のいない前線基地には、基地機能を維持するに必要な最低限の電力しか供給されない。整備機材の稼動にそのほとんどを割いている現在、隊舎で使える電気はごくわずかだ。いつもこの時間は別の場所で過ごしているセオやダイヤを含め、隊員全員が食堂にいるのもそのためで、各部屋で電灯を使う余裕がないのだ。

けれど普段に倍する人数と六名いる女子隊員の黄色い声でいつもより賑やかな食堂の様子に、クジョーは相好を崩した。学校というものにクジョーは数年しか行ったことがないが、修学旅行の夜というのはあるいはこんな感じだろうか。非日常の空気に高揚しつつ、各自がくつろいで好きなことを好きなようにしている時間。戻ってきたシンが定位置の奥の席で読みさしのハードカバーを開き、初めての嵐に怯えたらしい仔猫がそそくさと跳びついて野戦服の胸元にひしっとしがみついた。

気になってクジョーは聞いてみる。

「今度はなに読んでんだ？」

「『霧』」

孤立環境を舞台にしたホラーの大家の手になる小説である。

そしてこの基地は嵐と〈レギオン〉と白ブタどもの対人地雷原により、ただいま絶賛孤立中。

「……あーうん……残念だったな霧じゃなくって嵐で……」

どおっ、と風の塊が吹きつけた。窓硝子どころか、隊舎全体が揺れて軋むような感覚がした。

カイエとクレナがびくっとなり、さすがにシンも本から目を上げる。

風はしばらくごうごうと唸(うな)りを上げて隊舎を揺さぶり、やがて勢力は少し弱めたが不吉な唸(うな)りと季節外れの虎落笛(もがりぶえ)はまだ続いている。叩(たた)きつけられる大粒の雨の、物理的な破壊力すら持ちそうな硬い音響。

「…………」

こういう時、全員なんとなく黙って天井を見上げてしまうのはなんなのか。

「……そういえば、ここの隊舎は雨漏りしないんだね」

と、クレナが言うくらい、各前線基地のぼろいバラックの隊舎は雨漏りがひどいのである。

「そりゃまあ、一応仮にも最重要拠点の基地だからなあ」

ライデンが応じるのに、クジョーは大仰に苦い顔をしてみせた。

「っていうけどライデン、他の基地だってそれなり重要拠点だけど、雨漏りなんてしないとこの方が珍しかったろ。前俺がいたとこなんて、排水イカれて基地要員総出でバケツリレーする破目になったぜ」

「ああ……」

全員（厳密には聞いてないシン以外）が嫌な顔をした。それぞれ似たような経験があるらしい。

「確かに、もうバケツは友達！　だよな。あと金槌(かなづち)と板っぱちと釘(くぎ)」

「雨も困るけど、やっぱり雪よねぇ。二年くらい前だったかしら、大雪で降りこめられたことがあって」

「あれはでも、シンが冗談でファイドに雪かき命じてみたらやってくれたじゃない」

「それより一番嫌なのは隙間風だよ……。前いた基地とかそれで寒くて、しかもよりにもよって冬でみんなが交代で風邪ひいて寝こんじゃって」

「ああ、あるな。そういう基地。私が以前いた基地は、雹で格納庫の屋根に穴が開いて……」

がやがやと各自の『前線基地あるある（天気編）』を披露していたら、突然ばちんっとすごい音がして電灯が消えた。

咄嗟に全員が口を噤んで、沈黙と暗闇が食堂を支配する。

消えた電灯を見上げたままセオが言う。

「……え、停電？」

「んな訳あるかよ。送電ケーブル地下だぞ。風くらいで切れるか」

「もしかして、共和国滅んだのかなっ」

「……や、あのねクレナ。嬉しそうだけどその場合俺たちも道連れだかんね」

とか言いつつダイヤも明らかに楽しげだ。幼い頃に強制収容所に押しこめられ、戦闘に次ぐ戦闘というある意味単調な日々を強いられるプロセッサーは、イベントの類に飢えている。大嵐も停電も、滅多にないというその一点だけで彼らにとっては心浮き立つ一大イベントだ。

面白がって心霊現象だの新型〈レギオン〉の攻撃だの宇宙人の襲来だの、停電の原因をあれこれ類推するざわめきの中、ふっと足音もなく静かな気配が立ち上がって出ていって、唐突にぱっと明かりが戻った。

「お、」

「あ、」

安堵（あんど）したような残念そうな声があちこちで漏れ、ややあってやはり足音もなくシンが戻ってきた。

「ブレーカー」

「なんだつまんね、」

言いかけた途端にばちんっ、とすごい音がしてまた電灯が消えた。

「…………」

全員なんとなく黙って消えた電灯を見上げる。今度はシンも動かなかった。

突然食堂の隅に投げだされた情報端末が起動して、『音声通信（サウンド・オンリー）』の表示と共に神経質そうな若い男性の声が言った。

『ハンドラー・ワンよりスピアヘッド戦隊。今すぐ無駄な電力消費をやめろ。メディカルユニットのメンテナンスができない』

グラン・ミュールの向こう、共和国八五区内の国軍本部にいる指揮管制官（ハンドラー）の声だ。ご大層な肩書と尊大な態度に反して所詮は単なる家畜の見張り番にすぎない、なんの役にも立たない名ばかりの指揮官。

ブレーカーが落ちたのはそのせいかと、クジョーは顔をしかめる。

メディカルユニットは各前線基地に軍医の代わりに配置された医療機械で、傷病の種類と程度を自動判定して適切な治療を行う、白ブタども曰(いわ)くの画期的な戦場医療システムだ。

ただし治療選別(トリアージ)の基準は大分頭がおかしく設定されていて、治療すればすぐに戦線復帰できる程度の負傷までしか治療してくれない。しばらく動けないような重傷は、それが手当てをすれば充分助かる傷でも『救命不可』と判定して見捨てるのである。戦力にならないプロセッサーに無駄な餌をやりたくない、共和国の価値観が露骨に現れた設定だ。

当然、プロセッサーからは役立たずの冷血機械と大層嫌われている。

嘆息してシンが口を開く。ハンドラーとの交信は、基本的に戦隊長の彼が担当している。

「ハンドラー・ワン。昼間の補給の遅れで、〈ジャガーノート〉の整備作業が完了していません。緊急性の低いメディカルユニットのメンテナンスは後日にしてください」

『知ったことか。早くしろ、メンテナンススケジュールが終わらないと俺が帰れない』

全員が聞えよがしにため息をついた。まるで使いものにならないメディカルユニットのメンテナンスなどを〈ジャガーノート〉の整備より優先されてはたまったものではない。ましてやハンドラーの残業など果てしなくどうでもいい。

『聞こえているぞ豚ども。上官への礼儀くらい弁(わきま)えたらどうだ』

豚が礼儀正しくお喋りすると思っている馬鹿に払う敬意など最初から持ちあわせていない。

全員から無視されて、ハンドラーは苛々と息を吐く。

『この、無礼な色つきどもが……まあいい。貴様らエイティシックスなどとつきあわねばならんのもこれが最後だろうからな』

ああ、とシンが無関心な声を出す。

「そういえば、退役するそうですね。他に仕事がないから軍に入ったそうですが、次の就職先は見つかったんですか」

ハンドラーはぎょっと口を噤んだ。

『……誰から聞いた』

酔っぱらったお前からだよとは全員が思ったが、答えてはやらなかった。

ハンドラーは薄気味悪そうな声になる。

『まったく、油断も隙もないな〝死神〟……忌々しい死霊憑きの化物め』

むっとクレナが顔をしかめ、セオが冷ややかに目を細めたが、当の本人は気にした風もない。

結局ハンドラーの方が沈黙に負けた。

『……なんだ。生き汚い家畜としては、次のハンドラーが気になるのか？』

「別に」

きっぱりとシンは言い切ったが、ハンドラーは聞いていない。

何故か得意満面に話を続けた。

『まだ本人には話はいっていないらしいがな。お嬢ちゃんだ。元貴族の、飛び級で大学を出たエリート様だとさ。ま、そんな世間知らずのお嬢様にまともな指揮なんか執れるわけがない。貴様らを無駄死にさせるのが関の山だろうよ。……エイティシックスには相応しい末路だな、ざまを見ろ』

「………」

黙っているのは心底どうでもいいからだろうなと、無言のシンにクジョーは思う。プロセッサーは、ハンドラーなど信用しないしあてにしない。いてもいなくても大差がない……変に無駄吠えされない分、いない方がいいくらいだ。だから、どうでもいい。

それを寂しい考え方だと思う感性も、多分、とうの昔に捨ててしまって。

結局件の後任様の話はまるきり無視して話を戻した。

「どうせ辞めるのですから、スケジュールなど気にせず帰ればいいのでは？」

むしろとっとと帰れと言いたげな口調だった。

『馬鹿を言うな。命令違反などすれば俺の評価が下がる。ただでさえ一匹無駄死にされて迷惑を蒙っているというのに、この上そんな――』

シンは思いきり舌打ちした。ハンドラーは露骨にびくっとなった。

『と、とにかくこれは命令だ。格納庫の作業が中断できないなら隊舎の電灯でも消せ。いいな。

貴様らの役目は共和国市民の代わりに死ぬことであって、こんな夜に遊びほうけることじゃないんだ』

言い終わるなりハンドラーは逃げるように通信を切った。シンを含め、全員がもう一度盛大にため息をついた。

バカの言うとおりにするのは業腹だが、まさか生命線である〈ジャガーノート〉の整備を後回しにするわけにもいかない。

そういうわけでとうとう食堂の電灯も消し、放棄された軍基地から持ちだした化学照明灯一つを吊るした暗闇の中、それはそれで面白がる空気が醸成されるのだからプロセッサーというのは本当に図太い。

整備の騒音と小石をぶちまけるような雨音と女の悲鳴じみた風の叫喚をよそに、塔の形に積み上げた木片を抜いて上に積んでいくゲームを手元が暗いのにあえてやってみたり、怪談話で盛り上がったり、ラベルの見えない長期保存の飲料缶の中身を適当に混ぜた液体を回し飲みしてみたり。シンもこの暗がりでまで読書にいそしむ気はないらしく、ライデンが持ちかけたチェスに応じていた。

「……しかし、女のハンドラーってのは珍しいな」

進める前のクイーンを片手で器用にくるくる回して考えながら、ふとライデンが言った。

市民の平等、先進国家を標榜する割に、共和国軍は旧態依然とした男社会だ。加えて明らかに失業者の受け皿と化している節があり、若い女性、それも大学出の良家のご令嬢がわざわざ入るような組織ではないはずだが。

「それもお嬢様だってな。見たことねーよなそんなの」

夜目にも飲んじゃ駄目と一目でわかるとんでもない色彩の混合液体を噎せこみながら飲み下して、ダイヤが受ける。若干顔色の悪いハルトにグラスを回してから続けた。

「どんなんだろな。やっぱあれかな、すっげー美人！　のお姫様かな！」

思い切りふざけた口調に、察した仲間たちが悪ノリする。

「決まってるだろ。……すっげー美人のお姫様のブタだ」

「それもボインだ。何しろブタだからな」

「白ブタだもの。当然よね」

こんな感じ？　と絵の得意なセオがさらさらとスケッチブックに何か書きつけ、回された仲間たちが次々噴きだす。クジョーも受け取って大笑いした。フリルたっぷりのドレスで着飾った、縦ロールの白い仔ブタが、気取って取り澄ましたウィンクをこちらに送っていた。

「うわー、なんか、ピンクの薔薇とか背負ってそう」

「もう、これはあれね。語尾は『ですわ』で一人称は『わたくし』ね。絶対そう」

「なら、挨拶は『ごきげんよう』で許可は『よくてよ』か。……さすがのシンも三日くらいで切れそうだな」

「んじゃ、セオなら初日かな」

「何言ってんのハルト。一言目だよ決まってるだろ」

「いやいやわかんねーぞ。刺繍針より重いものを持ったことのない、病弱な深窓の御令嬢かも」

「雨風強い陽射しにあたると死んじゃいまーす、的な」

「ねえ、それ軍人？」

「そんで気弱で臆病で小さい声で自信なさげにぽそぽそ喋って、か。……その方がよっぽどイライラすんな」

「諸君、落ち着け、冷静になれ。単に行き遅れの不細工の厄介払いだ。そうに決まってる」

「何言ってんだよ女神だよ女神。哀れなる我らエイティシックスを慈悲深くも救い給わんと穢れた現世に降臨した女神の化身……それこそが次のハンドラーであらせられるわけだよ」

新任のハンドラーを即興の連想ゲームのお題にして好き勝手言いあう仲間たちに……ふと、クジョーは目を細めた。

「……そうだな、」

女神ではないとしても。優しいお姫様ではないとしても。

「いい奴ならいいよな」

その程度の夢でも、せめてひとときし、見ていられれば。

その程度の救いでもなければ、守りたかった奴もういないのに、こんな馬鹿げた戦場でなんて、本当は。

視線を向けた先、スケッチブックを片手に苦笑していたシンが肩をすくめた。プロセッサーの評価として、善良なハンドラーというのはえてして無能の同義語だ。むしろ無能ですめばいい方で、平時の倫理を戦場にも振りかざす類の『善人』は、無駄に犠牲者を増やすという点で害悪にすらなりかねない。

ハンドラーは何もかも現場に丸投げの、職務放棄の馬鹿が最良だというのが、プロセッサーの共通した意見である。

むぅ、とクジョーは口を引き結ぶ。それはそうなのだが、そう割り切ってはいられない時だって――。

不意にシンの纏う空気が冷えた。

呼び声を耳にした猟犬のようにぴくりと顔を上げ、ついで視線が遥か東方に――〈レギオン〉支配域の方角に向けられる。

その意味を知る全員が息を詰めて見守る。ややあってわずかに鋭利を増した冷徹な紅い双眸に、ライデンが目を眇めた。

「……出撃か」

「ああ。第二戦隊以下の連中で対処できる数じゃない」

夜間の戦闘は原則として同じ第一戦区所属の第二から第四戦隊の管轄だが、彼らから救援要請が出た場合は第一戦隊であるスピアヘッド戦隊も出撃することとなる。

戦隊間の直接連絡は禁じられているため必ずハンドラーを介さざるを得ない救援要請は、特にハンドラーが帰宅して不在の夜間は、致命的に遅れがちだけれど。

スケッチブックを叩きおいてセオが立ち上がる。スピアヘッド戦隊配属以前からシンの指揮下で戦ってきた連中は、慣れている分対応が早い。

「整備班に知らせてくる。猶予どれくらい？」

「最大でも三時間。準備ができ次第、救援要請を待たずに出撃する」

「わかった」

夜目の利く猫さながら、暗闇の中を格納庫へとセオが駆けていく。その後ろ姿は一顧だにせず、シンは残った隊員たちを見回した。見返す、既に笑みも私語の一つもなく、緊迫と戦意にぴんと張りつめて鋭い二十対の瞳。

「各自、今のうちに仮眠を取っておけ。状況次第では夜を徹しての戦闘になる。作戦開始後は休息はとれないものと考えていろ」

「了解」

血赤の双眸は、けれど、戦意でも覚悟でもなくただ常のとおりの淡々とした静謐さで、クジヨーはふと、ぞっとなる。

恐れていない。圧倒的に不利な〈レギオン〉との戦闘も、その果ての誰かの死も、――おそらくは自分自身の死でさえも。

ただ、静謐で冷徹な。

その――異質。

「〈ジャガーノート〉の準備が整うまで、こちらは動けない。相当数の死傷者が出ているだろうが、あくまで〈レギオン〉の掃討を優先しろ。……戦場で人を助けようなどと、甘いことは考えるな」

『――戦隊各位。あなたがたのハンドラーが不在のため、代理で連絡しています。同戦区の第四戦隊より、救援要請が出ています。対応をお願いします』

「了解、ハンドラー。……親切に、ありがとうございます」

迎撃に出た友軍はシンの予測どおり〈レギオン〉の大群に抗しきれず、作戦域である放棄された都市の廃墟はやはりシンの予測どおり、大量の死体と瓦礫と擱座した〈ジャガーノート〉

の残骸が転がっていた。

友軍を蹂躙していた〈レギオン〉部隊は、今は逆に側面からの急襲をかけたスピアヘッド戦隊によって隊伍をずたずたに寸断され、廃都市の各所で各個に撃破されている。

その文字どおりの先頭に立つ、首のない骸骨のパーソナルマークを負った〈ジャガーノート〉に目を留め、クジョーはそのまましばし目を奪われる。〈アンダーテイカー〉。シンの乗機。

強い。

おそろしく強い。あらゆる性能において〈ジャガーノート〉を凌駕する〈レギオン〉を、培った技量と勘で圧倒するその無二の戦闘能力。最も損耗率の高い前衛を、それも近接戦闘に特化した〈アンダーテイカー〉で務めながら敵弾の一発、敵刃の一撃も喰らわず、悪夢じみた姿をした機械の魔物どもを次々に屠るその姿は、雨をも圧して揺らめく焔と夜闇の中で、何か神話のおそるべき怪物のようだ。

そう、シンは強い。

それはただ戦闘に長けているというだけでなく、精神の面でもそうなのだろうとクジョーは思う。

シンは、笑わなくても苦境に負けない。夢など見なくても、絶望に屈しない。

誰より死の近くに在るくせに、……自分のように、死の恐怖に押し潰されそうな中で必死に笑って、空元気で誤魔化して、仲間を縋るよすがにしていなくても、己の在り様を保っていられる。

周りの誰もが死んでいなくなったとしても、シンはきっと、一人きりでも戦いぬくのだろう。それを羨ましいと思わなくもないが、同時にそれは、ひどく寂しい。

だってそれは、人の生き方ではない。それは氷刃（ひようじん）の生き方だ。何かを斬り捨てる、ただそのために研がれ磨かれ、目的を果たした後はそのまま折れ砕ける――それ以外に何も持たぬ、一振りの剣（つるぎ）の在り様だ。

それはきっと、ひどく寂しい。

だからせめて、何か――誰か。なんでもいい、目的の他に心を留める何かが――誰かが。

在ってくれればいいのだけれど――。

夢物語とさえ言えない、儚（はかな）い願望だとはわかっている。地の果ての戦場に閉じこめられた彼らに新しく関わる人間はもうハンドラーくらいしかいず、それも大抵はどうしようもないろくでなしだ。救いなど今更、この戦場の誰にも訪れるわけがない。

ああ、でも、さっきのあいつはまだ良かったな。

先刻聞いた、銀の鈴を振るような少女の声を思いだしてクジョーは口元を緩めた。出撃直前、自分の管轄の戦隊でもないのに救援要請が入っていることを知らせてくれた、どこかの戦隊のハンドラー。

同調対象設定がないから知覚同調（パラレイド）が使えなくて基地の無線機に連絡してきて、小隊長以上の全員が作戦会議でいなかったからクジョーが応じた。話したのはごく事務的な連絡にすぎなかったけれど、それでも善良さと真摯さが如実(にょじつ)に滲(にじ)む、澄んだ、優しい響きの声だった。

たとえばあんな、誰かであれば、あるいは。

裂帛(れっぱく)の声が思考を破る。

『クジョー(シリウス)、何をしている！　足を止めると死ぬぞ！』

「っ、悪い、カイエ(キルシュブリューテ)！」

彼の所属小隊の小隊長であるカイエの叱責に、慌てて機首を巡らした。機体下部の光学センサの映像が、断片的にスクリーンに映る。燃える瓦礫(がれき)。吹き飛んだ〈ジャガーノート〉の脚部とキャノピ。その傍(かたわ)らで炎を上げる、相打ちになったらしい近接猟兵型(グラウヴォルフ)の巨体――。

聴音センサが、か細い声を捉えた。


『――たすけて』


息を呑(の)んで振り返った先。降りしきる雨と踊り狂う赤黒い焔(ほのお)の狭間(はざま)に、確かに動いてこちらに手を伸ばす、野戦服の人影。生存者！　脱出していたのだ！

ミナの死にざまが脳裏をよぎった。実際には見てはいない、けれど幸い、長くは苦しまなくてすんだろう親友。けれどどこのプロセッサーは放置すれば苦しんで死ぬ。そして何もしてやれなかったミナとは違い……まだ助けることができる！

キャノピの開閉レバーに手をかけた。〈ジャガーノート〉には何かをつかめるようなマニピュレーターはない。引っぱりだしてやるには、自分の手でやるしかない。

一瞬——何故か、出撃前のシンの警告が脳裏をよぎった。

——戦場で人を助けようなどと、甘いことは。

頭を振り、レバーを引いた。圧縮空気が抜け、砲身ごとキャノピが跳ね上がる。篠突く雨が体を叩く。

「——おい、大丈夫か⁉」

そして。

管制室の扉を叩きつける大音響に、ハンドラー共用のオフィスで残った仕事を片づけていたハンドラーの少女は驚いて顔を上げた。

「くそっ、なんで今になってこう立て続けに……！　俺の評価を下げやがって……！」

吐き捨てた同僚が苛々と歩み去るのを唖然と見送る。仮にも職場という公の場に、およそ相応しからぬ感情的な振舞で言動だ。

神経質そうな細面の横顔には覚えがあって、先程不在の間に救援要請のメッセージウィンドウが情報端末に明滅していて、それで代わりに連絡を入れた戦隊のハンドラーだ。勤務中にも関わらず何処(どこ)かで酒でも呑(の)んでいたのか、管制のために呼び戻すのも一苦労で。

担当する戦区と戦隊はハンドラー同士でも開示はされないから、彼がどの戦区のどの戦隊を担当していたのかはわからない。けれど今の様子からして、……戦闘の結果は、芳(かんば)しいものではなかったようだ。

でも、それで真っ先に出るのが、自分の評価の心配と恨み言。

文字どおり人を人とも思わぬ、共和国市民と共和国の現状に、今更ながら少女は顔を曇らせた。先程救援要請の連絡で少しだけ話した、知らない戦区の、その防衛戦隊のプロセッサー。

少し年上らしい青年の声だった。少し哀(かな)しげな、人恋しい響きの潜む声音の人だった。

その、彼らが人間ではないなんて――そんなことはないのに。

思って、少女――第九戦区第三戦隊指揮管制官(ハンドラー)、ヴラディレーナ・ミリーゼは、どことも知れぬ遠い戦場で、祖国から悼(いた)まれもせずに散った誰かのために、そっと目を伏せて祈りを捧(ささ)げた。

レテの畔
These fragments turned the boy
into the Grim Reaper.
08
FRAGMENTAL NEOTENY
[EIGHTY SIX]
The dead aren't in the field.
But they died there.

滔々と流れる大河は青く、むやみやたらと広かった。

具体的には、ライデンが今いるこちら側から向こう岸まで、目算で数百メートルほど。泳いで渡ってみようという気が絶妙に起きない、そんな距離である。すっかり秋も深まって冷えこみのきつくなったこの時期、そもそも泳ごうとは思わないが。

それでもスピアヘッド戦隊の連中が他に残っていたらハルトやダイヤ、クジョーあたりは飛びこんでみたんだろうなと、思ってライデンは鼻を鳴らす。

特別偵察に――生き残ったエイティシックスを必ず戦死させるための決死行に出て、半月あまり。第一戦区の最後の基地からどれほど離れたのかも、あえて慣性航法装置による位置情報の表示を切っている彼らには知りようもない。

ようやく手にした折角の自由な旅路だ。これだけしか進めなかったのかと、最後に思って逝くのは嫌だったから。

「……〈ジャガーノート〉で……渡れるわけもねえんだよな」

「あたりまえだろ」

横にいたシンがそっけなく応じるとおり、〈ジャガーノート〉に渡河能力はない。

何しろ数年を凌げばいいだけの急造品、ほとんど使い捨ての特攻兵器である。設計も組み立ても実にいい加減で、キャノピを閉鎖しても本体との間に微妙に隙間が残る。核・生物・化学兵器防御のため、本来気密を保つべきコクピット周りでそのザマだ。他の部位の防水性についても推して知るべしである。

畢竟、進みたければ橋を渡るしかないのだが、古来、橋とは軍事上の要点の一つである。つまりこの地を支配する〈レギオン〉たちにも、重要な移動経路だったりする。

この河畔にたどりついた三日前、近場の橋は東へと移動する〈レギオン〉部隊が通過している最中だった。

渡河は部隊の戦力が両の河畔に分断される、極めて危険な行動だ。当然、周辺一帯には警戒の偵察部隊が展開されていて、スピアヘッド戦隊は橋に近づくことはおろか、まともに動けもせずに潜伏を強いられる破目になった。

悪いことに到着した同じ日に嵐が来て、丸三日間冷たい雨に降りこめられた。

雨風が凌げる場所があり、火が焚ける状況だったのはまだ運が良かった。そうでなければ、ただでさえ特別偵察で誰もが疲弊しきっている中、体調を崩す者が出ていたはずだ。

水が上がってくるのを避けて潜んだ、高台の忘れ去られた古いトーチカからは橋を渡る〈レギオン〉の大群が見えた。

厚く黒い雨雲が重く空を鎖して薄暗い日中を、さらに暗く押し包む土砂降りの中。絶えることなく進み来ては河畔一帯を埋めつくし、続々と川を渡って東の彼方へ消えていく鉄色の群は、悪い夢のような、覚めない悪夢を見ているかのような非現実的な光景だった。おそらくは数個師団規模の、見たこともない大軍勢。

あんな数を、平然と。〈レギオン〉どもは生みだし、戦地へ送りこむことができる。

誰もが――およそ物事に動じないシンでさえもが――押し黙ったままその行軍を見つめていたのは、改めて、その未来を突きつけられた気がしたからだろう。

　この戦争は、人類が敗(ま)ける。

　嵐が去ったのは昨日の夜更(よふ)け、〈レギオン〉どもの最後の一隊が橋を渡り終えたのもそのくらいだ。最軽量の斥候型(アーマイゼ)でも一〇トン超、重戦車型(ディノザウリア)なら一〇〇トンを越える〈レギオン〉たちが実に数万機、橋を渡ろうとすれば当然そうなる。

　そうして明けた今日はこのとおり。昨日までの雨が嘘(うそ)のように晴れ渡り、あれほどいた〈レギオン〉も綺麗(きれい)にいなくなっている。

　それでもこちら側の岸に留まっているのは、まだ進まない方がいいとシンが言ったからだ。念のため今日は一日、様子を見ようと。

　……三日間も動けず雨に降りこめられて、ようやく動けるようになった上にようやく晴れたこの日に、狭苦しい〈ジャガーノート〉のコクピットに一日閉じこもるのが嫌だっただけじゃないかとライデンは踏んでいるが、口には出さない。うんざりしていたのは自分も同じだ。先を急ぐ旅でもない。

　洗濯日和だと朝からアンジュがはりきって、すっかり日の昇った今は、草臥(くたび)れた砂漠迷彩の野戦服と薄っぺらい毛布が、即席の物干し台になっているファイドのクレーンアームと〈ジャガーノート〉の砲身で揺れていた。

間が抜けているを通り越して、妙にのどかな光景である。ここが〈レギオン〉支配域――人間である彼らにとっての死地であるとは信じがたいほどに。

改めてライデンは眼前に広がる風景を見やる。

雲一つない紺碧の空はまぶしいほどで、遥か高空の星々の海と揺蕩う闇さえ見えそうなほどに、高く高く澄み渡っている。緩やかな流れは天の青を映して瑠璃色に染まり、秋の透明な陽光に水晶のように煌めいていた。

視界一杯の、どこまでも続く、輝く青。

ひどく、現実離れした光景だった。

敵もいず、さりとて人の一人もいない、ただ静謐に美しいこういう光景を見ていると――世界が終わる日にいるような、妙な気分になってくる。

「何つーか、……この世にもう、俺たちだけしかいねえみてえな風景だな」

言うと、シンがちらりと視線を寄越した。

見返すことなくライデンは続ける。

青は大陸各地の神話に共通して天国を表す色で、どの文化でも死後の世界に行くには河を渡るのだと――言っていたのはあの老婆だったか、シンだったか。

「それとも俺たち全員、実はもうとっくに死んでて、ここは天国の入口……とか」

シンは横目でこちらを見たまま、なにやら面白がっているような顔をしている。

「……なんだよ」

「『最後に見るのが流星雨(これ)なら、悪くない』——だったか？」

ぐっとライデンは喉を鳴らした。もうずいぶん昔に思える、二年と少し前。二人きり生き残った戦場の、百年に一度の星降る夜に自分がうっかり口走った感想だ。

シンははっきりからかう調子で言葉を続ける。

「詩的なんだよな。意外と」

「……うるせえ」

歯を剝(む)いて唸(うな)ると、シンは小さく声を立てて笑った。

屈託なくくつくつと肩を揺らしているのを、ライデンは少し意外な心持ちで見る。

あれから。半月余り前、八六区の最後の戦闘で兄貴を討ってやってから。シンはよく笑う。表情が少し、和らいだと思う。冗談の頻度が増えた。他愛もない雑談に、乗ってくることも。

胸に閊(つか)えていたものが降りたように。課された罰から解放されたように。

五年にも渡り、戦野に探し続けた兄を葬(ほうむ)ってやれて、肩の荷が下りたのだろう。

初めて得た自由な旅路に、高揚しているのもあるかもしれない。

何よりこいつ自身、ささやかな救いを得られたことが大きいのだろう。

共に戦って先に死んだ戦友を。最後の旅路の道連れとなった自分たちを。一人も余さずその名と心を抱え、その行き着く果てまで連れていってくれる、彼らの死神。

その果てに最後に斃(たお)れる自身の心は何処(どこ)にも預けられないはずが——最後の最後に、こいつは託していける相手を見つけた。忘れないでいてくれと、自分が斃(たお)れたその先まで生き延びてくれと、願いを残してくることができた。


——先に行きます、少佐。


あの言葉を残してこられたのは、こいつにとっては本当に、得難(えがた)い救いだったのだろう。

ひとしきりくつくつと肩を揺らし、シンはそのまま肩をすくめた。

「もう死んでる、ってことはないと思うけど。死んだらそのまま、消えるだけだ。闇の底に溶けていくだけ、……意思も意識も、もう残らない」

死にきらない亡霊の声を聞くシンには、その亡霊が完全に死んで消える瞬間もどうやら感じ取れるらしい。それも五感とは異なる、ライデンにはない知覚のようで、それゆえにシンがその感覚に言及する時は、たいがいライデンにはよくわからない。

……闇の底？

ともあれ。

「先に逝(い)った連中みたいに……か」

「ああ」

シンが連れてきてやっている、兄貴も含めて五七六名の戦死者たち。

八六区の戦場しか知らなかったその誰もが、きっと、こんな風景は見たことがない。

ところでただいま洗濯物は乾かし中で、代えの服などあるはずもないので、そこらの民家から持ちだしてきたベッドカバー等をひっかぶった、大変情けない恰好だったりする。

あんまり派手に動きたくはないので、二人とも雑談がてら河原に適当な枝と糸と金属片で作った即席の釣竿をぶっ刺して釣りに興じている。

仲間たちも似たような格好のまま、アンジュはでたらめな鼻歌を歌いながら色のつく花で爪を染めて遊び、セオはこの風景に創作意欲を刺激されつつ、絵を描けるものが何もないのでもどかしげに指をわらわらさせ、綿毛を飛ばす類の草の群生地で、クレナが駆け回ったりごろごろ転がったりしている。

ふわふわ飛ぶ丸い綿毛が、逆向きの雪として地上から青い空に降る、その様子を見ながらふと、シンが言う。

「白兎があんな感じで、草原転げ回る神話が極東の方にあるらしいけど」

「……へえ、」

その神話そのものについては激しくどうでもいいが。

「……お前、今何見て『白』兎連想したよ」

「…………」

草原の向こう、白い裸身に色鮮やかなキルトを羽織って駆け回っていたクレナが、そのキルトを盛大に翻してすっこけるのが遠く見えた。

秋とはいえ遮る薄雲一つない陽射しは暑いほどで、嵐の後で風も強い。朝方洗濯した野戦服やらは、昼過ぎにはすっかり乾いた。

松の葉で淹れた茶と、焚火の周りで香ばしい匂いを漂わせるちょっと採れすぎた釣果が今日の昼食だ。潜伏の間中、不味い合成食料で凌ぐしかなかった身には染みるように美味い。

人間を見たことがないのか興味深げに遠巻きにしている狐に、人間には食いでのない小さな一尾を投げてやると、しばらく匂いを嗅いでから銜えてとてとて去っていった。

微笑ましげに見送りながらアンジュが言う。

「やっとお洗濯もできたことだし、あとはドラム缶か何か、とにかく水がいっぱい入るものがあればいいと思うのよね」

唐突な言葉にクレナがきょとんとし、ライデンを含めた男三人は微妙に沈黙する。

何をしたいのかはわかるし、そう言う気持ちもよくわかる。わかるのだが。

「……あれだよな。要するに湯を沸かしたいんだよな」

「そう！　せっかく河の近くなんだし、だからって水浴びはもう辛いから、なんとかしてお風呂にできたらいいわよね！」

「お風呂!?」

ぱちんとアンジュが手を打ちあわせ、クレナが目を輝かせる。

「体は拭いてるけど、それだけじゃやっぱりねえ。昨日までの雨で冷えちゃったし、できれば少しはあったまりたいわよね」

「お風呂！　あと熱いシャワーとかタオルとか石鹸とか！」

「どれも難しいでしょうけど、でも恋しいわよね。せめてもう少しさっぱりしたいわ」

うきうきと言いあう女子二人を前に、男三人はそれぞれ顔を見あわせる。

それは。

いくらなんでも。

無理じゃないかな……と。

「いや、さすがに錆びてるだろうよ……。ここいらが放棄されたのだって多分、もう何年も前だぞ」

「それに元々燃料とかを入れるものである以上、中身ごと〈レギオン〉に持ってかれてると思うけど」

「ていうか、ああいうのに入ってるものって、触っていいものとは限らないでしょ。そう都合よく新品で空ってことはないだろうし」

気まずく、だがきっぱりと現実を突きつけられて、アンジュががっくり肩を落とす。

「……そうよね……やっぱり難しいわよね……」

家畜に——エイティシックスに最低限の衛生を保たせるため、前線基地にもシャワー室はあった。水が湯になるのも遅ければ、備品も文字どおり家畜用の酷い設備だったが、そんなものでも個人では及びもつかない、国家という巨大な力が敷いた幾つものインフラの上に成り立っていたものだ。そこから切り離された今、その程度の恩恵にさえ、与ることはもうできない。

つくづく人間とはちっぽけで、無力なものなのだなと……思い知らされる。

しょんぼりしているアンジュとクレナを見やって、物干し竿の役目からようやく解放されたファイドが光学センサを瞬かせる。

「ぴっ」

「十日前に空になった弾薬コンテナのことを言ってるなら、溶接が多少甘いのは布でも詰めればいいにしても、あの大きさをいっぱいにする水を沸かすのはさすがに無理だ。そんな火を焚く燃料がない」

「ぴ……」

「……いや、あの、なんでそんな細かいとこまでわかるのシン……」

しおしおとファイドがうなだれ、戦慄の表情でセオが呻く。

　正直ライデンもそう思う。

「……ぴっ！」

「近くに街があるのか？　まあ……探すのを止めはしないけど」

「だからさあ……なんでそれわかるのって……」

「いいの？　シン君」

　アンジュが首を傾げる。風呂に未練はありつつも、現実に実現は難しいとわかっている。その上で無意味な労力をかけることを、一応の戦隊長であるシンは許可しないと思ったのだろう。

　シンは淡々と肩をすくめる。

「熱いシャワーが恋しい気持ちはわかるし、別に目的のある旅でもない。それに、」

　言って、シンは小さく笑った。

　この旅路でしばしば見せるようになった、どこか穏やかな表情で。

「そろそろ旧帝国領に入ったはずだろ。どうせなら、帝国の街がどんなものかも見ておきたいから」

　高台にいる時にファイドが見つけていたらしいその街は、帝国の国章である双頭の鷲と色褪せて読めなくなった市名を、市街に入る道の傍に掲げていた。

黒灰色の石材と黒い鋳鉄が組みあわさった、威圧的な色彩。画一的で無機質な建物が延々と建ち並び、反面、街路は不規則に曲がりくねって有機的に絡みあう、迷宮じみた街並み。

中心街から外縁まで放射状に、まっすぐなメインストリートを通し、建築家の美意識を反映した瀟洒な建物に妍を競わせる共和国の都市とはまるで異なる。設計段階から敵の進軍の足を遅らせ、方向感覚を狂わせるように造られた、軍事要害都市の構造だ。

なるほどついに共和国の旧国境さえも越え、帝国に……かつての敵国に踏み入ったらしい。

念のため〈ジャガーノート〉は街の外れの倉庫に隠し、ドラム缶を探しに勇んで（多分）出撃していったファイドを見送って、ライデンたちはてんでに異国の街並みを歩く。

それでもメインストリートに出てしまえば様々な商店が軒を連ね、かつては華やかだったろうショーウィンドウが道の両側にずらりと並ぶのは共和国の都市と同じだ。馴染みの薄い名前の店舗に交じり、見覚えのあるカフェやファストフードのチェーンがちらほらと見える。まあ、それも八六区の廃墟で見ただけで、営業しているところは見たことがないのだが。

割れて曇ったショーウィンドウを覗きこみながら広い道を右に、左にそぞろ歩くクレナの後姿を見ながら、ライデンはふと、奇妙な感覚に囚われる。

無人の廃墟で、地勢にも季節にもそぐわぬ砂漠迷彩の野戦服だ。八六区で散々見慣れた、物資を探して廃墟の街を歩くいつもの光景。

そのはずなのに一瞬、見知らぬ異国の街の石畳を歩くクレナが、……どこかの知らない、平和な街を歩くありふれた一人の少女に見えた。

〈レギオン〉との戦争がなければ。共和国がエイティシックスを迫害していなければ。彼女は

……仲間たちはそんな風に、ただの子供として平和の中、ありふれた一生を生きていられたのだろうか。

そもそもこんな事態になっていなければ、互いに会ってさえいなかったのかもしれない。

クレナは共和国北副都シャリテの衛星都市の生まれ。セオは逆に南側の旧国境付近出身で、アンジュは東の小都市生まれ。共和国の現行政区では二三区となった辺りの出身のライデンとは、いずれも本来なら接点がない。スピアヘッド戦隊の他の連中も、それぞれ出身地はばらばらだった。

シンに至っては共和国首都リベルテ・エト・エガリテの生まれだったはずだ。リベルテ・エト・エガリテを含めた共和国現第一区から第五区の居住区画は、戦争が始まる以前からの高級住宅街だ。そこで生まれた子供は大概、旅行や留学以外ではその外には出ないし、外の人間が移り住むことも滅多にない。

戦争がなければ。白ブタどもによって戦場に閉じこめられていなければ。

互いに生涯、関わることはきっとなかった。

そう思うと、今こうして同じ場所を歩き、同じものを見ているのが不思議な気がした。

気づくと、威圧的で無個性な街の中、そこだけ装飾過剰に銅像だの彫像だのが立ち並ぶ広場

で、シンが足を止めていた。

最初は無駄に豪奢な軍服の背に無駄に偉そうに無駄に長いマントを翻した、女帝陛下か何か知らないが若い女性の銅像でも見ているのかとも思ったが、よく見れば視線はその銅像を向いてはいない。その傍らを通り過ぎて澄んだ秋空を――これから向かう、東の方角を見つめている。

「どうした？」

血赤の瞳が振り返ってまばたく。歩み寄ったのに気づいていなかったらしい。

「いや……」

少し考えるように……もしくは、遠い声に耳を傾けるようにしばし沈黙し、結局緩く首を振った。

「なんでもない。多分、大丈夫だ」

「……？」

気にする程度ではないあたりに、〈レギオン〉でもいたのだろうか。

そういえばここまでの旅路でも、こいつは時折、進んできた後ろを気にするそぶりを見せていたが。

「気づかれてもいないし、かちあうこともないと思う。こちらから近づかない限り、何も起きない」

「ああ、やっぱ〈レギオン〉なのか」

特に今日みたいな日は忘れそうになるが、ここは〈レギオン〉支配域だ。人間が生きてはいけない場所だ。

そんな場所に〈ジャガーノート〉がわずか五機——何か一つでも対応を間違えれば、あっという間に全滅するだろう。

そんな場所で。

改めてライデンはシンを見やる。

特別偵察で、やはり全員が疲れている。その中でもとりわけこいつは。

「ひょっとして、何かしんどいのか？　休みたいならあのトーチカは見つかりにくいし、もう少しのんびりしてもいいと思うぜ」

〈レギオン〉のひしめく支配域で、他の誰も変わってやれない索敵の役目を担うこいつは。八六区より遥かに多くの亡霊どもが彷徨う戦野でその声に耳を塞ぐことのできないこいつは、他の奴より消耗が激しくても、本当はおかしくない。

今日一日様子を見ようと言ったのも、本当はそのせいだったのかもしれない。

果たしてシンは一瞬きょとんとし、それから何を言いたいのかを理解した様子でぷっと噴きだした。

「……お前な」

「悪い」

言いながら、シンはまだ笑っている。

「言ったろ。〈レギオン〉たちの声が聞こえるのには慣れてる。支配域に来たからって、そう状況が変わるわけじゃない」

「そうは言うけどよ、お前……」

こちとら四年近いつきあいだ。〈レギオン〉の声を聞くあの異能の代償だろう、突然糸が切れたように眠りこんでしまう様子も何度も見ている。シンが言うように、慣れているから平気なようにはとても見えない。

少なくとも、負荷がないわけではないはずだ。

シンはけれど、ライデンの懸念(けねん)をやはり意に介さない。

「補給が見こめない以上、進める日数は限られてる。なら、必要のない大事をとるより、少しでも先に進みたい」

進める日数。

それはすなわち、生き延びられる日数だ。

第一区の前線基地で、与えられた物資は一月分。それから着実に残量は減り続けている。

長くライデンはため息をつく。

まあ。

本人がそう言うなら、仕方ないか。

「了解。……そう言いながらとうとう、帝国まで来ちまったな」

「ここまで来られるとは思わなかったな。そう何日も保たないものかと思ってたけど」

ライデンはちらりとシンを見下ろす。

「お前にはひょっとして、少しくらい懐かしかったりするのか？」

シンは両親がギアーデ帝国から共和国に移り住んだ、ギアーデ系共和国人二世だ。共和国市民としては世代が浅い。両親の影響で比較的帝国の文化への馴染みは強いだろうし、もし祖父母や親類が帝国にいたなら、あるいは一度くらい、訪ねたこともあったのではないか。

シンはけれど、小さく首を振る。

「いや。おれも帝国に行ったことはないから。親のこともほとんど覚えてないし、……知らない国だって印象しかないな」

一つ息をつき、それからふと見返してきた。

「お前は？　たしか、元々は帝国からの移民の血筋だろ」

「じいさんのじいさんの、そのまたじいさんがな……」

ざっと二百年余りも前のことだ。ご先祖様という感覚さえ全くない。なんでも集落丸々一つ分、一度に移住したらしいのだが。

なるほど、とライデンは天球の、紺碧の濃い遠い地表との境あたりに目を向ける。同じ方向にシンも視線を据えていて、感じたことは多分、同じだ。

受け継ぐ血の故郷にはたどりついた。何かが違えば故国だったかもしれない場所に、とうとう足を踏み入れた。けれどそれも。

「ここも所詮、……俺たちのいるべき場所じゃねえってことか」

「……そうみたいだな」

どこかで高く、雉が鳴いた。


なお、ファイドは大変がんばった。

「……太陽熱温水器、か。なるほど、これは予想外だったな」

「それも水の循環システムと、それ用の太陽光発電機がまだ生きてるって……」

「こんだけ湯がありゃコンテナいっぱいにして釣りがくるけどよ……こいつ、いくらなんでも賢すぎねえか……？」

川の水を引きこんで陽光で熱する仕組みのパネルと大容量タンクの組みあわせと、ハイタッチしているクレナとアンジュを前に、ファイドは心なしか、少し誇らしげに見えた。

塒にしている藪の中。昼間見かけた変な生き物に投げてもらった魚の骨を齧っていた狐は、残照の中幽かに聞こえた遠吠えにぴくりと耳をそよがせる。

『うわぁぁあああったかぁいぃぃ……！』

狼とも違う、知らない声だ。

もしかしてあの、知らない変な生き物だろうか。変な生き物に相応しい、変な音色の遠吠えだった。

声はそれ以上は聞こえない。

ぱたりとふさふさの尾を一つ振り、狐は魚の身をこそげる作業に戻る。

「うわぁぁあああったかぁいぃぃ……！」

「クレナちゃん、あんまり大声出すと〈レギオン〉に見つかるからね」

アンジュの注意も、久しぶりの風呂にテンションの上がりきったクレナにはいまいち届かなかったようだ。

尻尾があったらぱたぱた振っているような上機嫌で、クレナは五七ミリ弾倉を複数収める大きなコンテナをなみなみと満たす湯を贅沢に撥ね散らかす。天井が崩れ落ちて仄朱い空の見える建物の中。

太陽光で熱いくらいに暖められた湯に肩まで浸かって、クレナはご満悦でにまにまする。

「ほんと、気持ちいい……。時間経ったらちょっと冷めちゃうだろうし、シンたちも一緒に入ればよかったのにね」

当たり前だがというべきか、男子三人はここにはいない。女子二人に一番風呂を譲って、今は建物の外で、少量だが見つけた保存食の缶詰類をファイドに積みこんでいる。

アンジュが片目を眇めて嫌そうにため息をついて、聞きつけたクレナはびくっとなる。

「えっ何⁉」

「そういう大胆なこと天然で言うのに、するべきアプローチはてんでできないんだもの。そういうところがいけないんだと思うわよ」

一拍おいて何を言ったのか理解して、クレナは耳まで真っ赤になった。

「ちっ、違うもん！　あたし別にそんなつもりじゃ、」

「あとこう言うのもなんだけど、それ、女の子未満のちっちゃい子の台詞だからね。お兄ちゃん一緒にお風呂入ろー、なんて。それも当のお兄ちゃんからはそろそろ鬱陶しがられてる類の」

「だから違……えっそうなの⁉」

熱い湯に肩まで浸かっているにもかかわらず、今度は青くなるクレナに、アンジュは思いきりため息をついた。

「……あとまあ、ああいうことをすぐ近くにいるのに声下げないで言うのが、クレナの駄目なところなんだよねえ……」

時間が経って少し湯の冷めたコンテナの縁に両腕を預け、星の瞬き始めた桔梗色の宵闇の空を仰いでセオがぼやく。

シン本人は素知らぬ顔で聞かないふりをしているのを横目に見つつ、ライデンも応じる言葉がみつからなかったので無言のままそっぽを向いた。まあ、特にシンは触れづらいのだろうが。

セオも返答は期待していなかったのか、それ以上は何も言わない。

クレナの件の発言が聞こえた瞬間、全員飲みかけていた松の葉のお茶にむせた次第である。

さすがに、アレはいただけない。

「シン……お前、なんでクレナはあんな中身が成長してねえんだと思う……？」

「……それをおれに聞かれてもな」

ごもっとも。

夜営地のトーチカに戻って手に入れた缶詰のスープと乾パンを早速平らげ、久しぶりに温まり、洗いたてで日向の匂いのする毛布にくるまった少年たちはあっというまに眠ってしまう。

支援の一つもない敵勢力圏の行軍、日に日に減っていく物資の残量が真綿のように喉元を締め上げ、晩秋の冷えこむ気温の中での連日の野営に、およそ食事の名にも値しない、エイティシックスを何十年も生かし続けるつもりで作られてはいないろくでもない合成食料。

消耗するばかり、回復の要素が一つとしてない旅路だ。意識するまいとしているだけで、疲労は拭いきれず蓄積している。これが続けばそう長くは保たないと、誰もが無意識のうちに理解してしまうほどに。

震えるほどに大気を冷えさせていた昨日までの雨は上がり、〈レギオン〉たちは近くにいず、銃火を防ぐために造られたトーチカは夜風も山野に生息する獣の侵入も許さない。久方ぶりの安全な寝床に、少年達の眠りは深い。

梟の静かな声はその眠りを脅かさず、トーチカの小さな窓から差しこむ月影とうずくまるファイドだけが、その静かな寝息を聞いている。

†

——ん。

意識の端に引っかかった声に、シンは明け方の浅い眠りから目を覚ます。

片方が、昨日よりも近づいてきている。

こちらも一機だけ、小隊から中隊単位で行動する〈レギオン〉哨戒部隊ではおそらくない。微妙に移動方向が違うことからして、こちらを探しているのでもないようだ。……いや、むしろこの声は。

呼んでいる……？

シンを、ではない。かといって彼以外の特定の個人でもなかった。誰でもいいから、誰か。

誰か。

最後に。

わずかに目を細め、薄い毛布をはぐって身を起こした。

い、いや、もう一機は——今日も、足を止めたままか。

思ってシンは足音もなく立ち上がる。

朝起きると、シンがいなかった。

「……何やってんだあの馬鹿は」

ファイドはいる。〈アンダーテイカー〉も残っている。ということはまさか一人で先に行ったわけではない。知覚同調は繋がることは繋がったが、繋がると同時に向こうから切られた。なんらかヤバい状況にいるのでもなさそうだ。

〈アンダーテイカー〉のコクピットに格納しているアサルトライフルと、いつも携行している拳銃は、どうやら持っていったらしいが。

本当に、何をやっているんだか。

そのまましばらく待っても帰ってこず、クレナが不安そうにそわそわし始めたので、ラインは全員で探しに行くことに決める。


高台を下り、まだぬかるむ道に残る足跡を追って廃墟の街へ。

泥の足跡はすぐに乾いて残らなくなってしまったが、その前に向かう先がどこなのかは道に残った標識から大体わかった。街の外縁をなぞるように歩く、その先にあるのは——……

「……動物園？」

その表示は白い石材と瀟洒な意匠の銀色の柵の上、蔓薔薇を模したゲート上に、酔狂にも七宝の地に金彩の文字で描かれていた。

そう大きなものではない。たとえばこの街の領主か何かが道楽で作り、道楽で街の人間たちにも開放していたような。

そういえば檻の鉄格子や舗装の石組の意匠も一々小洒落ている。おそらく国境近くだろうこんな田舎のこんな軍事要害都市に、帝国のお貴族様はとことん暇と金が有り余っていらっしゃったらしい。

とはいえ往時の面影などもう、それくらいしかない。

この街も〈レギオン〉から逃れるため、放棄されたのだろう。多くの物資が手つかずのまま放置されていて、慌ただしい避難だったことは想像がつく。そんな中、檻の中の獣たちを連れていく余裕があるものか。

葡萄蔓を模した鉄格子の向こうには、大きな獣の変色した骨がうずくまっていた。土埃でくすんだプレートの表示は虎だ。けれどその精悍な体軀も見事な縞模様も、もう跡形もなかった。

ライオン。白熊。鰐。孔雀。黒鷲。……全てその白骨ばかり。侵攻してきた〈レギオン〉に殺されるより先に渇いて死んだのか、元はハイエナだったものの頑強な顎の骨が、鉄格子を噛み破ろうと足掻いたまま頽れていた。

珍しい獣たちを逃がさないための檻は、死骸を食い千切って解体し、より小さな生き物たちが分解しやすくする狼やキツネといった肉食生物をも阻んでしまう。遠い異国から連れてこられて生涯檻に閉じこめられた挙句、コンクリートの上で他の何かの養分になることもできずゆっくりと腐っていったろう獣たちを思うと、……酷く、空虚な心持がした。

生まれ故郷から引き剝がされ、戦場に閉じこめられた挙句、無意味な戦死を強制される。その生涯で何を残すこともできない。

その命に何一つの意味も価値も、持つことはない。

自分たちエイティシックスと、全く同じ。

同じ犬の名前を持つ者としてまさか何か思うことでもあるのか、ファイドがつくねんと立ち尽くして、東国原産の珍しい犬だというちいさな骨を見下ろしていた。

白骨死体は誰しも八六区の回収されなかった遺体で見慣れているはずだが、全員がなんとも言えない顔で動物たちの死骸を見つめているのは似たようなことを感じたからだろう。どこにも行けず、意味もなく死んだ、無惨な獣たちの亡骸に。

ぽつりとクレナが呟いた。

「あたしたちも、こんな風に、」

少し荒れた唇がそこまで言葉を紡いで、恐れるようにきゅっと閉じられて引き結ばれる。

それでも続く言葉はわかる気がした。

死ぬのかな。

それとも。

誰にも知られず、誰の目にも触れず、ただ忘れ去られて――？

飾り立てられた檻の中に動かぬ死骸を閉じこめた、いまや見る者もない動物園を四人と一機は奥へと進む。際限のない『死』そのものの展示を、沈黙のままに行き過ぎる。

その、最奥。一際巨大で豪奢な銀の檻の中、おおきな象の頭蓋骨がこちらに虚ろな眼窩を向けて横たわる前に。

シンは、こちらに背を向けて佇んでいた。

八脚の脚を折り、頽れた、
戦車型の眼前に。


ざっ、と。全身の血が引く音が聞こえた気がした。

脳裏をよぎる、戦車型の蹴撃でなす術もなく頭を吹っ飛ばされた、同じスピアヘッド戦隊だったカイエの無惨な死に様。

「――シン⁉」

考えるより先に駆け寄った。ストラップで肩にかけたアサルトライフルを、慣れた自然な動きで滑り落として右手に握る。

「お前！　何やって、」

「――平気だ、ライデン」

シンの声は、静かだった。

Illustration:I-Ⅳ

「危険はない。……こいつはもう動けない」
向けられたままの血赤の双眸が示す先、蹲った戦車型は頽れたきり、たしかに動く気配を見せなかった。

近づいてみればその負った損傷がよくわかる。砲塔は横に傾いだまま動かず、威圧的な一二〇ミリ戦車砲は砲身が一直線に引き裂かれ、機銃は丸ごと吹き飛んでいる。極めつけは砲塔側面にぱっくり開いた無惨な大穴で、分厚い金属を無理矢理穿った傷からは、彼らの血であり神経網である流体マイクロマシンの銀色が、もはや擬似神経系の形状を維持できずにとめどなく流れだしていた。大口径の……おそらくは一二〇ミリ高速徹甲弾の貫通痕。

それが戦車型にとっての致命傷だと、これまで散々〈レギオン〉たちを撃破してきたライデンにはわかる。少し離れたところで見守る仲間たちにも。

当然、その誰よりも長く〈レギオン〉との戦闘を生き残り、本来なら脆弱な人間など脚の一振りで殺せる戦車型の前に、アサルトライフルを肩にかけたまま無防備に佇んでいるシンにも。

紅い瞳はわずかに物憂げに、壊れかけの自動機械を見下ろしている。

「昨日から少しずつ、近づいてきてたのはわかってて。斥候でも威力偵察でもないだろうし、向かう先も違うみたいだから放っておくつもりだったんだけど。……今朝は少し、呼ばれたと思ったから」

「……呼ばれた？」

「誰でもいいから傍にいてほしい、って、言っていた気がした」

その理由が何故なのかは、戦車型のこの有様を見れば、聞くまでもなく理解できた。

一人で。

死にたくない——と。

「死に際の言葉がそれだってわけじゃないから、あくまで気がしただけ、だけど。おれが聞き取れるのは、こいつらが繰り返してる最期の言葉だけだから」

「なんつってるんだ、最期の言葉は」


「かえりたい」


静かな声は、けれど。どこかシン自身の願望のように幽かな渇望を帯び、同時に聞いたライデンの胸の内をも、秘めたる願いを口に出されたかのように強く掻き鳴らした。

帰りたい。

ああ——そうかもしれない。どこかでずっと、そう願っていたかもしれない。

帰りたい。

帰りたい。

でも——どこへ？

帰る場所などどこにもない。

帰るべき場所など、もう覚えていない。

どこにも帰れない。

「もう一度、あの家に帰りたい。……こいつはエイティシックスだ。おれたちとは違って、故郷や家族をちゃんと覚えていられた類(たぐい)の」

少し年が上だったか、それとも戦火に思い出を焼き尽くされてしまうほどには、プロセッサーとして長生きしなかったのか。いずれにせよこの戦車型(レーヴェ)には死の間際(まぎわ)に願うほどに、死してなおも壊れ果てた躰(からだ)を引きずって歩くほどに帰りたい場所があり——結局そこへ、行きつくことは叶(かな)わなかった。

帰る場所などもはやなく、ゆえに、どこにも帰れないライデンたちと……結局は同じ。

戦場に棄(す)てられ、戦場に生き、戦場に死ぬさだめのエイティシックスに。

戦場以外にいられる場所など——あるはずもない。

だから。

宿営を抜けだして独り、文字どおり顔も知らない機械仕掛(じか)けの亡霊なんかのために、こんなところまで来てやったというのか。

やれやれとライデンは頭を掻(か)く。そうであるなら、あるいは仕方ないのだろうけれど。

共に戦い先に逝(い)った仲間を看取(みと)り、記憶し、自らの最期(さいご)まで抱えて連れていく役目を自らに課した、この首のない死神には――……。

「だからって、一人で行くな。この馬鹿」

「悪い」

わかった、とは言わないところが、らしいというかなんというか。

会話の間もシンは戦車型（レーヴェ）に目を向けたままで、ライデンは目を眇（すが）める。まさかとは思うが。

「まさか、こいつも連れていってやるつもりか？」

「それはさすがに無理だな。名前も他の何も、もうわからない」

シンは〈レギオン〉の声を聞くことはできるが、意志の疎通はできない。シンに聞こえる声は先程シン自身が言ったとおり、聞き取れない機械の声か、生前最後の断末魔だけ。たとえ相手が生前の記憶と思考能力を完全に残した〈羊飼い〉であっても、会話をすることは最早（もはや）できない。

ところで、もし名前やら何やらがわかったなら、こいつは〈レギオン〉でさえも連れていってやるつもりだったのだろうか。

そういえばシンは、『屑鉄（くずてつ）ども』とは、〈レギオン〉『ども』とは決して言わない。

五年もかけて探しだしてやるほど大切だったろう兄貴を〈レギオン〉に取りこまれたシンには、……それ以外の〈レギオン〉たちも葬（ほうむ）ってやるべき人間だと、感じられるのかもしれない。

「だから、近くにいた縁もあるし、見送ってやるくらいは」

ぎちぎちと、戦車型(レーヴェ)の脚部関節が鳴っている。

殺戮(さつりく)機械の本能が目の前の敵を生かしておけぬと、なおもその身を衝(つ)き動(うご)かそうとしている。けれどもう立ち上がれはしない。五〇トンの戦闘重量を死にかけたその脚は支えられず、地を掻(か)くことさえできていない。

不規則に明滅する光学センサが狂ったように、眼前の人間二人を行き来する。シンを、ライデンを、そうして再び――自らが呼び、応えて訪れたシンを。

その動きが、次第に鈍くなっていく。

もがく脚部の動きが小さくなる。

ついにシン一人に据えられたまま、動かなくなった光学センサに、手を伸ばしてシンが触れた。

「もういい」

戦闘機能に特化された戦車型(レーヴェ)に、言語解析能力はないとされている。それと知りながら、まるで、死にゆく戦友に手を触れ、言葉をかけてやるように。

「もう――かえっていい」

思い出の中の、帰りたい、懐(なつ)かしい我が家へ。

あるいは――死者の誰もが還(かえ)る、世界の底の闇の奥へ。

死神が、拳銃を抜く。

かつて死にきれない仲間を楽にしてやるために撃ち殺してきた、そしてその役目の最後に、敗北してなお死にきれなかった自身の頭を吹き飛ばすのかもしれない、最期の武器。

視線を向けるように、照準を合わせる。砲塔側面、高速徹甲弾の破砕孔。その奥で弱々しく流動する、彼ら〈レギオン〉の中枢処理系に。

拳銃の銃声は周囲の死骸の鳥籠に、廃墟の都市の建築物に跳ねかえってかき消され、荒野の片隅の人知れぬ絶唱のように、おそらくはどこにも届かなかった。

永遠に沈黙した戦車型の砲塔後部には、一二〇ミリ高速徹甲弾の貫通痕がある。

一二〇ミリ。

〈ジャガーノート〉の主砲の口径は五七ミリ。滅多に使われない――というか、あの最後のハンドラー以外が使ったところを見たことがない迎撃砲の口径は、一五五ミリ。

共和国の戦力で、撃破されたものではない。

この戦車型を撃破したのは、同じ一二〇ミリ戦車砲を持つ同じ戦車型か、あるいは――。

「ライデン。もし、共和国の他に、生き残ってる勢力がいたら、」

ふん、とライデンは鼻を鳴らす。

特別偵察に出る以前、何度か聞いた話だった。

共和国の旧国境を越え、〈レギオン〉支配域をも越えたその先に、シンには何も聞き取れない空間がある。

〈レギオン〉のいない地域がある、と。

そこでも人類が生き残っているのかはわからない。なんらかの理由で——たとえば強度の放射線の汚染などで、〈レギオン〉でさえもいられなくなった場所かもしれないし、あるいはその距離がシンが聞き取れる限界なのかもしれない。

それでも、もし。共和国の他に生き残りがいるなら。

たどりつけば生き残れるなら。

その仮定は、けれど、ライデンには全く魅力的とは思えなかった。

「そこに行って、平和に暮らすってか？　んなもん、想像もつかねえな」

プロセッサーとして戦場に送られる前。あの小さな学校に匿われる前。自分がどんな家で暮らしていたか。どんな家族にどう育てられ、何を夢見、どんな風に日々を送っていたか。ライデンはもう、ほとんど思いだせない。他の連中も、もちろんシンもそうだろう。

今更平和に暮らすなど、想像もつかない。

そもそも、たどりつけるとは思えない。その言葉は呑みこんだ。

悪い言葉を口に出すと、悪い結果を連れてくるとは……あの老婆の口癖だったから。

言ったシン自身、関心は薄そうというかどうでもよさそうというか、どこか投げやりだ。

「お伽話ならこういう旅は、最後に理想郷にたどりつくものらしいけど」

「それこそ昨日の、実は死んで天国の入口にいましたってオチじゃねえか。死んでから天国に入れてもらったって、嬉しかねえな」

「なんだ、行きたいわけじゃなかったのか」

「なわけあるか。つーか、今更だろ、んなもん」

来世だの天国だのに期待するならとっくの昔に、自分で自分の頭を吹き飛ばしている。

そうやって死んだ戦友も、中にはいた。

お前らみたいに頭がおかしくはなれない、強く在るふりはできないと叫んで、ライデンとシンの目の前で。

シンはそいつの名前も、アルミの墓標に刻んで連れてきてやっている。

もし望んだ天国に行けなかったなら、置いていくのは気の毒だからと。

ふっと、傍らで血赤の双眸が沈んだ。

昏く、昏く。深いどこかに一人、沈みこんでいくように。

聞き取れない声量で、唇だけが呟いた。

「それでも、誰かがたどりつけるなら、」

おれは。

独りごちたその言葉は風にさらわれ、ライデンの耳には届かない。

振り切るように、シンは戦車型（レーヴェ）の死骸に背を向けた。

「……行こう。少し、足を止めすぎたみたいだ」


特別偵察に出て、シンはよく笑う。閊（つか）えていたものが降りたように。解放されたように。

この世に心残りとなるものなど、もう何一つないとでも言うかのように。

だからライデンはそれを少し、――危うい、と思う。


五機の〈ジャガーノート〉とつき従う一機の〈スカベンジャー〉が橋を渡る。

それを確認して、その重戦車型（ディノザウリア）は立ち上がる。

スピアヘッド戦隊がいた河畔から、後方に七キロ。

地平線を越え、戦車砲の有効射程からも圏外となるその場所で、五人が留まっている四日間の間じっと伏せて待ち続けていた、そのずいぶん前から彼らの道行きに、距離をおいて追従している重戦車型（ディノザウリア）。

ショーレイ・ノウゼン。

五年にも渡りシンが追い、探し求め、ついに討ち果たしてやった兄の亡霊の、その残骸だ。

〈レギオン〉の講じた安全策のためにまたしても死にきれず、けれど近いうちに自壊する——その崩壊までのわずかな時間を弟の旅路を見守ることに費やすつもりの、今はそのためだけに現世にしがみついている亡霊だ。

旅路の先に在るものを、〈レギオン〉であるレイは知っている。彼らを保護してくれるだろう、帝国とは別の国家の存在を。

自分は消えてしまうだろう。

けれど、それでもあいつが——あいつらが。たどりつけるなら、それでいい。

地平線の、向こう側とこちら側。生者と死者の境たる大河の彼岸と此岸(しがん)で、別たれたはずの兄弟が同じ決意を固めたことを、死せる兄も未だ死なぬ弟も、知ることはない。

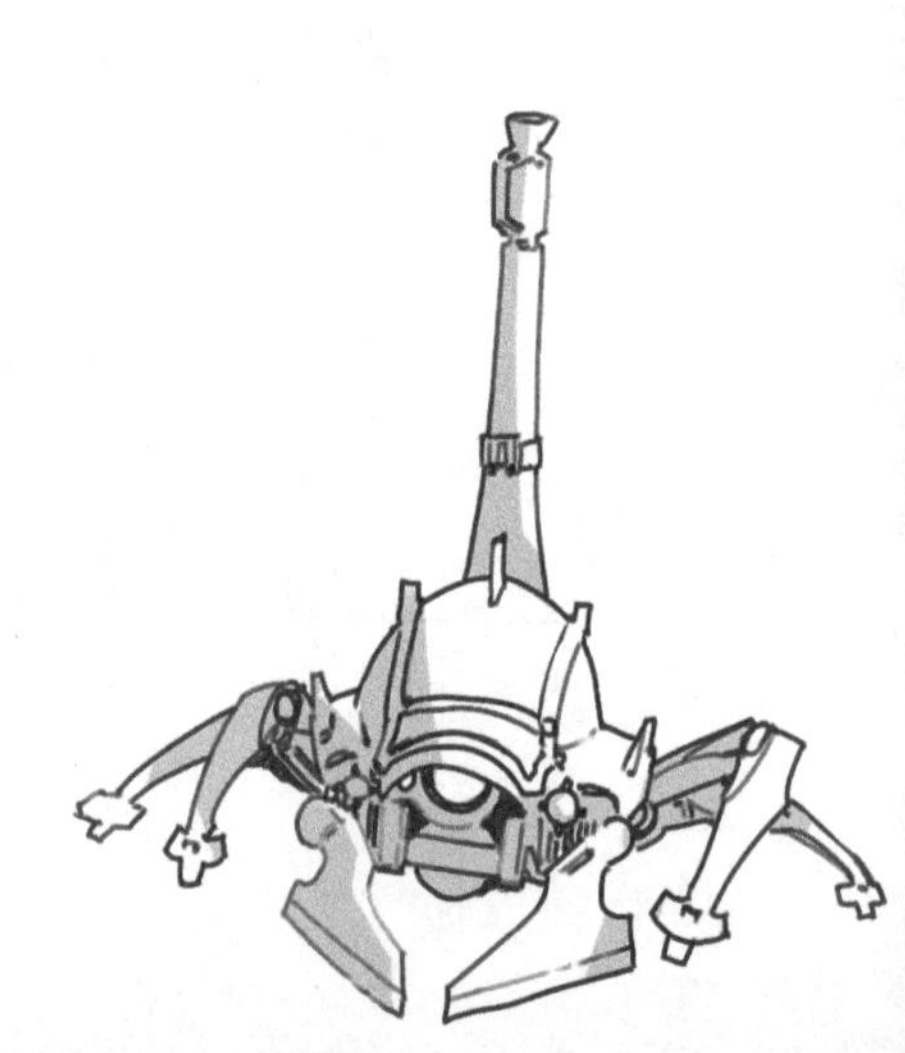

CHAPTER 09

These fragments turned the boy into the Grim Reaper.

ILLUSTRATION: I-IV

The number is the land which isn't admitted in the country.
And they're also boys and girls from the land.

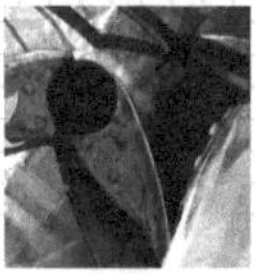

FRAGMENTAL NEOTENY ⟩⟩⟩ [ファイド]

The dead aren't in the field. But they died there.

86 EIGHTY SIX

ASATO ASATO PRESENTS | ILLUSTRATION/ SHIRABII | MECHANICALDESIGN/ I-IV

僭越ながら、少しだけ。わたくしの話をさせてください。

わたくしは人工知能、試作〇〇八号。

創造主のご子息と、最後の主にいただいた名を、共に〝ファイド〟と申します。


わたくしが『生まれた』のは、サンマグノリア共和国首都、リベルテ・エト・エガリテ。その郊外にほど近いお邸の研究室の中で、でした。

お仕えするご家族は、わたくしの創造主であり人工知能の研究者である旦那様と、お美しく柔和な奥様。そしてお二人のお子様である、中等学校に通われている兄君と、その誰もから愛されてお育ちの、小さな弟君でした。


その時のわたくしは大型犬を模した、柔らかい素材の筐体をいただいておりました。

幼いお子様が強く抱きしめすぎたり、多少乱暴に扱ったりしても壊れず、お子様も怪我をなさらない、そういう設計の筐体です。

最後のテストが終了し、旦那様がレポートを書き終えるのを待っていると、きぃ、と扉の開く音がしました。

ついでわたくしの聴覚センサには辛うじて拾える程度の軽い足音。一家の方々は奥様以外、あまり足音を立てずに歩かれます。

つまり『足音を立てない』という条件だけではそれがどなたかの特定は難しいのですが、旦那様のデスクの上に頭が出ないのは。

「おとうさん」

そう、まだお小さい弟君です。

「……シン。お父さんのお仕事の部屋には入っちゃ駄目だよって、何度も言ってるよね？」

と、言いながら旦那様は膝の上に弟君を抱き上げてしまわれるのですから、弟君が聞き入れないのも無理はないかと思われます。

「ロボット、できたの？」

「ええとね、ロボットじゃなくて人工知能なんだけど……まあいいか。うん、できたよ。今度こそちゃんと、動く子だ。お家の中だけだけど、遊べるからね」

弟君はぱっと顔を輝かせました。

奥様譲りの美しい紅い瞳が、宝石のようにきらきらと煌めきます。

「なまえ！　なまえ、つけてもいい？」

なんでもご友人のアンリエッタ様が最近ペットを飼われたそうで（鶏とのことですが、幼いお嬢様が飼うものとして一般的なのでしょうか。わたくしの知識ではそうではないのですが……）弟君はこのところ、自分もペットが欲しいと仰っていたのでした。

「いいよ。よーく考えて、いい名前をつけてあげ……」

「じゃあね、ファイド！　ファイドにする！」

旦那様はかっきり五秒間、沈黙しました。

「……あのね、シン。ファイドっていうのは犬の名前で、お友達につける名前じゃ……あれ？」

旦那様は情報端末のホロスクリーンに表示していたわたくしのステータス画面を見て、またかっきり五秒間沈黙しました。

「ええ……今の、入力命令って認識しちゃったのか。しまったなあ……」

いいえ。

いいえ、旦那様。我が創造主。

大変嬉しゅうございます。

犬という生き物は人間の歴史のその初めから、人間のよき友であったとか。

その生き物と同じと思っていただけるとは。

嬉しゅうございます。光栄でございます。

わたくしには音声出力機能がありませんので、お伝えすることは叶いませんが……。

弟君は大きな瞳でわたくしをじっと見つめてから、ついと小首を傾げました。

「でも、よろこんでるよ？」

「え――……」

旦那様は驚いたご様子で、わたくしと弟君とを交互に見回しました。

「わかるのかい？」

「うん」

きょとん、と弟君は頷きます。どうしてわからないの？　と言いたげな風情です。

続けて旦那様は、研究室の戸口から覗きこんでおいでの兄君を見やりました。黒髪以外は奥様似の弟君とは違い、旦那様によく似た、理知的な印象の若者です。

「レイ、お前は？」

「いや。おれには聞こえないな」

兄君は少し耳を傾ける素振りをされてから、首を振りました。

「そうか。うーん、じゃあ、違うのかな……？」

疑われたと悟ったのでしょう。むー、と頬を膨らませている弟君を見て、兄君は苦笑します。

「そいつ、シンの脳波とかのパターンを模写するかたちで構築してあるんだろ？　よくわからないけど。感情学習についても、シンをトレースさせたらしいし。その辺が何か、関係あるんじゃないか？」

そうなのです。

わたくしの中枢処理系は、わたくしがわたくしになる前の最初の筐体――赤ん坊だった弟君の抱き人形——に内蔵されたセンサを通じ、記録された弟君の神経活動パターンを基に構築されています。また人間の行動や感情についても、弟君のご成長を通じて学習しております。言ってしまえばわたくしは、弟君に〝わたくし〟としての意識と思考を賜ったようなものです。

そのため、わたくしは弟君には特に——そう、思い入れがあります。

弟君のある種の分身として。影として。望まれる限りお傍にお仕えし、お守りしていかねばと——……。

「しばらくまともに動く見こみはなさそうだって言ってたのに、またずいぶん急に進展したよな。新しい人工知能モデル、だっけ？」

今度は旦那様が目を輝かせました。

「ああ！　新しく発表された、画期的なモデルなんだ！　元は連合王国の、今代の〝紫晶〟の研究なのだけれど、生物の神経系を模して、ゆくゆくは人間にも匹敵する……」

……旦那様はまだおわかりではないようですが。兄君も弟君も、旦那様の研究内容にもお話にもご興味をお持ちではありません。

兄君は『また始まった……』とばかりによそに目をやり、弟君は……どうやら早速、わたくしと遊びたいようです。

残念ながらまだ充電が終わっていないので、わたくしは動けないのですが……。

ご子息のどちらも聞いていないのにようやく気づいたのでしょう、旦那様は苦笑して、膝の上でそわそわ動き始めた弟君を抱きしめました。

「作ったのはお前と同い年の子だよ、シン。向こうのいろいろが落ち着いたら遊びにこないかと言われているから、一緒に行こうか。お友達が増えるぞ。ちょっと………面白い子だけど」

「ファイドも一緒？」

「そうだね」

兄君はわたくしを見やって少し首を傾けます。

「帝国じゃ、同じモデルで無人兵器を開発するつもりなんだろう？　そっちの方が、恰好いいと思うけどな」

「ああ、ゼレーネ女史のな……。彼女は軍人だし、彼女の事情と理由があるとはいえ――私はあまり、そういうものは造りたくないんだ」

言って、旦那様はデスクの上の古びたぬいぐるみを……わたくしの最初の筐体を撫でました。

「……どうせ人間だけだって争うんだ。せっかく人とは違う知性に出会えるかもしれないのに、敵を増やしただけになっては、哀しいだろう」

「ふーん……」

気のないご様子で相槌を打ち、兄君は踵を返しました。

「まあいいや。……シン、おいで。そいつ……ええと、ファイドは今ご飯を食べてるから、遊ぶのはちょっと待とうな。おれたちも、おやつにしよう。父さん、お茶が入るまでには居間に来てくれよ」

「うん」

「わかった」

とてとて、と歩み寄り、当たり前のように手を伸ばす弟君に、兄君もごく自然にその小さな手を握り返します。兄君はご家族の中でも特に弟君を甘やかしておいでで、そのせいか、弟君も大層な甘えん坊でいらっしゃいます。

再び情報端末に向き直り、レポートの続きに取りかかる旦那様を——そのまま時間を忘れてしまうのだろうその横顔を見上げつつ、わたくしは内蔵のタイマーをセットしました。

旦那様とご家族にお仕えする幸福な日々は、ある夜、唐突に終わりました。

あの夜のメモリを再生しようとすると——ああ。人間ならば『思いだしたくない』というのでしょうか。データにノイズと混乱が見られます。正確に再生するのは困難です。

突然押し入ってきた軍靴(ぐんか)の靴音。

怒鳴り声。五色旗と剣の国軍の紋章。突きつけられる自動小銃の銃口。床に押し伏せられた旦那様と兄君。

奥様に庇(かば)われた弟君の——か細い泣き声。

どうか泣かないでと声をかけることさえ、音声出力機能のないわたくしには、してさしあげられませんでした。

旦那様とご家族は瞬く間にどこかに連れていかれ、空になったお邸の、嵐の後のような惨状の中、わたくしは自問を繰り返しました。

一日の終わりで、待機状態への移行を命じられたままだったとはいえ、何故、何もしなかったのかと。

旦那様と、奥様と、兄君と弟君を守って立ち向かうべきでは——戦う、べきではなかったのかと。

わたくしには、人を害してはならぬと命じられた、強固な禁則事項が設定されています。

それは人のよき友であれと望んでくださった旦那様の願いであり、わたくしの存在理由です。冒すことは決してできません。

それでも。

それでも。何かできたのではないかと。

今からでも。

できることはあるのではないか、と……。

思考の末、わたくしは皆様を探しにいくことを決心しました。

幸いわたくしには自己学習のため、公開ネットへの接続が許可されておりました。

何故、皆様が連れていかれてしまったのか、その理由は——そこに至る論理はわたくしにはよくわかりませんでしたが——調べるとすぐにわかりました。

皆様が連れていかれた先も。

旦那様にいただいた筐体は室内での活動用です。長距離を移動するには向いていません。申し訳ないことですが破棄し、別の体に乗り換えることとしました。

わたくしの主人たちを探し、今度こそお守りするために。


〈スカベンジャー〉と呼ばれる輸送機械の一体にわたくしの全構成データを転送し、向かった先は戦場でございました。

何年も、何年も、わたくしは部隊支援の任務の傍ら、皆様を探して戦場を彷徨い歩きました。

その間、大勢の、数えたくもないほどに大勢の人が、死んでいきました。

最初は旦那様と同じ年代の男性たちが。

次には奥様と同じ年頃の女性たちが。

さらには兄君と同じくらいの少年少女たちが。

次々と。続々と。延々と。戦ってそして、死んでいきました。

やがて、わたくしは悟らざるを得ませんでした。

この目で確認できてはいない。けれど、旦那様も、奥様も、兄君も、きっとその誰もが守りたかった、小さくか弱い弟君も。

この地獄のような戦場ではもう誰も、生き残ってはいないのだと。

破壊され、擱座した〈スカベンジャー〉の中、わたくしは途方に暮れました。

わたくしが支援するべき今の主である部隊の少年兵たちも、全員、戦死してしまったようです。僚機の〈スカベンジャー〉ももう一機も残ってはいません。

このままこうして動かずにいれば、〈レギオン〉たちはわたくしを分解し、彼らの再生工場へ運び去ってくれるでしょう。それは、旦那様とご家族をお守りすることも探しだすこともできなかったわたくしに、相応しい末路と思えました。

その時、から、と小さな瓦礫の零れ落ちる音に、わたくしは我に返りました。

わたくしときたら、よほど深く考えこんでしまっていたのでしょうか。近づいてくる足音を、全く認識しておりませんでした。

瓦礫を踏み、歩み寄ってきたのは一人の少年兵でした。

兄君と弟君の、丁度中間くらいの年頃でしょうか。まだ大人には程遠い体軀に、丈の合わない野戦服を裾を折って着ています。

あの小さなお可愛らしい弟君も。いつか。

生き残っていたら、この少年くらいになったのでしょうか。それは一体、どれだけ年月を経れば、だったのでしょうか。

この目に映すことは、二度と叶いません。

それがひどく――虚しゅう、ございました。

全滅した部隊の、最後の生き残りなのでしょう。少年兵は酷く疲れ切った顔をして、その顔も野戦服も元は黒かったのだろう髪も、戦塵にぼろぼろに汚れきっていました。

兄君や弟君に比べれば目を覆わんばかりに鋭く醒め果てた眼差しをして、無言のままに、音もなく歩み寄ってきます。

ああ。わたくしのコンテナに残っている、弾薬かエナジーパックが必要なのですね。

少々お待ちください。人の子供の力では、どちらも重たいでしょうから……。

「わ、」

生き残っていた方のクレーンアームを動かすと、わたくしが既に壊れていると思っていたのでしょう。少年兵は少し驚いた様子で身を引きました。

その反応も、兄君や弟君の素直な笑い方に比べ、あまりにも小さく、淡いものでした。

削れ、擦り減ってしまった反応でした。

隣で人が死んでいくのに慣れすぎて、もう何も感じなくなってしまった者の。

まして人ではない道具にすぎぬわたくしなど、気に留めるはずも――……。

「……お前、まだ生きてるのか」

驚いて光学センサを向けた先、彼は確かに、わたくしのセンサを覗きこんでいました。

醒めて凍え、擦り減った眼差しに、けれど幽かに揺蕩うのは――人恋しさと寂しさ、でしょうか。

「戦隊もお前の仲間も、もう誰もいないけど。それでも、一緒に帰るか……？」

その少年兵は。

もうどこにもいない弟君と同じ、血のような、夕映えのような、うつくしい紅い瞳をしていました――……。

その少年兵――シンエイ・ノウゼン様に、わたくしはお仕えすることにしました。

助けていただいたご恩は無論のこと、人間のよき友であれとの旦那様の願い。弟君と奇しくも同じ愛称と、同じ紅い瞳。代償行為とは知りつつ、離れることはできませんでした。

何より、ノウゼン様は最初の印象に反し、酷くお優しい方で――お傍にあって、支えになりたいと、思えるお方でしたから。

お仕えして、四年余り。今は東部戦線第一戦区第一防衛戦隊〝スピアヘッド〟がノウゼン様の所属部隊です。

夜は灯火管制がかかる分、戦場の朝は早うございます。昇ったばかりの清冽な陽の光の中を回収任務に出るため歩いておりますと、丁度、ノウゼン様が隊舎を出てきたところでした。

四年の間にノウゼン様は背が伸び、声が変わり、顔立ちも大人のそれに変じつつあります。最後に見た兄君と、今は同じくらいの年頃でしょうか。

ああ、いけません。見惚れていないでご挨拶を差し上げないと。わたくしにはまたしても、音声会話機能はございませんが。

「ぴっ」

おはようございます、ノウゼン様。

「ん？　ああ、おはよう、ファイド」

そう、ノウゼン様からも、わたくしは〝ファイド〟と呼ばれております。お仕えしてしばらく経った頃に賜った名前です。偶然でしょうが、やはり、嬉しいものです。

続いて、戦隊副長のライデン・シュガ様も出ていらっしゃいました。

「ぴっ」

おはようございます、シュガ様。

「おう、お前か。ファイド」

気のせい、と言えばそれまでですが——ノウゼン様はお会いした当初から、わたくしの申し上げようとしていることをわかって下さっているように思います。シュガ様や他の方々と異なり、会話が成り立っているように感じられるのです。

ノウゼン様とシュガ様は、お二人で言葉を交わされることもなく、わずかに硬い表情で日の出の気配の残る東の空を——その下の〈レギオン〉支配域の方を見つめていらっしゃいます。

このところ、ノウゼン様もシュガ様も、もう十人といない戦隊員の皆様も整備クルー様がたも、少し、ぴりぴりしていいます。その理由は——……。

「特別偵察まで、あと半月か……」

特別偵察——〈レギオン〉支配域最奥への、帰還不可の偵察任務です。ノウゼン様たちは、半月後に必ず死ねと、命じられているのです。

シュガ様はちらりとノウゼン様を見やりました。

「連れてくのはやっぱ、そいつにするのか」

「ああ……」

曖昧に相槌を打ち、ノウゼン様はわたくしにその血赤の双眸を向けました。

「ファイド。お前——……」

言い淀んだのは逡巡したから、なのでしょう。

ノウゼン様は誰かが死ぬのを——本当はとても、嫌がる方でいらっしゃいますから。

「おれたちと一緒に、死にに行ってくれるか」

「ぴっ」

ええ。もちろんでございます。ノウゼン様。

どこまでも。わたくしの二人目の名づけ親にして、最後の主。

特別偵察は。

それまで戦区を出る自由さえも持たなかったノウゼン様たちにはそれなりに楽しい旅路ではあったようですが、それでもやはり、惨いものでした。

減りゆく物資。積もるばかりの疲労。敵地を進み、解くことのできない——警戒と緊張。ノウゼン様たちが日に日に、消耗されていくのは手に取るようにわかりました。

ですからそれは、いずれ起きる必然、というものであったのでしょう。

刃折れ矢尽き——〈レギオン〉についに、敗北を喫する時。

ククミラ様の〈ガンスリンガー〉が。リッカ様の〈ラフィングフォックス〉が。エマ様の〈スノウウィッチ〉が。シュガ様の〈ヴェアヴォルフ〉が。大破し、擱座し、沈黙し、残ったのはノウゼン様の〈アンダーテイカー〉、ただ一機となりました。

何輌もの戦車型をお一人で相手取るノウゼン様の下に、さらにシュガ様たちを撃破した〈レギオン〉が向かいます。とても、太刀打ちできる状況ではありません。

〈アンダーテイカー〉の光学センサが、新たに接近する〈レギオン〉たちを一瞥します。けれど対応する余裕がもはやご自身にないことを、ノウゼン様は悟っておられるのでしょう。その動作には焦燥と、――一抹の諦観と覚悟が、窺えました。

けれどわたくしに向く照準は一つもありません。〈レギオン〉にとっては〈スカベンジャー〉も敵性存在ですが、非武装のわたくしたちは脅威度の低い目標と設定されているのです。〈ジャガーノート〉が……ノウゼン様たちが全員戦死するまで、わたくしに〈レギオン〉の砲が向くことはありません。

……それを、ずっと。心苦しく思ってきました。

わたくしは周りで死んでいく、多くの人々をこれまで見殺しにして参りました。わたくしが身代わりとなれば一人だけは永らえる、その一人を常に見捨てておりました。

全ては最初の主人を探すため。ノウゼン様に最後までお仕えするため。

ですが、だからこそ今――再び主を失ってまで、我が身を惜しむ理由など、何もないのです。

躱(かわ)しきれない、と悟った直後、その戦車型(レーヴェ)の横腹に突如、ファイドが体当たりを喰(く)らわせるのをシンは見る。

射線が〈アンダーテイカー〉を外れる。周囲の〈レギオン〉の注意と照準が——その一部がファイドに向く。

「——ファイド!?」

†

予測もしていなかった側面から体当たりされ、戦車型(レーヴェ)はやや、たじろいだように見えました。無理もありません。〈スカベンジャー〉はこれまでただの一度も、彼らを攻撃したことはなかったのですから。

〈スカベンジャー〉もわたくしも、破壊を目的に作られたものではありません。わたくしは人に造られ、人間のよき友であれと望まれたものです。その願いはわたくしにとって絶対です。

わたくしはわたくしの存在理由において、人を傷つけることは決してできません。

ですが。

人に造られながら人の敵であれと命じられた、その命令だけを与えられたきり祖国に置き去りにされた、この可哀想(かわいそう)な〈レギオン〉たちは。

わたくしが友であるべき存在などでは、全くありはしないのです。

〈スカベンジャー〉のシステムは本格的な戦闘が行えるほどの処理能力を持ってはいませんが、足止めと時間稼ぎだけならば充分です。

戦闘重量五〇トンの金属塊である戦車型(レーヴェ)の前に、重量一〇トン程度のわたくしの機体が卵の殻のように潰れていきます。コンテナ内に収納された、〈ジャガーノート〉や〈レギオン〉の機体を解体するための工具を全て展開し、その装甲に切りつけます。

分厚い戦車型(レーヴェ)の装甲は、そう簡単には切り開けません。けれどその前に、脅威度の設定がおそらくリライトされたのでしょう。

別の戦車型(レーヴェ)の砲口が。

こちらに。

システムが再起動すると、わたくしはどうやら、枯草の草原に擱座(かくざ)しているようでした。

再起動したにもかかわらず、機体各所の幾つもの部位から、応答がありません。それどころか次々と、わたくしの認識から消失していきます。これは……。

苦い顔でわたくしを覗きこんでいたシュガ様が、苦い顔のまま口を開きました。

「……シン。こいつは」

「ああ。直せないな。……コアブロックがやられてる」

……やはり、そうでございましたか。

覚悟の上ではありましたが、実際に直面すると、それは寂しく、哀しいものでありました。もうお供することはできない。お傍にいられないということは。

幸い、シュガ様たちは〈ジャガーノート〉は失ったものの、どなたもご無事だったようです。

五人の少年兵は、それぞれの表情でわたくしを見下ろしていました。

「……こんなとこでいなくなるなんてさ。ゴミ拾い機ならゴミ拾い機らしく、最後までちゃんと仕事しなよ……」

リッカ様。

わたくしなどのために泣いてくださるのですか。なんともったいない……。

「せっかくここまで、一緒に来たのに」

「ごめんなさい、ね。ここからは、一緒にいてあげられなくて」

ククミラ様。エマ様。

いけません。斯様に破断だらけのわたくしに触れては。お手に傷がついてしまいます。

「ありがとよ、ファイド。俺たちも多分、すぐに行くからよ」

シュガ様。

いいえ。いいえ、どうか、一日でも長く。

最後に、細身の人影が――役目を放棄しつつある光学センサでもわかる主の影が、傍らに膝をつきました。

「――ファイド」

ノウゼン様。

我が主。わたくしの最後の主。

「ファイド。お前に、最後の任務を与える」

ええ。どうぞ、なんなりと。

ああ、ですが。

あなた様を置き去りに、もう壊れてしまうわたくしが、全うできるご命令であれば良いのですが――……。

じゃら、と薄い金属の擦れあう音がしました。

ノウゼン様がお持ちの、これまでの戦死者の方々の墓標です。

共に戦い、先に死んだ全員を、行き着く果てまで連れていく。ノウゼン様がこれまで交わし、守り続けていた約束の、その証。

「お前に預けていく。お前が、おれたちがここに行き着いた証だ。——朽ち果てるまでその任を全うしろ」

……………。

ええ。ええ、ノウゼン様。

もちろんでございます。光栄でございます。

あなた様がご自身に課した役目を——その証を、預けていただけるとは。それだけの信頼をいただけるとは。

何よりの。

手向けに——…………。

………………………………………。

ふと気がつくと、無明の闇の向こうに、懐かしい方々が立っておられました。

見紛うはずもありません。

旦那様。奥様。兄君。

やはり、最早こちらにはいらっしゃらなかったのですか。迎えに、来てくださったのですか。

どなたも守れず、見つけられもしなかったわたくしを、赦してくださいますか……？

……………どうして。

弟君がいらっしゃらないのですか。

何故、戻れと仰せになるのですか？

弟君を。

これからも頼むとは、一体——……？


声がします。

わたくしのデータベースにはない声。まだ幼い、甲高い少女の声です。

「うぅむ、やはり動かんのお……。一体何がいかんのじゃ」

申し訳ありませんが、死体とは動かぬものです。動けと命じられても……何もできません。

「動きたくない、のかもしれないわよ。この子にしてみたら、もう充分働いて死んだつもりなのかもしれないもの」

ええ、そうです。ですからどうぞもう、お捨て置きください。

「そうであるが。あやつとて慣れぬ異国で、本当は気を張っておるはずじゃ。馴染みのこやつが帰ってくれれば、シンエイめも少しは、安心するであろうに……」

——シンエイ？

それはわたくしの、最後の主のお名前です。お傍にいるのですか？　まだ……生きていらっしゃるのですか？

わたくしの最初の主と同じ名を持ち、同じ目をしたあの方が……。

…………。

ああ。

どうしてこれまで、そんなことにも気づかずにいたのでしょうか…………。

「わきゃっ⁉　なんじゃや突然⁉」

「き——起動した？　どうしていきなり……」

見慣れぬ鋼色の軍服を着たノウゼン様は、最後に見た時よりまた幾らか大人びたようでした。

そう、人の子とは成長するものです。あのお小さかった弟君も……いつまでも小さく弱くはなかったのです。

「朽ち果てるまで全うしろと命じたろ。その任務はどうした」

「ぴ……」

ええ、その、それについては……面目次第もございません。

ですが……それでもお傍にいたいのです。

またお仕えすることを、どうかお許しいただけますか……？

おずおずとうかがった先、ノウゼン様は小さく――けれどはっきりと、お笑いになりました。

「まあでも、……また会えてよかった」

「ぴっ」

ええ。わたくしもでございます。シンエイ・ノウゼン様。

わたくしの最初で最後の主。

今度こそ、あなた様の戦いの、その最後まで。

ファイド・おまけ『両親の話』

ふと、弟君の声が途絶えたのに気づいて画用紙から顔を上げますと、弟君は絵を描きかけた姿勢のまま寝入っておいででした。

お邸(やしき)のリビングの絨毯(じゅうたん)の上に画用紙とクレヨンを広げて、今日の昼間に行った博物館の、原生海獣(クジラ)なる生き物の絵を描いてくださっていたところです。

『ファイドは一緒に行けなくて見られなかったから、代わりに絵を描いて見せてあげるね』

そう仰(おっしゃ)って、その生き物の骨がいかに大きかったかをお話になりながら絵を描かれていたのですが、初めて行く博物館でたくさん歩いてきっとたくさんはしゃがれて、お疲れになったのでしょう。クレヨンの線が少し絨毯(じゅうたん)にはみだした、なかなか豪快な絵に突っ伏してすぅすぅと寝息を立てておいでです。

なお、原生海獣(クジラ)の絵は描きかけでお預けです。

公開ネットを検索すれば原生海獣(クジラ)の姿はわかるのですが、ここは絵を描いて教えてくださりたいという弟君の御心を汲(く)むべきでしょう。知らない生き物の全容への好奇心をぐっと堪え、わたくしは立ちあがると犬を模した筐体の頭部を巡らせました。

旦那様。奥様。

音声出力機能がないので声をかけることはわたくしにはできませんが、ソファに座っていたお二人は立ちあがってそちらを見つめるわたくしに、すぐに気づいてくださいました。

共和国首都リベルテ・エト・エガリテにあるこのお邸は、外縁近くとはいえ高級住宅街であるこの一角では比較的、こじんまりとした造りです。生国である帝国では大勢の使用人にかしずかれていた旦那様と奥様が、自分たちだけで維持できる家と暮らしを望んで選ばれたためで、リビングもこのように、広いながらもどこか家族四人の体温が感じられる、そういう絶妙の大きさです。

「どうしたの？　――ああ、シンが寝ちゃったのね。知らせてくれてありがとう」

微笑ましげにうつくしい真紅の双眸を細めて、奥様が腰を浮かせます。

立ちあがりきる前にふと動作を止めて、中空に視線を移しました。

「……あら、いいの？　……そう。それなら、お願いね」

旦那様に話しかけたのとも違う、目の前にいない方との受け答えです。電話に応じる人のようですが、奥様のお手に受話器や携帯端末はありません。――奥様がご生家から受け継ぐ異能、親族間での思考の伝達です。

今更驚くでもなく、旦那様が問いかけます。

「レイかい？」

「ええ。宿題は終わったから、このまま一緒に寝ちゃうからって」

ほどなく自室でお勉強をなさっていた兄君が下りてきて、よいしょとまだ小さな弟君を抱き上げられました。動かされて半分目が覚めたのか、弟君がもぞもぞとむずかります。

「んー……」

「シンー、こんなところで寝ちゃわないで、お部屋で寝ようなー」

「おにいちゃんもいっしょ？」

「そうだな。……それじゃ、お休み父さん。母さん」

寝ぼけた声で問いかける弟君を慣れた様子であやしつつ、兄君は旦那様と奥様に挨拶をしてリビングを出ていかれました。

「ああ、お休み」

「おやすみなさい、レイ。シンも」

穏やかな眼差しで二人の子供を見送って、それからふと、奥様は目を細められました。

「二人とも、共和国で育てられて本当に良かった。……わたしの子供の頃なら、考えられないことですもの。あんな風に無防備に、親とはいえ他人の前で眠るなんて」

「そうだね。それは……私も同じだ。そんなことは許されなかった」

しみじみと、お二人は頷きあいます。——今、わたくしの前でくつろぎ、兄君と弟君を慈ししんでおられるお二人の姿からは想像もつかないことですが、旦那様は隣国、ギアーデ帝国の武門の筆頭ノウゼン家の子息、奥様もまた帝国にその家ありと知られた武門、マイカ家の令嬢であられます。お二人の出会いは帝国軍の、それも戦場であったそうです。

「特にレイもシンも、優しい子だ。戦場なんて向かないだろうから」

「ええ、もったいないわ。わたしの可愛い子供たちを性悪な戦場の女神になんて、絶対に渡さないんだから」

強く言いきった奥様に、旦那様が眩しげに微笑みます。

それからふっとわたくしに目を向けられました。

「さて。ファイドはすっかり、シンの親友になってくれたようだし、」

深い漆黒の双眸に見つめられて、わたくしは思わず姿勢を正します。弟君の、親友とは。もったいない……光栄でございます、旦那様。

「次は知覚同調の完成だな。どうにもうまく行ってないから、ヨーゼフともう少し、つめてみないと」

奥様は苦笑して小首を傾げます。

「レイとシンには、あなたの声が聞こえているそうだけれど」

「そうらしいけど、それって一方通行じゃないか。そうじゃなくて、私もさっきの君とレイみたいに、会話をしたいし君たちの会話に参加したいんだよ」

君は私の声は聞こえないわけだしね、と拗ねたように続ける旦那様に、奥様は子供の駄々を見守る人のように微笑みます。少し困ったような、それ以上に深く慈しむような、優しい微笑です。

「そうね。わたしも、どこにいてもあなたと話ができるなら、それがいいわ」

「だろう」

「でも」

ん、と見返す旦那様に、奥様はわずかに憂いた顔をなさいました。

「少しだけ、心配でもあるの。わたしの……マイカの異能を再現して、同じことがもし、できてしまったらって」

旦那様もまた笑みを消して、思慮深い眼差しで応えました。

「マイカの異能の本領、——女王蜂と配下の全員が完全同調して部隊を文字通りの一個の生き物と成す、真紅の魔女の群体戦闘の再現はさすがにできないよ」

奥様はまだ、心配そうな表情を浮かべたままで、旦那様は言葉を続けます。

「それを要求されるような事態にも、なってはいないしこれからもならないだろうしね。……戦争は起きない。この共和国では、当分の間」

奥様はそっと、柳眉を寄せられました。

「やはり、帝国は」

「うん。近いうちに内戦になる。……帝室が斃れて民主化が始まる。父上——ノウゼン候は、というよりもノウゼンの家が、そのつもりだから」

「………」

「だからこの共和国と、戦争にはならない。うまくすればそのまま、永久に戦争なんかしない国になってくれるかもしれない。私たち一家にとっては、幸いなことにね」

言いながら旦那様は、真逆の沈痛な面持ちでした。

帝国ではなく共和国に在るお二人と兄君と弟君は、帝国の戦火には巻きこまれません。お子様がたを戦場には立たせたくないお二人には、それはお二人の願いどおりのことです。けれどそれを共和国という安全圏から、安穏と「よかった」と言うことへの葛藤が、そのお声にはにじみでていました。

うつむく旦那様を、奥様は抱きしめました。

「あなたのせいじゃないわ、レイシャ」

「わかってる。臣民たちの、望みでもある。それこそ彼らは、己が血を流してでも市民の権利を望むだろう。それを外から悼み、憐れむのは傲慢だ。それもちゃんと、……わかっている」

「ええ。そして、それでも罪の意識を消しきれないなら、それはわたしも共に抱えるべき罪よ。……いいえ、むしろわたしの方が、きっとずっと罪深い」

強く、低く言いきった奥様に、旦那様がぴくりと顔を上げます。

「ユウナ、」

見返して奥様は口を開きます。

焔の色の瞳。

「ひどい言い様だとはわかっているわ。卑怯な言葉だとわかっているわ。それでも、わたしは言うの。――二人とも、共和国で育てられてよかった。戦争にならないこの国で、戦火に染まるだろう帝国の外で、あの子たちを育てられてよかった。あの子たちは――あの子たちだけは、」

真紅の双眸を赫々と燃やして、どこか神話の暴君の女神のように、暴君の女神に捧げる祈りのように、奥様は謳い上げます。

その、苛烈な瞳。

焔の色の。

流れる血潮の色の。

破壊と生命とを等しく象徴する、――幼く澄んだ弟君の双眸と、けれど同じ色の瞳。

「性悪な戦場の女神になんて、絶対に渡さない」

CHAPTER

優しかった世界 FRAGMENTAL NEOTENY

EIGHTY SIX

『――それでは、本日の戦況をお知らせします』

『第十七戦区に侵入した旧ギアーデ帝国軍自律無人戦闘機械、〈レギオン〉機甲部隊は、サンマグノリア共和国軍自律無人戦闘機械〈ケイナイン〉が迎撃し、排除に成功。〈ケイナイン〉の損耗は五割。当該部隊は後退し、予備部隊と交代。なお、人的損害は本日も皆無です』

サンマグノリア共和国第一区、共和国首都リベルテ・エト・エガリテの街は、九年にも亘る戦時下とは思えぬ平和さだ。

それはたしかに、本物のそれよりも少し味の薄い合成食料に、慢性的なエネルギー不足を補うための灯火管制で役目を失って久しい街灯。国土全域からの避難民を受け入れるための急造の、超高層建築の無骨なシルエットが街のどこでも空の一部を切り取ってしまうけれど、周辺住民が協力して維持しているささやかな花壇や街路樹の緑。そして笑い声の絶えない、住民それぞれの持つ色彩も鮮やかな街角の情景。

海の色彩の碧い目を輝かせたちいさな少女が、両親と手をつないではしゃいだ笑い声で行き過ぎる。

おめかしして、お出かけだろうか。それとも周りの行政区からの観光かもしれない。微笑ましく親子連れの背を見送ったレーナは、微笑んだままテイクアウトの紙コップのカフェラテを一口含んだ。

学校帰りに足を止めた、首都のあちこちにある広場の一つだ。水の止まった噴水の上、展開したホロスクリーンではまだニュース番組が続いていて、金晶種(トパーズ)の若いキャスターが耳に心地よい低い声で戦況について解説している。

『戦闘を無人機に担当させ、危険な最前線には指揮を担当する最低限の人員のみが駐屯する共和国の戦闘システムは、このように本日も国防の役目を遂行しています。また情報を共有するロア＝グレキア連合王国、ヴァルト盟約同盟、キティラ大公国、ノイリャナルセ聖教国、リン＝リウ通商連合、レグキード船団国群、そしてギアーデ連邦の各国も、本日も戦線を維持、あるいは前進に成功しています。また通商連合からの情報では、礫砂漠以東の各国も善戦を続けているとのことです』

開戦からわずか半月で共和国の国土の大半を奪い、九年後の今なお共和国の勢力圏を包囲する〈レギオン〉だが、今ではその戦力と総数は減少の一途をたどっている。

万一の際の保険として課せられていた不可避の寿命が、彼らを蝕(むしば)み始めているのだ。〈レギオン〉が展開していた強力な電磁妨害(ジャミング)も今は薄く、その支配域の奥深くまで索敵が可能となっている。

包囲の向こうの各国とも辛(かろ)うじてだが連絡がつき始めていて、それぞれに孤立しながら生存圏を維持し、奪われた領土をどうにか、少しずつでも取り返しているようだ。

レーナの暮らすこの、サンマグノリア共和国と同様に。

キャスターの言葉は品の良い微笑と、一抹の誇らしさを含んで心地よく続く。

『二年後の〈レギオン〉全停止を前に、彼らを駆逐できる可能性も見えてきました。――戦死者ゼロの戦場を実現した、我らが共和国の護国の楯たる〈ケイナイン〉。祖国防衛のため避けられぬこの戦争で、けれど市民の誰も泣かずにいられるのは喜ばしいことと言えましょう』

『――ただ』

と、口を開いたのは解説者のプレートを前に置いた、雪花種の男性だ。

『〈ケイナイン〉は本来、戦闘用ではなく人の友人となるべく開発された人工知能であることを、私たちは忘れてはいけない、と思います。人を愛するために生まれた存在、人とは違えど心あるものを、私たちの都合で戦闘に従事させている、という事実は』

キャスターが小首を傾げる。疑問や不満ではなく、解説を促す動作として。

『〈ケイナイン〉は元となった試作型の人工知能――〈F008〉をダウングレードしたもので、〈F008〉とは違い意識や感情に相当するものはない、とされていますが……』

『ええ。ですが、だから構わない、と言い切ってしまっていいものでしょうか。機械だから。意識を持たないから。我々人間とは違うから。だから戦わせていい、と考えるのは――あるいはいずれ、言葉や文化、民族の違う同胞を戦わせる道へと繋がるかもしれないのです。我々が誰かに、涙と血を流させてしまうかもしれない。……そう、誰も泣かないと先ほどソーマさんは仰いましたが、〈ケイナイン〉にも泣いた子供が一人、たった一人でもいるのです』

キャスターは深く頷いた。

『〈F008〉開発主任の方の、ご子息ですね。友達を戦場に連れていかないで、と』

『そうです。その感性、その優しさを、戦時の今だからこそ我々は忘れずにいなければならない。それこそが我々共和国市民が、五色旗にかけて守るべき国是の――』

「――ごめんごめん。お待たせレーナ」

そこまで聞いたところで、遮る声と共にその声の主が駆け寄ってきた。

「もう。ちょっとだけ……なんて言って、リッタったらずいぶん待たせるんだから」

むくれて見せるとリッタ――クラスメートのアンリエッタ・ペンローズはごめんごめんともう一度繰り返す。レーナと同じ学校の、紺青色のブレザーの制服に変なぬいぐるみをぶら下げた鞄。片手に下げているのは、近くのデパートの文房具店のロゴの紙袋だ。

丁寧な造りからプレゼント用の紙袋だと一目で知れるが、色彩が暗い茶色と金色で華やかさよりも落ち着きを重視しているあたり、レーナやリッタのような若い少女に贈るものではおそらくない。

「いやその。レーナは面識ない相手の誕生日プレゼントだし、つきあわせるのも悪いかなって思ったんだけど、実際見たらけっこう迷っちゃって」

「例の、幼なじみさんよね？　別の学校に通ってるっていう」

「そ。……シンったら、そっちの学校じゃできないことしたいから一なんて言ってわざわざ遠いとこ選んで。あれぜったい嘘よ。お兄さんが行ってた学校だからやだとかそんな理由よ。ほんっと変なところで子供なんだから」

「はいはい」

適当に頷いて——なにしろその幼なじみさんとも彼のお兄さんとも、レーナは会ったこともないのだ——、紙コップを持ったままレーナは身を乗りだす。

「そうやって自慢ばっかりしてないで、そろそろ紹介してってたら」

「や・あ・よ」

つん、とおどけてリッタはそっぽを向いた。

「レーナったら美人なんだもん。とられちゃうもん」

「親友の恋人に手なんて出しませんよーだ」

「ちっ、ちが……恋人じゃないわよ！」

思わず、といった様子で叫んだリッタは、口ではそう言っていながら林檎みたいに真っ赤になっている。それこそ耳の先まで赤くなっているものだから、レーナとも同じ生来の、銀の色素で艶めく銀髪が綺麗に映える。

にまにまと見上げたまま目を離さないレーナから、白銀色の双眸を逸らして蚊の鳴くような声でつけたした。

「……まだ」

「ほらぁ」

自室で外出の準備を進めていたシンは、階下のリビングから漏れ聞こえる報道番組の音声にふと、顔をしかめる。

決して間違ったことを言っているわけではないのだが、シンにとってはあまり愉快ではない、その内容に。

『――〈ケイナイン〉にも泣いた子供が一人、たった一人でもいるのです』

『〈F008〉開発主任の方の、ご子息ですね。友達を戦場に連れていかないで、と』

『そうです。その感性、その優しさを、戦時の今だからこそ我々は忘れずにいなければならない』

「……いいかげん忘れてくれないかな」

ホロスクリーンの向こうのニュースキャスターや解説者には無論のこと、リビングの両親にも聞こえるはずもないと知りつつ小さくぼやいた。機械だから、人間ではないからと区別してはいけない云々はともかく、幼い頃の自分の話は。

なにしろこの話題――人工知能の戦争利用の是非――ではたいがい言及される挿話で、人工知能の戦争利用については自律戦闘機械たる〈レギオン〉との戦争中の現在、共和国市民にも身近な問題であるため、しばしば議論や討論の対象となっているのだ。

おかげでシンは何度も何度も、もう何年も前の幼い自分の幼い言葉を、他人の口から称賛や感動の文脈で聞かされ続けて、若干どころではなくうんざりしているのである。それはもう、そろそろ報道番組や討論番組が苦手になりそうなくらいに。

それは今のシンだって、〈ケイナイン〉は機械だから戦わせていいとも、戦時だから仕方ないとも思ってはいない。けれど、だからといって父に泣いて駄々をこねたのは、シンにとってはきっぱり忘れたい記憶だ。

今から思えば父だって、平気で〈ケイナイン〉開発を受け入れたわけはなかったろうし、自分だってたとえば今、〈ケイナイン〉の代わりに何百万人も戦死者が出ても構わないのかと問われて、そうだとは言えないし。

「…………」

つい嘆息してしまったら、隣室の兄から笑い混じりに声をかけられた。

『何ため息ついてるんだ、シン』

「うるさいな」

『デートで暗い顔してるなんて、マナー違反だぞ。それでももしリッタちゃんを泣かせたら、ヨーゼフさんの前にまずおれが怒るからな』

「だからデートじゃないって言ってるだろ。だいたい、どうして兄さんが先に怒るんだ」

リッタの実の父親であるヨーゼフ氏をさしおいて、なんで一隣人にすぎない自分に怒る権利があると思っているのか。図々しい。

兄はまだニヤニヤしている、らしい。

『そりゃあだって、リッタちゃんはおれの可愛い弟の幼なじみで、つまり可愛い妹みたいなものだからな。……ていうか、そのうちほんとに妹になったりするのかな。なあシン？』

シンは露骨に舌打ちした。

本人に自覚はないが、兄の前でしかやらない仕草だ。

「ああもううるさい。うるさいから今日はもう繋いでくるな」

『ええひっど、』

何か言いかけている途中でぶった切ってやった。

ちなみに兄は隣室にいて、つまりシンとは同じ室内にはいない。シンは現在部屋の扉を開けているが兄はそうではなくて、互いの部屋を隔てる壁に窓があるわけでもない。母の血脈に代々宿り、シンも兄も受け継いだ異能による会話だ。親族間での、思考の伝達と感覚の共有。

父の大学の同僚でもある隣家のヨーゼフ・ペンローズ氏が、もう十年余りも研究の対象として機械的再現を試みているのだが、たまに実験につきあうシンやレイや研究室の学生たちの小遣い稼ぎになるばかりで、一向に成果はでていない。

家では唯一異能を持たない父が、自分だけ仲間外れだと拗ねるので再現してもらえるならしてほしいところなのだけれど。

無情に会話をぶった切られた兄が、あてつけがましくさめざめ泣き真似をしている声（壁越しの物理音声。なおノウゼン邸の壁はそこそこ分厚いので、よっぽど大声を出さないと隣の部屋には聞こえない）のを、きっぱり鬱陶しく思いつつ立ちあがった。相手をするとつけあがるので、構いたがりの兄のことは最近は、放置が基本だ。

ああ、そうだ。

「――ファイド。留守番と、もう大人のくせに全然おとなげない兄さんの相手を頼むな」

部屋の隅でよく躾けられた猟犬よろしく伏せていた機械仕掛けの愛犬が、ぱたりと尻尾を振って応えた。

リビングにいた両親と、けろっとした顔で出てきやがった兄に見送られてシンは家を出る。

アプローチにさしかかったところで、向こうの門の前で宅配便のロゴの原付が止まった。

降りたのはこのあたりの担当なのか、たまに来る少年だ。長身に短く刈った鉄色の髪と、同じ色彩の双眸。年のころはシンと同じくらいで、一度高等学校の制服姿を見かけたことがあるから、学生のアルバイトらしい。

「ちわっす。お届け物、受け取ってもらっていいすか」

「ああ……」

出かけるところではあるが、別に急いでもいない。受け取った封筒を見送りに出てきたファイドに渡し（咥えてとてとて戻り、器用に前脚でチャイムを押して扉を開けてもらっていた）、受け取り票にサインをして返した。

「ご苦労様」

「ども」

とてとてファイドが戻ってきて門の横で座り、原付にまたがった少年がひらっと片手を上げて挨拶してから走り去るまでをなんとなく見送ってから、シンは門を開けて出た。


九年前には白銀種の住民が大半を占めたリベルテ・エト・エガリテは、首都の責務として積極的に避難民を受けいれた結果、今では隣国の、古くからの多民族国家であるギアーデ連邦もかくやの色彩の氾濫だ。

聖女マグノリアの彫像の前でチェロを奏でる、人形めいた容姿の翠緑種の少年。恋人らしい青年とジェラートを舐めつつ歩く銀髪の少女は、天色の双眸からして天青種との混血だ。小鳥が鳴き交わすように高い声でさざめきあう中等学校の女子生徒の一団の中、瑪瑙種の落栗色の髪に金晶種(トパーズ)の金の瞳の少女が一際(ひときわ)高い澄んだ笑い声をあげ、その横を何やらぎゃあぎゃあとじゃれあいながら、長身の青玉種(サフィール)の少年を中心とした高等学校の男子生徒の一団が通り過ぎる。

街路樹で大量に植えられているからこれは天然物が比較的出回りやすい、オレンジの入った買い物袋を抱えた緋鋼種(ルビス)の少年が、そのオレンジを二つ三つ落としてしまって慌てて振り返り、通りすがった白銀種(セレナ)の眼鏡の少年と、妹と連れ立って露店をひやかしていた濃藍と雪白の左右色違いの双眸(そうぼう)の少女が拾って渡してやっている。壮年の雪花種(アラバスタ)の男性と陽金種(ヘリオドール)の女性、二人の娘らしい金髪の若い女性がレストランのテラス席で食事を楽しみ、野良(のら)の仔猫(こねこ)をソーセージでおびき寄せて抱きあげている特徴的な濡羽色(ぬればいろ)のポニーテールの少女は、共和国ではごく珍しい極東黒種(オリエンタ)の系譜だ。

すれ違った黒珀種(ジェット)の、いくつか年上の若い女性が石畳にハイヒールのかかとを引っかけてしまって転びそうになるから、咄嗟(とっさ)に手を出してつかまらせて、「ありがとう」と微笑(ほほえ)まれてちょっとどきっとなる。

動揺を察したのか、女性が微笑(ほほえ)む。

今度は少し悪戯(いたずら)っぽい笑みだ。

「なんだい少年。おめかしをして、もしかしてデートかな」

「違いますけど」

女性はどうやら聞いていていない。

抱えていた花束から一輪を抜き取って、どこか気取った所作で差しだした。——不可能と長年言われ続けながらも品種改良を繰り返して生みだされた、淡い空色のモダンローズ。

「お礼だよ。頑張りたまえ」

「だから違いますってば」

やっぱり女性は聞いていない。

あっという間に薔薇の花をこちらに押しつけて、反論も許さず颯爽と去っていく春の嵐のような彼女の後姿を、なかば呆然とシンは見送る。

当然というか、待ちあわせ場所で合流するなり、リッタは変な顔をした。

「何それ。どういう風の吹き回し？」

白銀の双眸が見下ろしているのは、持て余し気味にシンが片手に持ったままの空色の薔薇だ。

「いや、その、もらったんだけど。……いるか？」

差しだしてみるが、リッタはものすごく呆れた顔をした。

「あのねえ……。普通、女の人にもらったもの、別の女の子にいるとか聞かないのよ」

「…………」

なんで女性にもらったものだとわかったんだろうと、シンは思う。

だって、シンのお母さんとは違う香水の匂いが移ってるんだものと、リッタは思う。どうやら香りの淡い品種であるらしい空色の薔薇に、明らかに薔薇のそれではないきりりと澄んだ水仙の香り。

まあ。

本人は冷徹ぶっているがその実ものすごくお人よしのこいつが、何か落とし物でも拾ったかして、からかい混じりのお礼にくれたとかそういうのだろう。

困ったように差しだされたままの所在なさげな薔薇の花を、苦笑と共に受け取った。

「まあ、もらってあげるわ。……綺麗だしね」

シンは花になんてきっと、大した関心もないのだろうけれど、リッタは欲しいかもしれないと。思って捨てずにここまで持ってきてくれたなら、その程度でもちょっと嬉しいから。

シンをつきあわせたのは半分は誕生日プレゼントを渡すためで、もう半分は入ってみたいがちょっと高いなと躊躇していたカフェが、恋人同士なら割引してくれると知ったためだ。

年頃の娘を持って最近ちょっと口うるさくなってきた父親と、すっかり大人になったくせに最近むしろからかってくることが増えたレイの前で、シンに誕生日プレゼントを渡すと何かしら面倒なことになりそうな気もしたたし。

「ん、おいし」

「クリームとか、中の果物とか、ちゃんと本物っぽい出来だな。……生産プラントの合成食料も、最近は嗜好（しこう）品類までずいぶん美味（うま）く作れるようになったよな」

南国産で共和国では採れないマンゴーのソース（合成）と、こちらも合成の生クリームたっぷりのケーキをほおばってご満悦だったリッタは、向かいで同じものを口に運んだシンが、そんな無粋な感想を口にしたのにげんなりと肩を落とす。

「シン。美味（おい）しいもの食べてる時にそういうこと言わないの」

「なんで。誉（ほ）めてるのに」

本気で怪訝（けげん）そうにシンは言う。むー、とむくれるアネットに、隣のテーブルで一人優雅にコーヒーブレイクを楽しんでいた壮年の、傷痕の残る顔のどうやらそれなりに偉い地位にあるらしい軍人が微笑（ほほえ）ましげな顔をした。

石畳に折り畳み式のテーブルを広げた、カフェのテラス席だ。今は畳まれた色とりどりのパラソルが碧天と白い石の街に大きな花のつぼみのようで、その花影の一つ一つに共和国市民が蝶（ちょう）のように宿る。一人コーヒーを楽しむ白銀種（セレナ）の軍人、課題のノートを広げる天青種（セレスタ）と陽金種（ヘリオドール）の混血の青年と雪花種（アラバスタ）の少女、金緑種（アベントウラ）と青玉種（サフィール）の恋人たちに、兄弟姉妹が一堂に会したらしい南方黒種（メリディアナ）の少年少女。月白種（アデュラリア）のウェイトレスと焔紅種（パイロープ）の混血のウェイターがテーブルの間を行きかう。

「……ねえ。シン」

見ながらふと、アネットは問うた。

「ねえ。——こんな世界ならよかった？」

いつのまにか、二人の周りには誰もいない。

無人の無数のテーブル席が、ミルク色の霧に鎖(とざ)された空の下、石畳ですらない白い平面に淡く影を落としている。不自然なくらいにくっきりと落ちるその影は、どれも光の方向が一致しなくてばらばらだ。

気づけば自分が纏(まと)った白衣と紺青(こんじょう)の軍服のコントラストが、何故(なぜ)だか妙に、切なく哀(かな)しい。

「そうだな……こんな世界でもよかった、かな」

応じるシンはアネットには見慣れない砂漠迷彩の野戦服姿で、それは水面が光の反射で刻々と輝きの色彩を変えるように、不規則に鋼色の連邦軍服や機甲搭乗服(パンツァーヤッケ)に切り替わったりする。薄くて目立たないだけで幾つも残る傷痕と、由来を知らない斬首のような首の痣(あざ)。

「奪われなくてよかった。無くさなくてよかった。傷なんて、負わなくてよかった。こんな風に誰かが、誰もが少しだけ、優しく在れた世界なら。おれは死神でいなくてよかった」

フェルドレスの操縦技術なんて、身につける必要はなかった。アサルトライフルの扱いも拳銃の撃ち方も。感情を切り離す技術も心を殺す術も、覚えなくてよかった。

望みもしなかった戦闘の才能なんてきっと生涯、眠らせたままでいられた。

何より、共に戦い、先に死んだ戦友たちのきっと誰一人、未来もなければ入る墓さえもない八六区の戦場で、死ななくてよかった。

ちっぽけなアルミの墓標と、シン自身の最期まで全員を記憶して連れていくという、ささやかにすぎる約束を希望や救いとすることも。

でも。

それでも。

「この世界だったら、会えない人がいる。知らない景色と言葉がある。だから、こんな世界ならよかった、なんて、」

アネットはその言葉をそうでしょうねと微笑んで、一抹だけ寂しさを覚えて聞く。

周囲には人影も声もなく、テーブル席は今やその影さえ薄れて、目の前の人の表情さえもはや見えない。

ごく淡く、微笑んでいると何故かわかった。

痛みを堪えるように、涙を堪えるように、それでも淡くだけれど微笑んで。

「あの世界じゃなければよかった、なんて、おれには言えない」

小さくアネットは微笑んだ。

「……そう、」

「そうよね」

呟いたらリュストカマー基地の、第一隊舎の自室だった。

まばたきをして、アネットはベッドの上に起き上がる。階下のプロセッサーたちに与えられたそれに比べれば贅沢なまでの、お嬢様育ちの彼女の感覚でも充分に広い、大きなベッド。それが収まる、佐官用の広い寝室。

当たり前だが、シンはいない。

それをいいことに一人、寝ぐせの髪もそのままに苦笑した。

こんな世界ならよかった？　なんて。

「あたしってば、……未練がましいんだから」

妙な夢を見たな、と、そろそろ見慣れつつあるリュストカマー基地の自室の天井を見上げてシンは思う。

シンの居室を含め、この基地の尉官の居室は最低限の調度を収めただけのごく簡素なものだが、基地自体が新しいのに加えて質実剛健を絵に描いたようなしっかりした造りだ。雨漏りがしようが隙間風が入ろうが知ったことではないとばかりに、粗雑に組まれたあげく風雨に晒されてぼろぼろだった八六区の隊舎を見慣れた目には、充分以上に贅沢な造りと映る。配属された頃は少しだけ、——慣れなくてむしろ居心地が悪いなと、思っていたくらいだ。今から思えばその頃はまだ、戦場の外に慣れられずに。

八六区の戦場から心は、離れきれずに。

そのはずが、そろそろ見慣れつつある。

望むのが怖いと思っていた未来を、幸福を、願うことに抵抗もなくなった。

そう、あの八六区の戦場は、いつのまにかずいぶん遠くなって。

ましてやそこで暮らした記憶など薄れて久しい、共和国の平和の中に暮らす幻想なんて。

あの世界なら戦友たちの誰も彼も、——両親も兄も、死なな くてすんだ。その事実を思えばたしかに、胸が痛いけれど。

「こんな世界、なんて、今は。……言いたくはないな」

この世界で出会った人たちを、その出会いを、なければよかったなんて。こんな無情な世界なんて、と、——無造作に切り捨てたくはないと、今の自分なら思えるから。

あとがき

ようこそ、久しぶりの戦死者ゼロの地獄へ！　こんにちは、安里アサトです。というわけで短編集です。

今回は表題作であるシンの過去編『フラグメンタル・ネオテニー』を中心に、八六区時代の話を収録しています。カクヨム連載中はいただく感想がほぼ阿鼻叫喚だった『フラグメンタル・ネオテニー』ですが、文庫で初めて読む方も素敵な悲鳴を上げてくださるといいな！

またクジョー視点で描かれるスピアヘッド戦隊のある日、こと『トリアージタグ・ブラックのありふれた日常』、シンたち五人の明るく楽しい死出の旅路、な『レテの畔』、可愛いあいつの正体が明かされる『ファイド』、さらには書きおろしの三篇もどうぞお楽しみくださいませ。

そして、『ラン・スルー・ザ・バトルフロント』（山﨑博也先生、マンガＵＰ！）、『フラグメンタル・ネオテニー』（シンジョウタクヤ先生、月刊コミックアライブ）が連載開始しています。こちらもぜひご覧ください！

続いて謝辞です。

担当編集、清瀬様、土屋様。好きに書いていいですよ、と仰ったそのまま、本当に一度もストップかけないでくださってありがとうございます。しらび様。表紙の十一歳シンくんがあまりにも可愛らしいので、本編で散々な目に合わせてしまったの、ものすごく罪悪感があります……。I－Ⅳ様。Twitterで踊るファイドのイラストを上げていただいてなかったら、シンがファイドに名前をつける「おまけ」回は書いてなかったです！　吉原様。三巻表紙、裏表紙のノウゼン兄弟の対比が切ないです。染宮様。レーナと86達の戦い（雪合戦に試験に初売り）にほのぼのします。山﨑様。大戦力対大戦力の戦闘と、繊細な心理描写に心揺らされます。シンジョウ様。零距離射撃の場面と、そこに至るまでの一コマ一コマが恰好良すぎて……。石井監督。隙のなさすぎる30分に、毎話「すごい……」となっています。

そして本書をお手に取ってくださったあなた。いつもありがとうございます。十一歳から実に七年にも亘るシンと〈レギオン〉との戦い、次巻からいよいよ決着へと向かいます。

それでは、一人の幼い少年兵が、東部戦線の首のない死神へと変貌していくその傍らに。首のない死神が仲間と過ごした戦場に。あなたをひととき、お連れすることができますように。

あとがき執筆中ＢＧＭ：乱世エロイカ（ALI PROJECT）

◉安里アサト著作リスト

「86―エイティシックス―Ep.1〜10」（電撃文庫）

本書に対するご意見、ご感想をお寄せください。

ファンレターあて先
〒102-8177　東京都千代田区富士見2-13-3
電撃文庫編集部
「安里アサト先生」係
「しらび先生」係
「I－IV先生」係

「フラグメンタル・ネオテニー〈Pledge〉」「フラグメンタル・ネオテニー〈Misericorde〉」「フラグメンタル・ネオテニー〈Varlet〉」「フラグメンタル・ネオテニー〈Brand〉」「フラグメンタル・ネオテニー〈Undertaker〉」は小説投稿サイト「カクヨム」内電撃文庫公式アカウント(https://kakuyomu.jp/users/dengekibunko)にて連載された作品に加筆・修正したものです

「トリアージタグ・ブラックのありふれた日常」は「電撃文庫MAGAZINE Vo.54(2017年3月号)付録 まるごと1冊第23回電撃小説大賞受賞作」に収録した「トリアージ・ブラックタグのありふれた日常」を加筆・修正し、改題したものです。

「レテの畔」は「電撃文庫MAGAZINE Vol.59(2018年1月号)」に収録したものを加筆・修正したものです。

「ファイド」は「電撃文庫MAGAZINE Vol.62(2018年7月号)」に収録したものを加筆・修正したものです。


「フラグメンタル・ネオテニー〈Culpa〉」「優しかった世界」は書き下ろしです。

電撃文庫

86―エイティシックス―Ep.10
―フラグメンタル・ネオテニー―

安里(あさと)アサト

2021年6月10日　初版発行
2024年9月30日　9版発行

発行者　山下直久
発行　株式会社KADOKAWA
〒102-8177　東京都千代田区富士見2-13-3
0570-002-301（ナビダイヤル）
装丁者　荻窪裕司（META＋MANIERA）
印刷　株式会社KADOKAWA
製本　株式会社KADOKAWA

ISBN978-4-04-913880-1　C0193　Printed in Japan

電撃文庫　https://dengekibunko.jp/

電撃文庫創刊に際して

文庫は、我が国にとどまらず、世界の書籍の流れのなかで〝小さな巨人〟としての地位を築いてきた。古今東西の名著を、廉価で手に入りやすい形で提供してきたからこそ、人は文庫を自分の師として、また青春の想い出として、語りついできたのである。

その源を、文化的にはドイツのレクラム文庫に求めるにせよ、規模の上でイギリスのペンギンブックスに求めるにせよ、いま文庫は知識人の層の多様化に従って、ますますその意義を大きくしていると言ってよい。

文庫出版の意味するものは、激動の現代のみならず将来にわたって、大きくなることはあっても、小さくなることはないだろう。

「電撃文庫」は、そのように多様化した対象に応え、歴史に耐えうる作品を収録するのはもちろん、新しい世紀を迎えるにあたって、既成の枠をこえる新鮮で強烈なアイ・オープナーたりたい。

その特異さ故に、この存在は、かつて文庫がはじめて出版世界に登場したときと、同じ戸惑いを読書人に与えるかもしれない。

しかし、〈Changing Times,Changing Publishing〉時代は変わって、出版も変わる。時を重ねるなかで、精神の糧として、心の一隅を占めるものとして、次なる文化の担い手の若者たちに確かな評価を得られると信じて、ここに「電撃文庫」を出版する。

1993年6月10日
角川歴彦

電撃文庫DIGEST　6月の新刊

発売日2021年6月10日

86―エイティシックス―Ep.10
―フラグメンタル・ネオテニー―

【著】安里アサト【イラスト】しらび【メカニックデザイン】I-IV

シンが「アンダーテイカー」となり、恐れられるその前——原作第1巻、共和国の戦場に散ったエイティシックスたちの断片（フラグメンタル）と死神と呼ばれる少年に託された想いをつなぐ特別編！

幼なじみが絶対に負けないラブコメ8

【著】二丸修一　【イラスト】しぐれうい

黒羽たちと誠実に向き合うため、距離を置いて冷静になろうとする末晴。『おさかの』も解消し距離をとる黒羽、末晴の意思を尊重する白草、逆に距離を詰める真理愛と三者三様の戦略で、クリスマス会の舞台が戦場に！

ソードアート・オンライン プログレッシブ8

【著】川原 礫　【イラスト】abec

《秘鍵》奪還、フロアボス討伐、コルロイ家が仕掛けた陰謀の阻止——数々の難題に対し、残された猶予はわずか二日。この高難度クエスト攻略の鍵は《モンスター闘技場》!?　キリトが一世一代の大勝負に打って出る！

七つの魔剣が支配するVII

【著】宇野朴人　【イラスト】ミユキルリア

過熱する選挙戦と並行して、いよいよ開幕する決闘リーグ。他チームから徹底的にマークされたオリバーたちは厳しい戦いを強いられる。その一方、迷宮内ではサイラス＝リヴァーモアが不穏な動きを見せており——。

ダークエルフの森となれ3
-現代転生戦争-

【著】水瀬葉月　【イラスト】ニリツ
【メカデザイン】黒銀　【キャラクター原案】コダマ

次々と魔術種を撃破してきたシーナと練介。だが戦いに駆動鉄騎を使用した代償は大きく、輝獣対策局の騎士団に目を付けられることに。呼び出された本部で出会ったのはシーナと天敵の仲であるエルフとその眷属で……？

ユア・フォルマII
電索官エチカと女王の三つ子

【著】菊石まれほ　【イラスト】野崎つばた

再び電索官として歩み出したエチカ。ハロルドとの再会に心を動かす暇もなく、新たな事件が立ちはだかる。RFモデル関係者襲撃事件——被害者の証言から容疑者として浮かび上がったのは、他ならぬ〈相棒〉だった。

ホヅミ先生と茉莉くんと。
Day.2 コミカライズはポンコツ日和

【著】葉月 文　【イラスト】DSマイル

茉莉くんのおかげではじめての重版を経験をすることができたホヅミ。　喜びにひたるホヅミに、担当の双夜から直接合って伝えたいことがあると編集部へ呼び出しがかかり——!?

虚ろなるレガリア
新作 **Corpse Reviver**

【著】三雲岳斗　【イラスト】深遊

日本という国家の滅びた世界。龍殺しの少年と龍の少女は、日本人最後の生き残りとして、廃墟の街“二十三区”で巡り会う。それは八頭の龍すべてを殺し、新たな“世界の王”を選ぶ戦いの幕開けだった。

僕の愛したジークフリーデ
新作 **第1部　光なき騎士の物語**

【著】松山 剛　【イラスト】ファルまろ

魔術を求めて旅する少女と、盲目の女性剣士。当初は反目しながらも、やがて心の底に秘める強さと優しさにお互い惹かれていく二人。だが女王による非道な圧政により、過酷過ぎる運命が彼女たちに降りかかり……。

キミの青春、私のキスはいらないの？
新作

【著】うさぎやすぽん　【イラスト】あまな

非リア、ヤリチン、陰キャ、ビッチ。この世には「普通じゃない」ことに苦悩する奴らがいる。だが——それを病気だなんて、いったい誰に決める権利があるんだ？　全ての拗らせ者たちに贈る原点回帰の青春ラブコメ！

ひだまりで彼女はたまに笑う。
新作

【著】高橋 徹　【イラスト】椎名くろ

銀髪碧眼の少女、涼原楓と同じクラスになった佐久間伊織。楓がほとんど感情を表に出さないことに気づいた伊織だが、偶然楓の笑顔を目にしたことで、伊織は心動かされ——。甘くも焦れったい恋の物語が幕を開ける。

ギルドの受付嬢ですが、残業は嫌なので
ボスをソロ討伐しようと思います

冒険者ギルドの受付嬢となったアリナを待っていたのは残業地獄だった!? すべてはダンジョン攻略が進まないせい…なら自分でボスを討伐すればいいじゃない!

［著］香坂マト
［ill］がおう

電撃文庫

幼なじみが絶対に負けないラブコメ
OSANANAJIMI GA ZETTAI NI MAKENAI LOVE COMEDY
［著］二丸修一
SHUICHI NIMARU
［絵］しぐれうい
『幼なじみ』VS『初恋の少女』
先の読めない
最先端ラブコメ開幕!!
STORY
高校2年生の丸末晴は、幼なじみの少女・志田黒羽からの好意を知りながらも、初恋の相手である可知白草に一途な恋心を抱いていた。だがそんな矢先、白草に彼氏がいることが発覚！
末晴は深い絶望の末、黒羽と手を組んで、男の純情を踏みにじった白草に“最高の復讐”をすることを決意する!!
電撃文庫

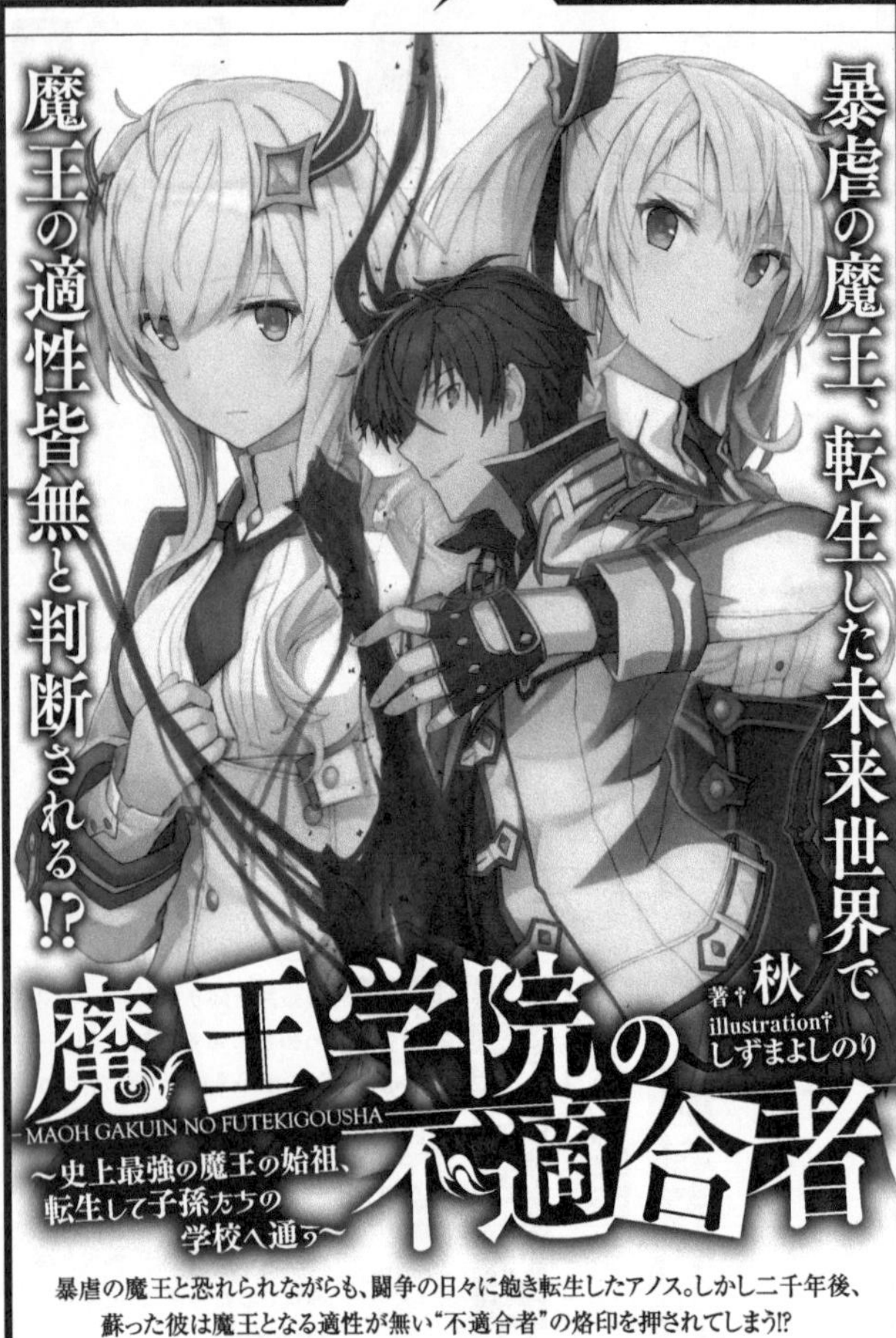

暴虐の魔王、転生した未来世界で
魔王の適性皆無と判断される!?
魔王学院の不適合者
MAOH GAKUIN NO FUTEKIGOUSHA
~史上最強の魔王の始祖、転生して子孫たちの学校へ通う~
著†秋
illustration†しずまよしのり

暴虐の魔王と恐れられながらも、闘争の日々に飽き転生したアノス。しかし二千年後、蘇った彼は魔王となる適性が無い"不適合者"の烙印を押されてしまう!?
「小説家になろう」にて連載開始直後から話題の作品が登場!

電撃文庫

七つの魔剣が支配する

宇野朴人

illustration ミユキルリア

運命の魔剣を巡る、
学園ファンタジー開幕！

春——。名門キンバリー魔法学校に、今年も新入生がやってくる。黒いローブを身に纏い、腰に白杖と杖剣を一振りずつ。胸には誇りと使命を秘めて。魔法使いの卵たちを迎えるのは、満開の桜と魔法生物のパレード。喧噪の中、周囲の新入生たちと交誼を結ぶオリバーは、一人に少女に目を留める。腰に日本刀を提げたサムライ少女、ナナオ。二人の、魔剣を巡る物語が、今始まる——。

電撃文庫

二月 公
イラスト／さばみぞれ
声優ラジオのウラオモテ
#01 夕陽とやすみは隠しきれない？
オモテは元気＆清楚なアイドル声優／
ウラはギャル＆根暗地味子な女子高生!?
プロ根性で世界をダマせ！
バレたらアウトの声優ラジオ
Now On Air!!
第26回
電撃小説大賞
大賞
受賞
電撃文庫

純真な美少女にお世話される生活。う～ん豚でいるのも悪くないな。だがどうやら彼女は常に命を狙われる危険な宿命を負っているらしい。
よろしい、魔法もスキルもないけれど、俺がジェスを救ってやる。運命を共にする俺たちのブヒブヒな大冒険が始まる！

電撃文庫